어서오세요! 수학 가게입니다

1000

145*210

336

16D*4

녹청 4+4

차례

문1. 수학이 생활에
도움이 되는 것을 증명하시오

아마노 하루카는 수학을 싫어했다.

위에서부터 아래까지 시야를 가득 메운 숫자와 알파벳의 나열. 도무지 의미를 알 수 없는 수수께끼 같은 기호. 이미 일본어라고 볼 수 없을 정도로 번거롭게 에두른 설명문. 교과서만 읽어도 머리가 뱅글뱅글 돌았다. 선생님께 질문해 봐야 "이것저것 따지지 말고 풀이법을 달달 외워."라고만 할 뿐 아무것도 해결해 주지 않았다.

기나긴 계산도 싫었다. 숫자만 나오면 그나마 다행이었지만 x 나 y 같은 문자가 끼어들면 정답에 다다른 예가 없다. 수업 시간에 선생님이 지명할 때마다 하루카는 창피를 당하곤 했다. 중간고사와 기말고사는 매번 재시험. 성적도 중학생이 되고부터는 5

단계 평가에서 2 이상으로 올라간 적이 없었다.

그 소년을 만나기 전까지는.

5월 초 황금연휴가 끝난 월요일, 그 애가 왔다. 새 학년이 시작된 지 한 달도 더 지났을 때다. 대체 어떤 학생이기에 이 시점에 전학을 온 건지 관심이 폭발하는 아이들 앞에서 그 애는 눈썹 하나 까딱하지 않고 이렇게 말했다.

"저는 진노우치 소라라고 합니다. 특기는 수학입니다. 저의 꿈은 수학으로 세상을 구하는 것입니다."

순간, 모두 어안이 벙벙한 모습이었다. 몇 초 뒤, 교실 안은 웃음의 도가니에 빠졌다. 히가시오이소중학교 2학년 2반 교실에 있던 40명의 아이들은 누구 하나 예외 없이 배꼽을 쥐고 웃어 댔다. 담임인 꽃미남 영어 교사 기노시타 선생님마저 터져 나오는 웃음을 참느라 얼굴이 시뻘게졌다.

만약 웃기는 게 목표였다면 그 애는 대박을 터뜨린 거다. 첫인상은 완벽했다. 재미있는 전학생이 온 거다. 당장 주위에 아이들이 몰려들고, 그대로 순조롭게 학급에 융화된다. 보통은 다음 상황이 그렇게 전개되었을 터.

하지만 그 애는 배꼽이 빠져라 웃어 대는 아이들을 거들떠보지도 않고 총총총 창가 맨 뒤 빈자리로 걸어갔다. 옆에 앉은 하루카에게 꾸벅 고개 숙여 인사하고는 아무 일도 없었던 듯이 자리에 앉았다. 반 아이들이 히죽히죽 웃으면서 돌아보는데도 전혀 반응하지 않고 자신과는 상관없다는 듯 앉아 있다.

얘, 뭐야…….

하루카는 방금 자리에 앉은 그 남학생에게서 이상한 분위기를 감지하고 머리부터 발끝까지 찬찬히 관찰해 나갔다.

조금 전 자리로 들어올 때의 인상을 떠올려 보면, 키는 남자애 치고 꽤 작은 듯했다. 하루카는 여학생 평균보다 약간 작은 편인데 그런 하루카와 비슷해 보였다. 하복을 입기 시작했는데도 동복 재킷 단추를 맨 위까지 채우고 고지식하게 호크까지 채운 채 무표정한 얼굴로 정면을 응시하는 전학생. 단정하게 깎아 올린 짧은 머리칼. 초등학생이라고 해도 통할 것 같은 앳된 얼굴. 게다가 너무나 어울리지 않는 큼직한 안경을 썼다.

그리고 반 아이들의 웃음을 끌어낸 것에 대해서 전혀 감정 변화가 없는 표정이다. 아니, 워낙이 사람을 웃길 수 있는 캐릭터로 보이지는 않았다. 어쨌거나 애초부터 웃겨서 반 아이들과 빨리 친해지겠다는 목적은 전혀 없었던 듯하다.

그렇다면 뭐지?

조금 전에 한 자기소개는 아주 진지했다는 얘기?

말도 안 돼.

하루카는 자신의 생각을 당장 부정했다.

아무리 그래도 그건 아니다. 있을 수 없다. 이 남자애는 정확하게 '수학'이라고 말했다.

수학이라면 그 '수학'밖에 없잖아. 중학교에 입학한 이후로 지금껏 하루카를 괴롭혀 온 숫자와 알파벳과 의미를 알 수 없는 기호의 나열에 지나지 않는 그것. 생각하는 것조차 소름끼치는 그 수학.

아, 월말에 있는 중간고사 어쩌지? 어깨 밑까지 내려오는 머리칼을 쥐어뜯으려는데 번쩍 정신이 들었다. 그렇다. 지금 중요한 건 중간고사가 아니다. 아무튼 이 남자애는 그 수학을 하필 특기라고 공언했다. 하루카에게는 혐오의 대상일 뿐인 수학을. 그 사실 하나만으로도 이 남자애는 이미 정상이라고 볼 수 없다.

더구나 그다음엔 또 뭐라고 했더라?

'저의 꿈은 수학으로 세상을 구하는 것입니다.'

수학으로 세상을 구한다.

수학으로?

세상을 구해?

발상이 너무 튀었다. '경찰관이 돼서 나라를 지키겠다'거나 '의사가 돼서 사람들을 돕겠다'거나, 이건 그런 얘기가 아닌 거다. 어쨌거나 '수학'으로 발칙하게도 '세상을 구하겠다'고 공언했다.

수단과 목적이 전혀 일치하지 않는다.

에잇, 진짜 뭐야, 이 남자애. 하루카가 눈을 떼지 않는 것을 아는지 모르는지, 그 애는 부스럭부스럭 가방을 뒤져 자그마한 문

고본을 꺼냈다. 서점 커버가 씌워져 있어 표지는 볼 수 없었다.

내용이 흘끗 눈에 들어왔다.

"이상, n차함수의 그래프에 대해 설명했다. 또한 붕여속함수로서 가장 일반적인 것으로는 가우스 기호를 이용한 함수가 있는데, 그 대표적인 공식 $y = [x]$의 그래프는 $y = x$와는 크게 다르고……"

순간적으로 하루카의 두 눈이 거부 반응을 일으켰다.

이상한 전학생이 왔다!

소문은 순식간에 다른 반으로 퍼져 나갔고, 사흘 뒤에는 2학년 중에 그 애를 모르는 사람이 없었다. 복도를 오갈 때 들리는 소리는 오로지 수수께끼 전학생 이야기뿐이었다. 호기심에 다른 반에서 몰래 보러 오는 무리까지 등장한 상황이었다.

대체, 앞으로 무슨 일이 벌어질 것인가. 심심해서 미칠 것 같던 아이들은 그 애의 다음 기행에 크나큰 관심을 기울였다.

그러나 기대와 달리 첫 주는 아무 일도 없이 지나갔다. 언제나 수학과 관련된 책을 펼쳐 놓는 것을 제외하고 그 애는 딱히 이상한 행동은 하지 않았다. 그렇다고 반 아이들과 어울리느냐 하면 결코 그건 아니었다. 첫날의 인상이 너무 강한 탓에 아이들 사이에서는 '상황을 지켜보자'는 분위기가 지배적이었다. 체육 시간에는 구석에 가만히 서 있을 뿐 반 아이들과 섞이지는 않았다. 점심시간에도 혼자서 묵묵히 도시락을 먹었고, 그 뒤로는 곧바로 수학책을 읽기 시작했다.

당연히 친구들은 아직 제로. 아니, 친구는커녕 누군가와 이야기하는 모습조차 볼 수 없었다. 그 애 입에서 말이 나오는 건, 수업 시간에 선생님께 "진노우치 소라, 이 녀석아 지금은 영어 시간이야."라고 주의를 들으면 "네, 죄송합니다."라고 대답하는 정도였다. 그 외에는 교실에 들어와서 집으로 돌아갈 때까지 한 마디도 하지 않았다.

전학 온 뒤 며칠 동안, 그 애는 점점 고립된 채 침묵으로 지냈다.

"왠지 좀 불쌍해."

점심시간, 볼이 미어지게 주먹밥을 우물거리면서 마키가 중얼거렸다. 마키와 마주앉아 도시락을 먹던 하루카는 젓가락질을 멈추고 고개를 들었다.

마키와 하루카는 반에서 가장 친한 친구이고, 날마다 도시락도 함께 먹는다. 둘은 초등학교 때부터 알고 지냈지만, 무엇보다 친하게 지내게 된 이유는 같은 소프트볼 동아리이기 때문이다. 마키는 사람들을 잘 챙기는 데다 성격이 야무져서 동아리 부원 모두 듬직해한다. 오지랖이 좀 넓은 건 애교로 봐줄 만하다.

"불쌍해?"

"그래, 저 전학생 말이야."

마키가 흘끗 창가 구석으로 눈길을 돌리자 하루카도 그 눈길을 좇았다. 수수께끼 전학생은 일찌감치 점심을 먹었는지, 벌써 책의 세계에 빠져 있었다. 틀림없이 또 어려운 수학책이라도 읽고 있겠지. 동복 상의 호크를 잠근 것도 여전했다.

"역시, 갑작스럽게 전학 와서 불안한 거 아닐까?"

마키는 입안에 든 주먹밥을 꿀떡 삼키고 나서 목소리 톤을 약간 떨어뜨렸다.

"특별한 사정이 없다면, 이런 시기에 전학 올 리 없잖아."

특별한 사정……. 문어 모양 비엔나소시지를 입으로 가져가면서 하루카는 단짝 친구의 말을 생각해 봤다.

전학은 대개 4월(일본은 4월에 새 학기가 시작된다 - 옮긴이)에 오거나 가거나 한다. 하루카의 경우는 부모님이 줄곧 이 오이소마치-가나가와 현 서부의 시골구석-에서 일해서 자세히는 모르지만, 아마도 부모님의 근무지가 바뀌는 건 대개 4월일 것이다. 학교 역시 4월이 되면 새로운 선생님이 오신다. 그러니까 어중간한 5월에 이사를 왔다는 것은 틀림없이 나름의 사정이 있는 거다.

게다가 반이 바뀐 지 한 달이나 지난 것도 반 아이들과 어울리기 힘든 원인이 아닐까. 지금은 이미 친한 아이들끼리 몇 그룹으로 나뉘었다. 만약 4월이었다면 분위기상 친구를 사귀기도 쉬웠을 텐데. 물론 본인의 까다로운 성격도 고립을 자초했겠지만.

"하루카? 야, 하루카?"

"어?"

깜짝 놀라 눈을 들자 마키가 두 개째 주먹밥의 포장 랩을 벗기며 하루카의 얼굴을 들여다보았다. 커다란 눈이 이상하다는 듯 보았다.

"왜 그렇게 멍하니 있어?"

"아, 미안. 뭐 좀 생각하느라."

"뭔데, 뭔데? 혹시 그 전학생이 마음 쓰여? 그런 거라면 나도 도와줄게."

"무슨 소리야. 얘기가 왜 그쪽으로 새는데?"

하루카는 어이없다는 듯 고개를 절레절레 흔들며 딱 잘라 부정했다. 그 전학생에 대해 생각한 건 분명하지만 절대 마키가 상상하는 내용은 아니었다. 애초에 그 애 이야기를 꺼낸 건 마키가 아니던가.

"에이, 뭐야. 아니었어?"

마키는 김샌다는 듯이 중얼거리고는 주먹밥을 한입 덥석 베어 물고 볼이 미어지게 먹었다.

"그래도 혹 사랑 때문에 고민이 생기거든 나한테 상담해."

"뭔 소리래. 그런 넌 어떤데?"

"나? 내 남친은 이거."

그렇게 말하고 마키는 책상 옆에 걸어 둔 가방에서 코르크색 피처글러브를 꺼내 입 맞추는 시늉을 했다.

하루카는 어이없어 웃고 말았다. 마키는 2학년이지만 소프트볼 동아리의 에이스고, 3학년이 물러나면 주장이 될 것이다. 그러니, 그야말로 마키다운 대답이었지만 글러브를 남자 친구라고 하는 여자애에게 도대체 무슨 사랑 상담을 하라는 말인가.

애는 정말 자신의 매력에 너무 둔감해. 하루카는 마키의 몸을 쓰윽 훑어보고는 눈치채지 않게 작게 한숨을 내쉬었다. 마키는 평균보다 조금 큰 키에 몸은 호리호리하다. 이목구비는 여자애들조차 반할 정도로 또렷하고 특히 시원스런 눈매가 사랑스럽다. 그러나 '머리가 길면 소프트볼에 방해가 된다'는 이유로 머리칼은 선머슴처럼 짧게 깎았고, 교복도 블라우스부터 치마에 이르기까지 전혀 신경 쓰지 않고 대충 입고 다닌다. 이 정도면 보물을 가지고도 썩히는 거다. 얼굴과 몸매를 아무리 잘 타고난들 무슨 소용 있나.

하루카의 그런 시샘을 눈치채지 못한 채 마키는 남은 주먹밥을 입안에 쏙 넣고 턱을 몇 번 우물우물 움직여 페트병에 든 차와 함께 삼켰다. 그러고는 칠판 위에 걸린 시계를 흘깃 쳐다보고는 글러브를 들고 일어섰다.

"지금 그게 문제가 아니라, 빨리 먹어야지. 또 남자애들한테 운동장 빼앗긴단 말이야."

"맞아! 오늘은 무슨 일이 있어도 꼭 넓은 쪽을 차지하고 말 거야!"

하루카는 허둥지둥 남은 밥을 입에 그러넣었다.

문6. 수학으로 세계를 구하라

어서 오세요! 수학가게입니다

초판 1쇄 2014년 8월 11일
초판 15쇄 2025년 1월 20일

지은이 무카이 쇼고
옮긴이 고향옥
펴낸이 이재일

책임 편집 신정선
제작·마케팅 강지연, 강백산
표지 디자인 신병근
본문 디자인 문고은

펴낸곳 토토북
주소 04034 서울시 마포구 잔다리로7길 19, 명보빌딩 3층
전화 02-332-6255 | **팩스** 02-6919-2854
홈페이지 www.totobook.com | **전자우편** totobooks@hanmail.net | **인스타그램** totobook_tam
출판등록 2002년 5월 30일 제2002-000172호
ISBN 978-89-6496-1964 43830

*잘못된 책은 구입하신 곳에서 바꾸어 드립니다.
*탐은 토토북의 청소년 출판 전문 브랜드입니다.
*이 책의 사용 연령은 14세 이상입니다.

엉겁결에 크게 소리치고 얼굴을 붉혔다.

냉큼 주위를 둘러보았지만 다행히 교실 안에는 둘 이외에는 아무도 없다. 마음이 놓인 하루카는 휴우 한숨을 내쉬고 다시 계산기로 눈길을 돌렸다.

길쭉한 계산기 화면에는 '23'이라고 표시되어 있었다.

"그럼, 391 = 17 × 23이 답이란 거야?"

"응, 정답이야."

소라는 필요 이상으로 크게 고개를 끄덕이고 앞에 써 놓은 391 뒤에 식을 적어 넣었다.

$$391 = 17 \times 23$$

그러고는 무슨 일인지 수식을 지그시 바라보며 만족스러운 듯 "응응." 하고 고개를 끄덕였다.

별안간 조금 전 소라가 얘기한 '암호'라는 단어가 하루카의 뇌리를 스쳤다. 어쩌면 391에는 무슨 특별한 의미가 숨겨져 있고, 소인수분해를 하면 그게 보일는지도 모른다. 추리 소설에나 나올 법한 전개였다. 혹시 소라는 그 숨겨진 의미를 발견하고 혼자서 만족하고 있는 건 아닐까. 그런 생각을 하며 하루카는 소라를 따라 수식을 바라보았다.

곁눈질도 하지 않고 오롯이 1분간. 눈이 아플 때까지 응시했다.

거기에 있는 건 역시나 보통의 수식이었다.

"의외로 번거롭지?"

한동안 바라보고는 소라가 먼저 입을 열었다. 하루카는 눈을 껌벅껌벅하면서 순순히 고개를 끄덕였다. 계산기가 없다면 어땠을까 하는 생각이 들자 소름이 돋았다. 계산 실수로 정답에 이르지 못했을지도 모른다.

"근데, 대체 이게 어떻게 암호가 된단 거지? 17이나 23이란 숫자에 무슨 의미가 있어?"

"물론 숫자 자체에는 의미가 없어. 중요한 건 난이도인 거지."

"난이도?"

"응."

소라는 잠시 사이를 두고 연필 꽁무니로 안경을 밀어 올렸다. 어쩌면 그것이 버릇인 듯싶었다.

"고작 두 자릿수 곱셈인데 답을 알기 위해 몇 번이나 계산했잖아? 이게 만약 백 자릿수나 천 자릿수 소수의 곱셈이었다면, 계산기를 써도 풀리지 않았을 거야."

천 자릿수라는 말에 하루카는 처음에 1000이나 2000 따위의 숫자를 떠올렸다. 하지만 곰곰 생각해 보니 1000이나 2000은 자릿수로 따지면 네 자릿수다. 천 자릿수라고 하면 숫자가 1000개 있는 거다.

1000개.

하루카는 공책 위의 숫자를 하나하나 세어 봤다. $634 = 2 \times$

317은 숫자가 7개, =과 ×까지 합하면 9개. 숫자가 많아 보이는 9999＝3×3×11×101도 11개, 기호까지 넣어도 15개.

이번에는 아직 손에 있는 계산기에 눈을 돌렸다. 시험 삼아 1을 계속 눌러봤다.

1111111111

딱 10개. 더는 화면에 표시되지 않았다. 천 자릿수가 되기에는 자그마치 990개의 숫자가 모자랐다.

"어라, 세계 인구는 70억 명이지?"

하루카는 쭈뼛쭈뼛 중얼거렸다.

"응, 지리 교과서에 나와 있잖아."

소라가 수학 이외의 교과서를 읽었다는 사실에 놀랐지만 지금은 그럴 때가 아니다. 70억. 이 드넓은 지구에 살고 있는 인간의 숫자. 처음 70억이란 걸 알았을 때에는 터무니없는 숫자라고 생각했는데.

"소라, 70억이면 몇 자릿수야?"

"으음, 열 자릿수."

머리를 한 방 얻어맞은 기분이다. 지구의 전 인류가 모인다 해도 단지 열 자릿수! 그렇다면 천 자릿수의 수란 글자 그대로 규모가 다른 거다. 그것도 990자릿수나 990자릿수만큼 차이가 나는 거다. 더구나 그 천 자릿수 수끼리 곱한다고 한다. 그렇게 되면 대체 얼마나 큰 수가 되는 걸까.

이쯤 되면 이미 하루카가 실감할 수 있는 범위를 넘어선 거다. 단 하나, 확실한 것은 그런 괴물 같은 숫자는 절대 계산하고 싶지 않다는 것뿐이다.

"어때, 엄청 어려워 보이지?"

입가에 미소를 띤 소라가 하루카를 향해 말했다.

"이 어려운 계산 덕분에 컴퓨터 보안에 이용되는 거라고."

"보안."

하루카는 음미하듯이 조용히 중얼거렸다.

"방금 예로 들었던 걸 가지고 말하면 391은 자물쇠야. 17하고 23은 열쇠고. 열쇠 두 개 중 하나가 없으면 자물쇠를 열고 안에 든 데이터를 볼 수 없는 거지."

이렇게 얘기하면서 소라는 $391 = 17 \times 23$ 밑에 뭔가를 써 넣었다. 미지의 기호인가 싶었는데 아무래도 그건 자물쇠와 열쇠 그림인 것 같았다. 391 밑에는 맹꽁이자물쇠를 그린 듯한 반달 모양 어묵 그림이, 17과 23 밑에는 열쇠인지 뼈인지 알 수 없는 비뚤비뚤한 선이 각각 그려져 있었다. 수식은 놀랄 만큼 정연했지만 아무래도 그림 솜씨는 서툰 모양이었다.

하루카가 키득키득 웃는 걸 전혀 눈치채지 못하고 소라는 설명을 계속해 나갔다.

"물론 자물쇠가 391이라면, 아까처럼 계산해서 열쇠를 찾을 수 있어. 하지만 열쇠가 천 자릿수라면 일일이 계산해서 알아볼 순 없겠지?"

그건 당연하다. 전자계산기로도 할 수 없는 계산을 무슨 수로 답을 내야 할지 어림짐작도 할 수 없었다. 하루카는 되도록 그림은 보지 않으려고 눈을 피하면서 "응응." 하고 맞장구를 쳤다.

"더구나 나는 이 자물쇠를 순식간에 만들었어. 적당한 소수끼리 곱한 것뿐이니까. 만드는 건 간단한데 푸는 건 어렵지. 이보다 더 되는 대로 만든 암호도 없겠지?"

하루카는 그제야 소라가 깊이 생각하지 않고 391이라는 숫자를 공책에 적은 걸 떠올렸다. 그때는 이상하게 생각했지만 이제는 수긍이 갔다. 어쨌거나 어떤 수든 상관없었던 거다. 소라가 한 일이라고는 단지 적당한 소수 두 개를 '열쇠'로 골라 그것을 곱한 '자물쇠'를 즉흥적으로 만든 것뿐이다. 이상할 정도로 암산이 빠른 것만 빼면 딱히 어려운 일을 한 건 아니었다.

그렇다면 마음만 먹으면 더 큰 '자물쇠'도 간단히 만들 수 있다. 천 자릿수끼리의 곱셈을 어떻게 할 것인가가 문제지만 틀림없이 컴퓨터를 사용하면 가능할 테다. 자세한 건 알 수 없지만 컴퓨터의 계산 능력은 어마어마하다고 들었던 것 같다. 결국 천 자릿수 소수 두 개를 골라 그것을 곱해서⋯⋯.

"어?"

거기까지 생각한 하루카는 큰 의문이 생겼다.

"천 자릿수 소수가 진짜로 있어?"

애초의 전제를 무너뜨리기 쉬운 질문. 그러나 하루카는 묻지 않을 수 없었다.

소수란 다른 수를 만드는 기본이 되는 수니까, 그렇게 큰 수가 기본이라니 머릿속에서 상상이 될 리가 없었다.

천 자릿수의 영역. 숫자가 1000개나 있는 세계. 101이나 317을 알고 있다 해도 이건 소라도 어찌 할 수 없을 거다. 하루카는 눈을 가늘게 뜨고 짓궂은 얼굴로 소라를 바라보았다. 대답을 못하고 횡설수설하는 소라. 그런 모습을 예상했다. 그런데 소라는 낯빛 하나 변하지 않았다. 연필로 안경 끝을 밀어 올리고 단호하게 말했다.

"있지. 천 자릿수 소수는 존재해."

눈을 보면 알 수 있다. 허세를 부리는 게 아니다. 마치 자신이 확인하고 온 듯 확신에 찬 눈. 가만히 보고 있으면 끌려 들어갈 듯한 이상한 힘이 깃들어 있다.

"설마 그런 것까지 계산해 본 거야?"

"아니, 그건 아냐."

"그럼, 대체 어떻게?"

날카로운 목소리로 물고 늘어지는 하루카와는 대조적으로 소라는 팔짱을 낀 채 조용히 고개를 숙이고 있었다. 대답을 못한다기보다는 잠시 할 말을 신중히 고르는 것 같았다. 드디어 소라가 결심한 듯 입을 열었다. 그러고는 한층 더 충격적인 말을 뽑아냈다.

"실제로 계산해 본 적은 없어. 하지만 천 자릿수 소수는 분명히 있어. 천 자릿수만이 아니야. 만 자릿수도 백만 자릿수 소수도 있어."

"말도 안 돼. 그럼 소수는 대체 얼마나 있다는 거야?"

"무한이지."

사이를 두지 않고 소라가 대답했다.

"소수는 무한으로 있어."

무한. 너무 갑작스럽게 거창한 단어가 등장한 탓에 하루카의 사고는 거기에 따라갈 수 없었다. 공백이 발생한 뇌 속에 '무한'이라는 단어만이 데면데면하게 울려 퍼졌다. 몇 초간 정지됐던 사고의 톱니바퀴가 다시 돌아가기 시작했다. 다만 재가동되니 얼마간의 혼란이 따랐다. 하루카는 거친 목소리로 따발총처럼 마구 쏟아 냈다.

"잠깐! 무한? 무한이라면 끝이 없다는 말이잖아? 그런 걸 어떻게 알아? 누가 조사해 봤어? 누가? 어떻게? 셀 수 없으니까 무한인 거잖아? 그걸 누가 계산했다는 거야!"

하루카는 머릿속에 떠오른 의문을 남김없이 쏟아 냈다. 싫어하는 수학과 억지로 마주해 봤지만 도무지 따라갈 수가 없었다. 스스로도 종잡을 수 없는 소리를 지껄인다는 건 알고 있다. 이런 식으로 다그치면 소라의 입장이 난처하다는 것도 안다. 하지만 멈출 수 없었다.

내가 왜 이러는 거지? 하고 싶은 말을 모조리 토해 내고, 어깨를 들썩거리며 헉헉 숨을 몰아쉬면서 하루카는 생각했다.

이제 보니 이 소년은 단지 까칠하고 성가신 애가 아니었다.

그런데 정작 종잡을 수 없는 말을 들은 당사자는 배시시 웃으며 이렇게 말했다.

"응, 좋아. 그런 의문은 중요해."

잘못 들은 줄 알았다. 억지로 웃는 줄 알았다.

하지만 아니었다. 수학을 좋아하는 소년이 더욱 활기차게 지껄이기 시작했으니까.

"무한으로 있으니까 그걸 실제로 확인할 수 없는 건 확실해. 아무리 세어 봐도 끝이 없으니까."

소년은 눈빛을 빛내며 허리를 약간 들어 몸을 앞으로 기울였다. 큼직한 안경이 코앞에 다가오자 하루카는 반대로 몸을 뒤로 젖혔다.

"하지만 할 수 있어, 수학을 이용하면. 인간은 다다를 수 없는 '무한'을 증명할 수 있다고."

그렇게 말하고 연필로 안경을 밀어 올렸다. 그런 몸짓마저 어쩐지 의기양양해 보였다. 한 번 더 귀 기울여 보자. 그렇게 생각하게 만드는 뭔가가 있었다.

"보여 줄게. 무한의 세계를."

"이를 테면, 만약 누군가가 '최대 소수를 발견했다'고 해 보자."

그렇게 말하면서 소라는 공책을 넘겨 새로운 페이지에 연필로 슥슥슥 써 나갔다.

"그 수를 x라고 해. x는 x와 1로만 나눌 수 있고."

공책의 맨 위에 적은 건 수식이 아니라 다음과 같은 말이었다.

가정 : 최대 소수 x가 존재한다

남자애 글씨답지 않게 묘하게 동글동글했다. 하루카는 그 말이 무슨 의미인지 알려고 안간힘을 썼다.

"여기까지는 알겠어?"

"응, 알아."

단지 이것뿐. 말로 하면 한 줄밖에 안 되는 설명이지만 하루카에게는 엄청난 도전이었다. 그건 바로 미지의 영역, 무한의 세계를 이해하는 첫걸음이었으니까. 하루카의 진지한 표정을 보고 소라는 만족스럽게 고개를 끄덕였다. 그러고는 잠시 사이를 두고 설명을 계속해 나갔다.

"하지만 아까도 말했듯이 소수는 무한으로 있으니까 '최대 소수' 따위 발견했을 리가 없어. 그 말은 이 사람이 거짓말을 하고 있다는 거지. 우리는 그 거짓말을 간파해야 해."

그리고 그 거짓말을 알아차리는 것이 자신들을 무한의 세계로 인도해 주는 거다. 하루카는 거기까지 이해하고 자신이 묘하게 흥분하고 있음을 깨달았다.

"왠지 탐정 같은데. 가슴이 두근두근해."

"그래, 수학자는 탐정이 될 수도 있지. 뭐든 될 수 있다고."

적당히 대꾸할 줄 알았는데 소라는 터무니없이 크게 고개를 끄덕거리면서 아주 진지하게 말했다. 그리고 공책 다음 줄에 뭔지 기괴한 수식을 써넣었다.

$$x! + 1$$

"이 !는 뭐야?"

하루카는 궁금한 것을 숨기지 않고 물었다. 기호 자체는 물론 본 적이 있다. 흔히 만화 대사 같은 데서 많이 나오는 느낌표. 말의 느낌을 강화하는 기호다.

하지만 x를 '강화한다'는 것은 조금 이해가 되지 않았다. 대체 이건 무슨 뜻일까.

"이건 '팩토리얼(factorial)'이라는 기호야."

소라는 특별히 '팩토리얼' 부분을 강조하며 느긋한 말투로 대답했다. 그리고 같은 페이지 한가운데쯤에 흐르는 듯한 수식을 몇 개 써 내려갔다.

$$2! = 1 \times 2$$
$$3! = 1 \times 2 \times 3$$

$$4! = 1 \times 2 \times 3 \times 4$$

$$5! = 1 \times 2 \times 3 \times 4 \times 5$$

"알겠어?"

"으응. 느낌표를 붙이면 1부터 그 수까지를 전부 곱한다, 그런 뜻?"

"그래, 맞아!"

소라는 일부러 과장되게 고개를 끄덕여 보였다.

"이걸 바로 '팩토리얼', 다른 말로 하면 '계승'이라고 하는데 느낌표는 그걸 표시하는 기호야. 봐, 이렇게 적어 놓으니까 계단 같지? 계승(階乘)의 '계'는 계단(階段)의 '계(階)'야."

아, 그렇구나. 듣고 보니 아래로 갈수록 수식이 길어져 계단이 완성된 것처럼 보였다.

소라는 2!부터 5!로 만들어진 계단 한가운데쯤에 뭔가를 더 써 넣었다. 철사 다발처럼 보이는 그것은 아무래도 막대 인간인 것 같았다. 흐늘흐늘 홱 구부러진 다리가 4! 단에서 하나 위 3! 단으로 조금 비어져 올라와 있었다.

"그럼, 이 x!이란 건 1부터 x까지를 전부 곱한다는 뜻이야?"

"응. 그리고 거기에 1을 더한 수식이 $x!+1$이지."

$$x! + 1 = (1 \times 2 \times 3 \times 4 \times \cdots\cdots \times x) + 1$$

공책 위쪽을 보자 어느새 $x!+1$ 뒤에 정연한 수식이 적혀 있었다.

하루카는 다시 한 번 수식의 계단을 보았다. 여기에는 5!까지 밖에 적혀 있지 않지만 실제로는 계단이 더 아래까지 이어질 것이다. 100!이나 1000!도 있겠지. 그리고 그 계단 중 어디쯤인지 알 순 없지만 반드시 $x!$의 단이 있는 거다. 그렇게 생각하자 조금 전 소라가 그린 막대 인간은 올라와 있는 게 아니라 내려가 있는 것처럼 보였다. 2!이라는 최솟값에서 더 큰 숫자를 만나러 가기 위해. 밑으로 밑으로 흠칫흠칫. 그야말로 무한의 심연으로.

그건 무한의 수수께끼 속으로 다가서려는 소라 자신의 모습으로도 보였다.

"그리고 이 $x!$ 말인데."

소라가 뾰족한 연필심으로 $x!$을 가리켜 하루카는 깜짝 놀라 수식의 계단에서 눈을 뗐다. 물론 소라는 그걸 알아차리지 못했다.

"'1부터 x까지 어떤 정수라도 나누어떨어진다.'라는 말은 알아?"

"어엉."

"어렵게 생각하면 안 돼. 2의 배수는 2로 나누어떨어진다. 3의 배수는 3으로 나누어떨어진다. 그거랑 같은 거야. 예를 들면, 3!은 1의 배수이기도 하고 2의 배수이기도 하고 3의 배수이기도 해. 그러니까 1에서 3까지 어느 수로도 나누어떨어지는 거지."

하루카는 터져 버릴 것 같은 뇌를 풀가동시켰다.

3!은 $1\times2\times3=6$이다. 1로도 2로도 3으로도 나눌 수 있다. 그럼 x!은? 공책 위쪽에 적혀 있다. $1\times2\times3\times4\times\cdots\cdots\times x$다.

"x!은 1부터 x까지의 모든 정수의 배수야. 그러니까 1부터 x, 어떤 정수로도 나누어떨어지는 거지. 여기까지는 알겠지?"

하루카는 몇 초간 미동도 하지 않고 있다가 가까스로 머리를 세로로 흔들었다. 괜찮다. 잘 모르는 x라는 기호가 상대라도 순서에 따라 생각하면 이해할 수 있다. 하루카의 반응을 기다렸다가 소라는 다시 설명하기 시작했다. 기분 탓인지 볼이 발그레해 보였다.

"그럼 x!+1은? 모처럼 딱 나누어떨어졌는데 거기에 1을 더해버리니까 x 이하의 어떤 수로 나누어도 1이 남게 되잖아? 아, 물론 1이라면 나누어떨어지지만 말이야. 하지만 1은 소수가 아니니까 여기선 생각하지 않아도 돼."

설명이 조금 빨라져서 하루카의 뇌는 다시 소라의 말을 따라가기가 버거웠다. 하루카는 소라의 말이 끝나기를 기다렸다가 생각을 정리했다.

x!+1은 이해가 잘 안 간다. 그럼 3!+1은? $1\times2\times3+1$. 지금까지 2와 3으로 나눌 수 있었는데, 거기에 1을 더했기 때문에 나머지가 생기는 건 분명하다. 사이좋게 나눠 먹을 수 있는 피자에 일부러 조각을 하나 더 얹은 것처럼.

4!+1도 5!+1도 그렇다. 나누어떨어지는 데 1을 더함으로써 나

머지가 생긴다. 그렇다면 $x!+1$도 마찬가지로 x 이하의 수로는 나누어떨어지지 않는다?

"어?"

하루카는 그 부분에서 미심쩍었다. 이상하다. 뭔가가 이상하다. 소라의 설명은 이해한 것 같은데 어딘지 아귀가 맞지 않는 듯했다. 퍼즐 조각이 남았는데 퍼즐이 완성돼 버린 이상한 느낌.

"눈치챘어?"

그 의문의 정체를 가르쳐 준 건 소라였다.

"둘 이상의 자연수는 소수의 곱셈으로만 나타낼 수 있어. 그러니까 x가 최대의 소수란 말이 사실이라면 $x!+1$도 x 이하의 소수의 곱셈만으로 나타낼 수 있겠지? 그런데 $x!+1$은 x 이하의 어느 소수로도 나누어떨어지지 않아. 다시 말해, 더는 소인수분해를 할 수 없는 거지. 이건 모순이란 생각 안 들어?"

맞다. 아까 소라가 말했다. 모든 수는 소수의 곱셈으로만 나타낼 수 있다고. 그래서 '기본'이 되는 수라고. $x!+1$도 예외는 아니다. 어딘지 알 순 없지만 잘못된 부분이 있다. 누군가 거짓말을 하고 있다. 그 어딘가 누군가라는 건 다시 말해…….

"결국 x는 최대 소수가 아니라는 말이 되는 거지. '최대 소수를 발견했다'는 말은 원래부터 거짓이었어."

가정 : 최대 소수 x가 존재한다…… 모순

"그래서 소수는 무한으로 존재하는 거야."

소라가 그렇게 말하고 맨 윗줄에 '…… 모순'이라고 써 넣는 것과 동시에 하루카의 몸에 찌르르 전류가 흘렀다.

눈앞의 어둠이 갑자기 환히 밝아졌다. 딱 한순간, 끝이 있을리 없는 계단의 아주 깊은 곳까지 본 듯한 기분이 들었다. 다다를 수 없는 무한. 인간은 도달할 수 없는 미지의 영역. 그 존재가 확실하게 증명된 순간이었다.

"이걸 '귀류법'이라고 해. 모순점을 찾아냄으로써 가정이 거짓이었다는 것을 증명하는 거지. 하긴 중학교에서는 배우지 않지. 원래 증명에는 여러 종류가 있어. 일반적인 '연역법' 말고도 '수학적 귀납법'이라든가 '대우'를 취하는 방식이라든가."

소라가 뭔가 설명하기 시작했지만 이미 하루카의 귀에는 들어오지 않았다.

될 리 없어.

조금 전 그렇게 투덜거리며 비웃었던 '무한의 증명'이 지금 눈앞에서 완성됐다. 이 동안 소년의 손에 의해서.

하루카는 조금 전 자신의 태도가 갑자기 부끄러워졌다.

"미안해."

하루카가 불쑥 그렇게 중얼거리자 눈을 반짝거리며 설명하던 소라가 말을 딱 멈췄다.

"내 멋대로 안 된다고 단정해 버리고는 흥분했어. 기분 나빴지?"

"네가 큰 소리를 내서 좀 놀라긴 했는데, 그런 거 신경 안 써."

즉답. 상당히 심각하게 자기혐오에 빠져들었던 하루카는 소라의 그런 태도에 적잖이 맥이 빠졌다. 그런 거 신경 안 써. 정말로 신경 쓰는 것 같지 않았다.

"그보다 굉장하지? 수학을 이용하면 실제로는 볼 수 없는 무한도 증명할 수 있고 말이야."

소라의 눈동자가 다시 빛을 띠었다.

"게다가 소수가 무한으로 있다고 증명됐기 때문에 더 큰 소수를 찾으려는 연구가 계속 이루어지고 있어. 몇 년 전에 발견된 소수는 아마 약 1300만 자릿수였을걸. 숫자가 1300만 개나 죽 나열돼 있다는 게 상상이나 돼? 1300만이라면 도쿄 인구 정돈데. 도쿄에 사는 사람들이 기다란 종이에 저마다 숫자를 하나씩 적어나간다면 그 정도로 큰 숫자가 완성될 수 있다는 얘기야."

하루카는 도쿄 사람들이 한 줄로 주욱 늘어서서 바닥에 놓인 긴 종이에 숫자를 쓰는 모습을 떠올렸다. 그날은 틀림없이 도로는 통행금지일 테고, 직장도 쉬게 될 거다. 몹시 어처구니없는 광경일 테지만 그렇게 괴물 같은 소수를 발견한 사람은 누구일까, 그쪽이 오히려 이상히 여겨졌다.

"아까 소수를 암호로 사용한다고 말했지? 큰 소수가 발견될 때마다 더 어려운 암호를 만들 수 있게 돼. 그렇다면 보안도 점점 강화돼서 해커한테서 중요한 자료를 지킬 수 있겠지."

천 자릿수 정도의 이야기가 아니다. 1300만 자릿수. 그런 소수가 '열쇠'로 이용된 '자물쇠'는 열릴 리가 없다. 저장된 자료는 절대 안전할 것이다.

"보안만이 아니야. 수학을 이용하면 더 많은 것을 할 수 있지. 수학은 시험 문제를 풀기 위해 있는 게 아니거든. 더 현실적인 것, 그러니까 전 세계에 흩어져 있는 문제를 해결하기 위한 거지. 나는 그걸 위해서 수학 공부를 하는 거고!"

짝짝짝.

하루카는 저도 모르게 박수를 쳤다. 어느새 일어났는지 불끈 주먹을 쥐고 서 있던 소라는 눈 둘 곳을 모른 채 다시 의자에 앉았다. 동요하는 소라를 보는 건 처음이었다.

"소라 너, 대단하다. 평소에 말을 안 해서 몰랐는데, 그런 생각을 하고 있었구나."

"으응. 말하자면 '신념'이란 거지."

소라는 안절부절못하고 있는 걸 숨기려는 듯 다시 무표정으로 돌아왔다.

그러고는 연필 꽁무니로 틀어진 안경을 바로잡고 말했다.

"그럼 이번에는 네 문제를 해결해 볼까. 고민이 뭐야?"

"뭐?"

이번에는 하루카가 동요할 차례였다. 아까부터 소라의 말과 행동은 너무 갑작스러웠다.

"좀! 왜 갑자기 그런 얘기를 하느냐고!"

"네가 내 수학가게의 첫 손님이니까 그렇지."

소라는 연필 끝으로 깃발을 가리켰다. 깃발은 다시 말려서 잘 보이지 않지만 거기에는 '수학가게'라는 글자가 춤추고 있을 터였다.

수학가게. 수학으로 고민을 해결하는 상담소.

솔직히 수학이 정말로 고민 상담에 도움이 될지 하루카는 아직도 반신반의다. 수학은 하루카가 생각한 것보다 훨씬 심오하다. 그건 이제 충분히 안다. 하지만 보안에 도움이 된다 해서 평범한 중학생이 품고 있는 평범한 고민 해결에 도움을 줄 수는 없다. 아니, 수학이 그런 데 이용되다니 도무지 상상이 되지 않았다.

"망설이는 거야? 그럼 이렇게 생각하면 어떨까?"

하루카가 잠자코 있자 소라는 눈빛을 반짝이며 말을 꺼냈다.

"네가 나한테 고민을 이야기하지 않는다고 해 봐. 그럼 고민은 해결되지 않아. '기댓값'은 제로인 거지."

기댓값? 어려운 수학 용어의 등장에 하루카는 고개를 갸웃했다. 하지만 소라는 그런 하루카를 전혀 아랑곳하지 않았다.

"다음으로 네가 나한테 고민을 상담하는 경우를 생각해 보자고. 그럼 내가 너한테 해결책을 제시할 수 있는 확률이 생겨. 그렇게 되면 필연적으로 기댓값도 제로보다 커지는 거지. 그걸 수학적으로 생각하면 너는 나한테 '상담해야 하는' 거야."

소라는 자신만만하게 선언하고는 허리를 조금 들어 몸을 앞으로 기울였다. 그 기세에 눌린 하루카는 두 눈만 깜빡거릴 뿐이었다. 이유는 잘 모르겠지만 어느새 '상담해야 한다'는 결론이 나와 버린 것 같다.

"자, 사양할 거 없어. 내가 꼭 해결해 줄 테니까 말이야."

소라는 하루카의 두 눈을 똑바로 바라보며 자신만만하게 내뱉었다. 하루카는 엉겁결에 웃고 말았다. 운동장에서는 야구부원들이 타격 연습하는 소리가 탕탕 들려왔다. 결국 왜 수학적으로 '상담해야 하는지' 하루카는 전혀 이해하지 못했다. 하지만 어차피 이렇게 됐으니, 이야기를 좀 들어 보는 것도 괜찮겠지. 씁쓸하게 웃으며 하루카는 그렇게 생각했다.

"나, 소프트볼 동아리인데."

"응응."

하루카는 신중하게 말을 고르면서 이야기하기 시작했다. 소라가 하루카 쪽으로 몸을 더 기울였다. 하루카는 티 나지 않게 소라에게서 살짝 멀어졌다.

"곧 글러브를 새로 사려고 맘먹고 있어. 하지만 동아리가 일찍 끝나는 날은 늘 친구들이랑 패스트푸드점에 들르거든. 거기서 용돈을 너무 써 버리는 통에 도무지 돈이 모이질 않아."

고민이라기보다 단지 응석을 부린다는 생각이 들기도 했지만 하루카에게는 그게 당장 최대의 고민거리였다. 지금 쓰는 글러브가 손에 익어 편하긴 하지만 소프트볼 동아리에 갓 들어갔을 때 산 싸구려다. 지금은 실력도 부쩍 늘었으니까 글러브도 좀 더 좋은 걸 쓰고 싶다.

하지만 돈이 모이지 않았다. 돈이 필요하다면 군것질을 하지 않으면 되지 않느냐고 할지 모르지만 그게 현실적으로 쉽지 않다. 여자아이들의 관계는 아주 섬세하다. 개별 행동을 하면 그것만으로 뒷담화거리가 되기 쉽다. 물론 마키는 그런 애는 아니지만 다른 부원들의 마음까지는 알 수 없는 노릇이다.

하루카는 그런 일로 머리가 복잡했지만, 소라가 알아도 크게 문제될 만한 고민은 아니었다. 게다가 혹시라도 소라가 해결해 준다면 하루카로서는 횡재하는 것이다. 돈에 관한 문제인 만큼 숫자에 강한 소년의 의견을 들어 보는 것도 나쁠 것 같지는 않았다.

"그렇구나. 네 고민, 잘 알았어."

앞으로 몸을 기울이고 있던 소라가 진지한 눈빛으로 하루카를 돌아봤다. 그리고 연필 꽁무니로 안경을 쓱 들어 올렸다.

"자, 그럼 용돈은 한 달에 얼마 받지?"

"3000엔."

"동아리가 일찍 끝나는 날은 무슨 요일이야?"

"어, 화요일하고 토요일인데."

"패스트푸드점에서는 항상 뭘 주문해?"

"잠깐, 왜 그런 것까지 묻는 건데?"

꼬치꼬치 질문을 해 대자 하루카는 저도 모르게 말을 가로막았다. 그러나 소라의 표정은 변하지 않았다. 어느새 공책에 메모까지 하기 시작했다.

"필요해서. 네 고민을 해결하기 위해서 필요한 '수치'를 모으고 있거든."

필요한 물건＝글러브
용돈＝3000엔/월
패스트푸드점＝2회/주

하루카가 흘끔 공책을 들여다보니 방금 자신이 한 말이 순서대로 간결하게 정리되어 있었다. '＝'나 '엔/월' 따위의 기호가 사용된 부분은 정말이지 소라다웠다. 활자처럼 예쁜 숫자와 묘하게 동글동글한 글씨가 무척이나 신기하게 느껴졌다.

"자, 늘 주문하는 게 뭐야?"

"보통 햄버거야."

"가격은? 그리고 또 음료는 주문 안 해?"

얘가 정말 수학만으로 내 고민을 해결할 셈일까?

하루카는 쏟아지는 질문에 넌더리가 났지만 어차피 솔직하게 대답하지 않으면 계속 제자리걸음일 거다. 하는 수 없이 항상 주문하는 메뉴를 숨김없이 말해 줬다.

"만날 똑같은 걸 주문해. 180엔짜리 햄버거랑 100엔짜리 콜라."

어쨌거나 절약해야 하니까 메뉴는 꽤 초라했다. 결코 남에게 자랑할 만한 메뉴는 아니었다. 다른 애들처럼 감자튀김 세트를 추가하지도 않았고, 애플파이를 먹은 적도 없다. 솔직히 다른 애들이 조금 부러웠다.

"응, 그래그래."

햄버거＝180엔
콜라＝100엔

고개를 끄덕이며 거기까지 적은 소라는 책상 옆에 걸린 가방에 왼손을 찔러 넣었다.

이번에는 뭐가 나올까 싶어 흥미진진하게 지켜보는데, 손안에 들어오는 크기의 검정 수첩을 꺼냈다. 소라는 이 달의 페이지를 펼치고 "하나, 둘, 셋⋯⋯." 하고 작은 소리로 뭔가를 세더니 '콜라＝100엔'이라고 쓴 바로 아래 칸에 오른손으로 슥슥슥 단숨에 수식을 적어 넣었다.

$3000-\{(180+100)\times 9\}$

무슨 식이지? 궁금해하는 하루카 옆에서 소라는 벌써 전자계산기로 계산을 시작했다. 타타타탁, 기분 좋게 단추를 두드리나 싶더니 어느새 공책에 계산 결과를 적어 넣었다.

$3000-\{(180+100)\times 9\}=480$(엔)

"이건 무슨 식이야?"

"한 달 용돈이 3000엔이니까 거기서 한 달 치 지출을 뺀 거야. 9는 이번 달 화요일하고 토요일의 총 일수고."

하루카는 분주하게 머리를 회전시켰다. 180＋100이란 햄버거와 콜라의 가격을 합한 거니까 1회당 지출. 그것이 9회분이면 한 달에 지출하는 금액이 나온다는 건가. 그렇구나. 식의 의미는 확실히 이해했어.

어? 잠깐. 근데 용돈에서 지출을 빼면 480엔이라는 건······.

"지금 이대로 가면 한 달에 모을 수 있는 돈은 480엔밖에 안 돼."

"말도 안······."

하루카는 입을 다물어 버렸다. 잘 모이지 않는다 싶긴 했지만 설마 이 정도일 줄이야. 새삼스럽게 숫자를 마주하고 보니 낭비했던 게 부끄러웠다. 딴에는 절약한다고 한 건데.

물론 수입은 다달이 받은 용돈이 다는 아니었다. 설날이면 세뱃돈을 받았고, 할아버지 할머니 댁에 가면 으레 임시 수입이 발생했다. 그렇게 모은 돈은 대개 옷이나 자질구레한 액세서리를 사는 데 죄다 써 버리곤 했다. 일상적인 군것질에 충당할 몫은 남겨 두지 않았다. 결국 다달이 받는 용돈의 범위에서 꾸려 나가는 수밖에 없었다. 그리고 그 결과는 한 달에 480엔이 남는 비참한 생활이었던 거다. 이런 식으로 살면 새 글러브는 꿈도 꿀 수 없다.

"그럼, 새 글러브를 사려면 얼마 부족하지?"

어깨를 축 늘어뜨리고 있는 하루카를 향해 소라는 상처에 소금을 뿌리듯 질문했다.

"6000엔."

"언제까지 필요한데?"

"사실은 반 년 후 신인전에 나갈 때 새 거 끼고 싶었어. 손에 익어야 하니까 9월쯤에는 사려고 했지. 그런데……."

자신이 듣기에도 한심할 정도로 점점 목소리가 작아졌다. 하지만 그것도 어쩔 수 없었다.

스스로도 참 무모한 계획을 세웠다는 생각에 어이가 없었다. 절약하느라고 하는데도 다달이 480엔이라니. 목표액은 6000엔. 여기까지 알았으니까 하루카도 계산할 수 있다. 이런 상태로는 9월은 고사하고 1년이 지나도 6000엔을 모을 수 없다. 제아무리 소라가 다시 계산을 한들 이 결론은 움직일 수 없는 거다.

그렇다고 친구들과 패스트푸드점에 가지 않고 개별 행동을 한다는 소리를 듣고 싶지도 않았다. 이렇게 되면 남은 수단은 부모님을 조르던가, 아니면 세뱃돈을 미리 당겨 달라고 하던가. 아무튼 용돈만 절약해서는 앞으로 6000엔 모으기는 포기할 수밖에 없을 성 싶었다. 어렵사리 상담까지 받았는데, 어쩐지 소라한테 미안한……. 하지만 무모하다는 걸 알았으니까 그것만으로도 수확인가.

하루카는 낙담하면서 그런 생각을 하고 있었다.

"9월까지면 앞으로 넉 달."

귀를 의심했다.

"6000÷4＝1500이네. 다시 말해, 한 달에 1500엔을 모으면 되는 거지."

소라는 이 수학 소년은 왼손에 든 수첩을 팔락팔락 넘기면서 태연하게 내뱉었다. 그 말투에 포기하는 기색은 티끌만큼도 없었다. 다만 눈앞에 있는 문제를 해결하기 위해서 한 발 한 발 돌진하고 있었다.

하루카가 허둥거리는 사이 소라는 오른손에 든 연필을 바삐 움직여 공책에 추가로 수치를 적어 나갔다.

필요한 물건＝글러브＝6000엔(1500엔/월)

"확인 삼아 물어보는 건데, 패스트푸드점에 가는 횟수를 줄일 순 없는 거지?"

"어, 응. 그러니까 어렵다고, 한 달에 1500엔이나 모으는 건. 지금까지도 내 딴에는 절약한다고 했단 말이야."

"그럼, 더 절약하면 돼."

소라는 여전히 억양 없는 말투로 딱 잘라 말했다. 뭐라고 반박하고 싶었지만 두말할 것도 없이 옳아서 하루카는 잠자코 있을 수밖에 없었다.

"내가 진짜 절약 메뉴란 걸 정해 주지."

소라의 눈동자가 번쩍 빛났다. 하루카는 왠지 등줄기가 엄청 서늘해지는 것을 느꼈다.

"일단 1회당 지출을 줄여 보자. 패스트푸드점이란 데, 소방서 앞에 있는 거기 말이지?"

"응, 그래."

"180엔짜리 햄버거가 제일 싼 건 아니잖아? 아마 120엔짜리도 있을 텐데."

"뭐! 그걸 어떻게 알아?"

그만 큰 소리가 나오고 말았다. 이사 온 지 아직 일주일 정도밖에 안 됐을 텐데.

"거긴 체인점이잖아. 전에 살던 동네에도 있거든."

"너 패스트푸드점 같은 데도 가고 그래? 너무 뜻밖……."

하루카는 눈을 동그랗게 떴다. 그림으로 그려 놓은 듯한 공부벌레 소라가 군것질을 하러 다니다니 믿을 수 없었다. 하지만 메뉴를 기억하는 걸 보면 사실은 꽤 좋아하는 거 아닐까? 사람은 겉만 보고는 모르는 법이다.

"응, 고작 몇 번뿐이지만. 가격이나 칼로리, 염분, 그런 게 메뉴에 전부 적혀 있었거든. 주문 조합에 따라 그 수치의 합계가 얼마나 되는지 메뉴를 보면서 계산한 적이 있어."

역시나 전혀 뜻밖은 아니었다. 전에 살던 마을에서도 소라는 내내 이런 상태였을 거다. 하루카는 패스트푸드점 탁자에 앉아 계산기를 두드리며 공책에 수치를 적는 소라의 모습을 상상하자 저도 모르게 웃음이 새어 나왔다.

"아무튼 앞으로는 120엔짜리 햄버거를 주문해."

소라의 말에 놀라 하루카는 공책을 보았다. 어느새 새로운 식이 추가되었다.

$$3000 - \{(120 + 100) \times 9\}$$

순간, 조금 전의 식과 같은 것인 줄 알았는데 달랐다. 햄버거 가격이 '180'에서 '120'으로 바뀌었다. 180엔이 아닌 120엔의 햄버거를 주문한다는 전제의 식. 하루카는 허둥지둥 말했다.

"좀, 멋대로 결정하지 말라고! 나는 달걀 프라이가 들어간 걸 좋아한단 말이야."

"달걀 프라이가 먹고 싶으면 집에서 해 먹으면 돼."

소라는 아예 상대도 하려고 하지 않았다. 투덜투덜 불평하는 하루카 쪽은 보려고 하지도 않고 그저 기계적으로 계산기 단추를 두드리며 공책에 답을 적어 넣었다.

$$3000 - \{(120 + 100) \times 9\} = 1020(엔)$$

"이렇게 해 봐도 겨우 1020엔. 목표액까지는 여전히 480엔이 부족해."

"어어?"

하루카는 엉겁결에 얼빠진 목소리를 내고 말았다. 생각했던 것보다 훨씬 숫자가 컸다. 조금 전까지 480이었던 답이 식을 조금 바꾼 것만으로 1020이 되었다. 그건 다시 말해, 햄버거의 종류를 바꾸기만 해도 다달이 1020엔을 저축할 수 있다는 말이다.

지금껏 계산 같은 건 해 보지 않았는데, 달걀 프라이만 먹지 않아도 그렇게 달라지는구나. 하루카는 감탄과 동시에 그런 것도 깨닫지 못했던 자신이 부끄러워서 볼이 화끈거렸다.

"흐음. 480엔 부족이라."

한 달에 1020엔을 모을 수 있다면 예정보다 시간이 좀 더 걸리긴 해도 결국은 새 글러브를 살 수 있을 것이다. 하루카의 머리에 떠오른 생각을 떨쳐 내버리듯 소라가 말했다.

"소프트볼 연습을 하고 나면 목이 마르겠지? 햄버거는 꽤 짤 테고. 그렇다면 음료는 마시지 않으면 안 되겠는걸."

아무래도 이 소년은 도무지 이 정도 선에서 타협할 생각이 없는 듯 보였다. 당면한 문제를 완벽하게 해결한다. 하루카의 고민을 해결한다. 그때까지 절대 생각을 멈추지 않는다. 뭐 그다지 심각한 문제도 아닐 텐데. 해결한다 해도 아무 이득도 없을 텐데. 그래도 소라는 최선의 방법을 찾으려 했다.

신념.

하루카는 조금 전 소라가 했던 말을 떠올리고 침을 꿀꺽 삼켰다.

"좋아, 그럼 콜라만 마시는 날을 정하자."

"커억?"

목소리가 갈라지고 캑캑 기침이 나왔다. 아니나 다를까, 소라는 전혀 신경 쓰지 않았지만 그 모습이 오히려 딱해 보여서 씁쓸했다.

"지금 식을 세워 보자. 콜라만 주문하는 걸 x번이라 하고……."

"잠깐, 또 네 멋대로! 소프트볼 연습 끝나면 얼마나 허기가 지는데. 콜라만으로는 안 된다고!"

"새 글러브를 위해서 견뎌야지. 매번 그러는 것도 아니잖아. 게다가 배고프면 집에서 먹는 저녁밥이 더 맛있을 테고."

소라가 하는 말은 구구절절 옳아서 반론의 여지가 없다. 게다가 반론을 한다 해도 들어 줄 것 같지도 않았다. 하루카는 할 수 없이 눈물을 삼키며 공책 위에서 초스피드로 진행되는 계산을 지켜보았다.

"한 달에 패스트푸드점을 아홉 번 가니까 콜라는 아홉 번 모두 주문하고 햄버거는 $9-x$번 주문하면……."

$$3000 - \{120 \times (9-x) + 100 \times 9\} \geqq 1500$$

$$120x \geqq 480$$

$$x \geqq 4(회/월)$$

"계산하면 답은 4. 아홉 번 중 네 번은 햄버거를 먹지 않고 콜라만 마신다면 한 달에 1500엔을 저금할 수 있고, 네 달이면 6000엔을 저축해."

소라는 그렇게 말하고 후욱 한숨을 내쉬고는 굳었던 얼굴을 풀었다. 그러고는 의자에 등을 기대고 크게 기지개를 켰다. 어려운 일을 끝냈다, 그런 성취감을 느끼는 듯한 행동이었지만 미소 짓는 얼굴은 어린아이처럼 눈부셨다.

정말로 해결했어!

하루카는 진심으로 감탄했다.

지금까지도 새 글러브를 갖고 싶은 마음은 있었지만, 그 바람을 구체적인 행동으로 이어 나가지는 못했다. 아니, 구체적으로 어떻게 해야 하는지 생각하지 않았다. 단지 막연하게 '절약하고 있다' 생각하고 언젠가는 모아질 거라고 믿으며 한없이 기다렸다. 아, 정말 야무지지 못한 것도 정도가 있지. 하지만 이렇게까지 구체적인 수치를 들이대면 하기 싫어도 실행에 옮기지 않을 수 없다. 달걀 프라이 없는 햄버거를 먹는 게 고통스럽긴 하겠지만 새 글러브가 현실적인 것으로 보이기 시작했다.

앞으로 남은 문제는 '한 달에 네 번은 콜라만 주문한다'는 규칙을 과연 의지력 없는 하루카가 지킬 수 있을 것인가 하는 건데.

"당장 다음 달부터 실행에 옮기는 거야. 6월에는 화요일이 네 번, 토요일이 다섯 번이야. 그러니까 매주 화요일에는 콜라만 마셔야 하는 거지. 거기다 토요일엔 제일 싼 햄버거를 주문할 것."

소라는 수첩을 넘기면서 선수 치듯 말했다. 친절하게 요일까지 지정해 주었다. 이렇게 되면 천하의 의지력 약한 하루카도 문제없을 것이다.

하루카가 안고 있던 고민은 이렇게 해결됐다.

문제가 해결되자 한숨 돌린 하루카는 문득 몇 시인지 궁금해서 얼굴을 들었다. 아무래도 꽤 오랫동안 이야기한 모양이었다. 칠판 위 시계는 5시 반을 가리키고 있었다. 전혀 알아차리지 못했는데 교실이 어느새 저녁노을에 오렌지빛으로 물들었다. 창밖에서는 여전히 야구부의 훈련 소리가 들려왔다. 갑자기 깡 하는 메마른 소리가 울려 퍼졌다.

"어느새 저녁이 됐네."

소라가 창밖을 내다보며 불쑥 중얼거렸다. 큼직한 안경에 싸인 얼굴이 저녁 햇살을 받아 교실과 같은 오렌지 빛깔로 물들었다. 신기하게도 하루카의 눈에는 그런 소라의 모습이 처음보다 조금 어른스러워 보였다.

어디에선가 까마귀가 울었다.

하루카는 그 소리를 신호 삼아 일어섰다. 그러고는 자신을 올려다보는 소라를 향해 웃는 얼굴로 말했다.

"고마워, 이 시간까지. 처음엔 반신반의했는데 상담하길 잘했어. 다음 달부터가 아니라 당장 다음번부터 계획대로 해 볼게."

"그래. 좋은 글러브 사길 바란다."

소라는 앉은 채 무표정하게 대답하며 손을 책상 구석에 놓인 책으로 뻗었다. 그러고 보니 말을 건넸을 때도 책을 읽고 있었다. 방과 후에는 늘 교실에서 혼자 책을 읽는 걸까.

그렇다면 방해하면 미안하지.

"그럼, 내일 봐."

딱 한마디만 하고 뒷문 쪽으로 걸어갔다. 그리고 그대로 교실을 나가려다 문득 생각난 듯 문 앞에서 멈춰 섰다.

하루카는 돌아보고 말했다.

"다음부터는 무슨 가게인지 확실히 알 수 있게 해."

오렌지빛에 싸인 소라는 말없이 작게 고개를 끄덕였다.

문2. 운동장을 이등분하라

"어제 분명히 무슨 가게인지 알 수 있게 하라고 했는데."

4교시 마치는 종이 울리고 점심시간이 시작되자 하루카는 파르르 떨면서 천천히 소라를 돌아보았다. 수업 시간에도 줄곧 책에 빠져 있던 소라는 입안으로 "응?" 하고 무슨 말이냐는 듯이 얼굴을 들었다.

"이거 말고도 다른 방법이 얼마든지 있었을 거 아니냐고!"

엉겁결에 거칠게 내뱉어 버렸지만 지금은 조용히 말할 상황이 아니었다. 함께 도시락을 먹으려고 책상을 옮기던 아이들도, 매점에 빵을 사러 나가려던 아이들도 모두 히죽히죽 웃으며 소라와 하루카 쪽을 훔쳐보았다.

소라는 잠시 어리둥절하다가 "아, 이거 말이구나."라고 중얼거리고 깃발에 손을 뻗었다. 어제부터 붙어 있던 쪽이 아니라 오늘 아침 새롭게 달아 놓은 쪽에. 하얀 바탕에 굵직한 까만 글씨로 '고민을 해결해 드립니다.'라고 적힌 깃발이다. 열린 창문으로 살 랑살랑 불어 들어오는 바람에 두 개의 깃발이 팔락거렸다.

"어째서 그래? 이제 수학가게가 고민 상담소란 걸 모두가 알았 을 텐데."

"그게 아니라고!"

비통하게 소리치고는 하루카는 두 팔을 쭉 편 채 책상에 엎드 렸다. 바람에 펄럭이는 깃발이 오른쪽 손가락에 닿았다.

"왜 내 책상에 매달아 놨느냐고."

두 개의 깃발은 소라의 책상이 아닌 하루카의 책상 다리에 묶 여 있었다. 그것도 소라의 책상과 붙은 쪽이 아니라 통로 쪽 책 상 다리에. 두 개의 깃발 사이에서 사이좋게 책상을 나란히 하고 앉은 소라와 하루카. 이렇게 되면 마치 둘이서 함께 가게를 운영 하는 것 같다.

"어쩔 수 없잖아. 나도 처음엔 내 책상에 달아 봤어."

소라가 자신의 책상과 하루카의 책상이 붙은 쪽을 가리키며 말했다.

"근데, 그렇게 했더니 창문에서 바람이 불어 들어오면 깃발이 네 시야를 가려 버리더라고. 난 칠판 같은 거 안 보니까 상관없 지만 넌 곤란할 거 아냐?"

하루카는 책상에 엎드린 채로 소라의 이야기를 들었다.

칠판이 보이지 않으면 곤란한 건 확실하다. 하지만 실제로 오늘 입은 피해는 그 이상이다.

반 아이들 시선이 어제의 곱절 정도로 느껴졌다. 아이들은 수업 시간과 쉬는 시간을 가리지 않고 히죽히죽 웃으면서 힐끔거렸다. 1교시와 2교시 사이 쉬는 시간에는 야유하는 듯한 말이 들려왔고, 3교시 국어 시간에는 어디선지 손톱 크기로 자른 지우개가 날아왔다. 선생님조차도 교실에 들어오자마자 헛웃음을 지었고, 수업 시간에도 흘끗흘끗 이쪽을 곁눈질했다. 더구나 어제와 달리 소라에게만 주목하는 것이 아니었다. 반 아이들은 드러내놓고 하루카에게도 동정하는 듯한 비웃는 듯한 시선을 던졌다.

"아, 최악이야."

하루카는 책상에 턱을 괸 채 곁눈질로 소라를 째려보았다.

"거슬린다면 내가 잘못했어."

하루카의 매서운 시선에서 도망치듯 소라는 눈 둘 곳을 몰라 하면서 사과했다.

"하지만 생각해 보라고. 만약 지금이 최악, 그러니까 행복도가 최솟값이라고 하면 이제부터는 항상 행복도가 지금보다 커지게 된대도."

하루카는 책상에 도로 엎드렸다.

안 돼, 얘는. 무슨 말을 해도 통할 것 같지 않아.

"하루카? 괜찮아?"

부르는 소리에 얼굴을 들자 책상 앞에 마키가 서 있다. 팔락거리는 깃발이 얼굴에 닿으려는 것을 연신 손으로 쳐내면서 하루카를 내려다보았다. 무슨 일인지 양 눈썹 끝을 내리고 난처한 표정을 지으며 부드러운 목소리로 말을 건넸다.

"지금 네 마음은 알겠는데, 얼른 밥 먹어야 돼. 시간 없어."

"아 참!"

하루카는 벌떡 일어나 책상 옆에 걸어 둔 가방에서 도시락 주머니를 꺼냈다.

학교 운동장은 현관 앞 대형 콘크리트 계단, 즉 스탠드를 내려간 곳에 있다. 다시 말해 한층 높이 서 있는 학교 건물에서 운동장을 한눈에 내려다볼 수 있는 구조이다. 동아리 경기나 체육대회를 할 때는 스탠드를 관람석으로 이용하지만 자리가 부족하면 학교 건물에서 관람할 수도 있다. 다만, 운동장에서는 체육대회는 그럭저럭 치렀지만 동아리 경기는 거의 하지 않았다.

우선, 좁다. 축구부와 야구부는 정식 규격의 경기장이 없어서 경기를 할 때는 근처 종합운동장을 빌려 쓴다. 비교적 구장이 작아도 경기가 가능한 소프트볼 동아리는 연습 경기 때 종종 학교 운동장을 사용하긴 하지만, 사실 왼쪽 길이가 정식 규격에 미치지 못한다. 그리고 운동장의 형태가 좀 특이하다. 네모가 아닌 사다리꼴이다. 학교 건물을 끼고 있는 쪽은 전혀 이상할 게 없다. 운동장 가장자리와 학교 건물이 평행으로 이어져 부지가 끝나는 곳에서 직각으로 굽는다.

문제는 학교 건물 반대쪽. 이쪽은 건물과 평행으로 이어지지 않고 비스듬히 기울어 있다. 그 때문에 위에서 보면 학교 운동장은 사다리꼴 모양의 묘한 형태이다. 어째서 그런 형태가 되었을까. 아무래도 건물 맞은편 소나무 밭이 원인이 아니겠느냐는 소문을 들은 적이 있다. 학교 설립 당시 토지의 권리를 둘러싸고 땅주인과 학교 측 간에 분쟁이 있었던 모양이다. 하지만 자세한 내막은 학생들은 잘 모른다.

이 좁고 특이한 모양의 운동장을 각 동아리가 교대로 쓴다. 사용 시간은 공평하게 짜여 있어서 어느 부서에서도 딱히 불만이 나오지는 않는 듯했다.

문제는 점심시간이다. 무슨 까닭인지는 모르나 하루카와 같은 2학년은 점심시간이면 운동장에서 놀고 싶어 했다. 학년 특유의 특색이라고 해야 할지도 모르겠다. 1학년이나 3학년이 점심시간을 어떻게 보내는지는 알 수 없으나, 아무튼 2학년은 밖에 나가고 싶어 했다.

게다가 여학생과 남학생 사이가 몹시 나빴다. 점심시간이면 남학생은 남학생대로 야구를 하고 싶어 하고, 여학생은 여학생대로 소프트볼을 하고 싶어 했다. 결코 함께 어울려 노는 일은 없었다. 운동장을 둘로 쪼개면 당연히 '큰 쪽'과 '작은 쪽'으로 나뉜다. 남학생이나 여학생이나 조금이라도 넓은 쪽을 차지하고 싶은 건 마찬가지다. 순서를 정해 놓고 사이좋게 돌아가며 쓰자는 생각은 양쪽 모두 털끝만큼도 없었다.

격렬한 말싸움 끝에 다다른 결론은 아주 단순했다.

빠른 쪽이 운동장을 차지한다.

이리하여 큰 쪽 운동장을 차지하기 위한 남녀 간의 경쟁이 시작된 것이다. 어제 남학생 쪽이 빨랐다면 오늘은 여학생 쪽. 그리고 여학생들이 차지한 다음 날에는 남학생들이 반격했다. 운동장 다툼이 시작되고 약 한 달. 팽팽한 싸움은 나날이 격렬해졌다.

하루카와 마키는 여느 때처럼 정확히 7분 만에 점심을 먹었다. 나머지 절반은 방과 후 동아리 활동 전에 먹으면 된다. 재빨리 도시락을 정리하고, 가방에서 꺼낸 무릎 길이의 반바지를 그대로 치마 속에 입었다. 그리고 둘은 재빨리 블라우스를 벗고 하얀 티셔츠 차림을 했다. 이번에는 그 위에 다른 티셔츠를 겹쳐 입었다. 하루카는 마린블루 바탕에 왼쪽 가슴과 오른쪽 소매께에 하얀 남국풍 꽃무늬 티셔츠, 마키는 연회색 바탕에 등판에 흑백의 알파벳 문자가 춤추는 티셔츠. 교복 안에 입는 티셔츠도 학교에서 지정한 체육복이 아닌 완전히 개인 차원의 운동복이었다.

둘은 두 겹이 된 티셔츠 속으로 두 팔을 집어넣었다. 그리고 그 팔을 두 장의 티셔츠 사이에 넣어 새로 입은 티셔츠 소매 밖으로 뺐다. 그런 다음, 새로 입은 티셔츠의 목 부분으로 속에 있는 하얀 티셔츠를 쑥 벗었다. 1분여 만에 속옷을 전혀 보이지 않고 옷을 갈아입었다. 학교 건물 구석에 있는 여학생 탈의실에 가지 않고도 완벽하게 운동복 차림이 됐다.

애초에 체육 시간 전 혼잡한 탈의실을 싫어하던 마키가 고안해 낸 방법이지만, 지금은 점심시간에 소프트볼을 하러 나가는 여학생들에게는 필수 기술이 되었다. 타인의 시선을 아랑곳하지 않고 교실 안에서 멋대로 옷을 갈아입는 남학생들과 맞서려면 이 방법밖에 없었다. 그리고 이 방법이 퍼진 덕분에 여학생들은 요 며칠 연승을 거두었다.

하루카와 마키는 글러브를 움켜쥐고 교실을 뛰어나갔다. 교복 치마 속에 반바지를 입은 채로 치맛자락을 펄럭거리며 단숨에 스탠드를 뛰어 내려갔다. 신발장 앞에서 재빨리 운동화로 갈아 신고 현관 밖으로 뛰어나갔다. 현관 앞길을 가로질러 가면서 힐끔힐끔 뒤돌아봤다. 현관 앞 차양에 걸린 동그란 벽시계는 12시 20분을 가리켰다.

점심시간이 시작된 지 겨우 10분. 오늘도 정확한 시간이다. 하루카와 마키는 의기양양하게 운동장으로 이어지는 스탠드를 뛰어 내려갔다. 하지만 스탠드를 내려가 운동장 특유의 뿌연 흙바닥에 발을 내딛자마자 둘은 딱 멈춰 서고 말았다.

여느 때 같으면 이 시간은 우연히 수업이 빨리 끝난 반 아이들 대여섯 명이, 남녀가 따로따로 웃고 떠들면서 무리가 오기를 기다릴 때였다. 무리가 전부 모이는 건 다시 5분쯤 지난 뒤다.

하지만 오늘은 상황이 달랐다.

글러브와 배트를 든 남학생 스무 명 정도가 티셔츠에 검은 교복 바지 차림으로 벌써 운동장에 모여 있었다. 느물느물 불쾌한 미소가 하루카와 마키를 향해 날아왔다.

"어떻게? 벌써 전원이 모여 있다니."

곤혹스런 나머지 멈춰 선 하루카 옆에서 마키가 신음하듯 내뱉었다.

그 목소리가 들렸는지 먼저 와 있던 여학생 서넛이 이쪽을 돌아보았다. 티셔츠에 치마 속에는 반바지. 하루카와 마키와 똑같은 차림이었다.

"아, 마키!"

그중 말꼬랑지 머리를 한 여자애가 종종종 뛰어왔다. 아오이다. 하루카와 마키와는 다른 반이지만 같은 소프트볼 동아리여서 친하게 지내는 사이다. 몸집이 작고 쾌활한 성격 때문에 남학생 사이에서는 꽤 인기가 있는 듯했다. 게다가 연상의 남자 친구까지 있는 누가 뭐래도 '가진 자'이기도 하다.

"아오이, 왜 남자애들이 벌써 전부 모여 있어?"

아오이가 멈추기도 전에 마키가 다그쳐 물었다.

"모르겠어. 나도 지금 막 왔거든."

아오이는 난처한 얼굴로 고개를 갸우뚱했다. 그 모습에 잠시 마음이 누그러졌지만 그렇게 헤벌쭉할 때가 아니었다. 하루카는 계단 밑에서 현관 위의 둥근 벽시계를 올려다보았다. 역시 점심시간은 10분밖에 지나지 않았다.

이상해. 아무리 생각해도 이건 이상해.

"늦었군."

어깨에 배트를 멘 까까머리 소년이 한 발짝 앞으로 나오면서 싸늘한 목소리로 말했다. 야구부원 가케루다. 남학생들의 리더 격 존재. 오만한 태도가 주는 것 없이 얄미운, 하루카가 싫어하는 타입이다.

"오늘은 우리가 넓은 쪽을 쓰지."

"잠깐 가케루, 아무리 그래도 너무 빠르잖아!"

승리에 의기양양하게 미소 짓는 까까머리에게 마키가 따지고 들었다.

"대체 무슨 수로? 다 똑같이 4교시 수업이 빨리 끝난 거야?"

"아니, 아니. 그건 아니지."

가케루는 흥! 하고 의미심장하게 코웃음을 쳤다.

"암튼 말이야, 오늘은 우리가 이겼다고. 불만 있거든 내일은 우리보다 빨리 나오던가."

딱 잘라 버리는 말투. 그 말이 신호인 양 몇몇 남자애들이 넓은 쪽으로 걸어가기 시작했다. 분명히 상대편은 전원 모인 듯했다. 여학생들의 완벽한 패배. 그 사실은 움직일 수가 없었다. 오늘은 작은 쪽 운동장으로 만족하는 수밖에.

하지만 아무리 생각해도 이렇게 빨리 전원이 모였다는 게 수상쩍었다.

대체 어떻게?

"내일은 최대한 노력해 봐라. 하긴 점심시간이 돼서야 느릿느릿 도시락을 꺼낸다면 결과는 또 뻔하겠지만 말이야."

뒤돌아 걸어가면서 가케루가 그렇게 내던졌다.

살짝 고개를 숙이고 있던 마키가 그 말에 홱 고개를 들었다. 그리고 거친 목소리로 가케루에게 쏘아붙였다.

"진짜 비겁하다! 너희, 점심시간 전에 도시락을 먹어 치운 거지!"

하루카는 그제야 이해가 됐다.

점심시간 시작과 동시에 도시락을 먹기 시작해서 전부 다 먹고 여기에 모인다. 그 전제 자체가 잘못된 거다. 조금만 생각해 봐도 당연하다는 걸 알 수 있다. 딱히 그렇게 융통성 없이 그 전제를 지킬 필요가 없는 거다. 3교시와 4교시 사이에 도시락을 먹어 버리면 4교시 종료와 동시에 운동장으로 내려갈 수 있는 거다.

고지식하게 생각하자면, 이건 어엿한 교칙 위반이다. 하루카 무리도 동아리 활동 전 점심시간에 남긴 도시락을 마저 먹긴 하지만 그건 어디까지나 방과 후의 일이다. 점심시간 이외에 도시락을 먹는 건 교칙으로 금지하고 있다.

하지만 대개의 교칙 따위 들키지 않는 범위에서 어기는 것이 허용된다. 그것이 중학교다. 도시락을 일찍 먹는 것도 예외는 아니다.

"그렇게나 이쪽을 쓰고 싶다면, 너희도 일찌감치 도시락을 먹어 치우던가."

"말도 안 돼."

노골적으로 불만을 드러내는 마키에게 가케루는 어깨 너머로 조용한 말투로 되받아치고는 그대로 총총 걸어갔다. 너무나도 일방적인 주장. 그러나 마키와 하루카는 가케루에게 한 마디도 반박하지 못했다.

하긴 여학생들도 날마다 도시락을 다 먹고 운동장에 내려오는 건 아니었다. 하루카와 마키는 남기더라도 반드시 7분 안에 먹기로 약속했다. 다른 여자애들도 분명 비슷한 약속을 했을 터이다. 그렇다. 점심시간에 도시락을 다 먹고 운동장에 와야 한다는 따위의 규칙은 존재하지 않았던 거다. 말하자면 지금까지 여학생들이 '도시락을 절반만 먹는다.'라는 꼼수를 쓴 것에 남학생들은 '점심시간 전에 먹어 치운다.'라는 또 다른 꼼수로 응수한 것에 지나지 않는 거다. 그걸 비겁하다고 몰아붙이는 것도 웃긴 거다. 그러나 그렇다고 여학생들이 남학생들이 쓰는 수법을 그대로 흉

내 낼 수는 없는 노릇이었다.

'빠른 쪽의 승리'라는 규칙은 남학생과 여학생 중 어느 쪽이든 '전원'이 운동장에 모여야 적용된다. 결국, 도시락을 일찍 먹는다 해도 '전원'이 모이지 않으면 소용없다. 교칙 따위 신경 쓰지 않는 남학생들이야 어떨지 모르지만 여학생 중에는 더러 소심한 아이들도 있다. 그런 아이가 선생님의 눈을 속여 가며 점심시간 전에 미리 도시락을 먹어 치우는 건, 뭐 마음먹으면 못할 것도 없지만 썩 쉬운 일은 아닐 테다. 문제는 가케루다. 어쩌면 여학생들의 사정을 정확히 파악하고 이런 수법을 썼는지도 모를 일이다. 여학생들은 잰걸음으로 걸어가는 남학생들의 뒷모습을 잠자코 지켜볼 수밖에 없었다.

"오늘은 너 때문에 나까지 우스운 애가 됐어. 게다가 운동장 넓은 쪽은 남자애들한테 빼앗기고, 진짜 최악의 하루라고."

"후자는 내 탓이 아닌 것 같은데."

소라는 책에서 눈을 들면서 어깨를 으쓱했다. 아랫입술을 삐쭉 내밀어 불만스러운 표정을 지었다.

그렇다. 운동장 건은 단지 억지일 뿐이다.

하루카는 무안한지 얼굴을 돌리고 땀에 젖은 마린블루 티셔츠 위에 하얀 티셔츠를 겹쳐 입었다. 그리고 팔을 도로 티셔츠 안에 집어넣고 아까와 같은 순서로 안에 입은 셔츠를 벗는 중이었다.

"아무튼 이 깃발 때문에 나까지 덜떨어진 애 취급당하잖아! 어쩔 거냐고!"

하루카는 주위 아이들에게도 들리도록 일부러 큰 소리로 닦달했다. 자신은 소라와 같은 부류가 아니라는 것을 확실하게 어필해 두려고. 다행히 점심시간이 끝나 갈 무렵이라서 반 아이들은 대부분 교실에 있었다. 아이들은 하루카의 목소리에 놀라 교실 뒤쪽 창가 자리를 돌아보았다.

다만, 아이들의 시야에 들어온 것은 선 채로 티셔츠 안에서 팔을 꼼지락거리며 무슨 일인지 "어쩔 거야!"라고 소리치는 하루카와 연필로 안경을 밀어 올리며 난감한 얼굴을 하는 소라였다. 사정을 모르는 사람이 본다면 어쩌면 위험한 상황으로 받아들일 수도 있었다. 먼저 옷을 갈아입은 마키는 교실 한가운데께서 씁쓸하게 웃고 있었다.

"으음, 멀리서도 잘 보여 다행이라고 생각했더니……"

하루카의 책상에 동여맨 깃발에 손을 뻗으면서 소라는 아쉬운 듯 중얼거렸다. 깃발 두 개가 창밖에서 들어오는 바람에 펄럭거렸다.

"네가 그렇게 말한다면 어쩔 수 없지. 잘 보이진 않겠지만 두 개 다 창가 쪽에 묶어 놓는 수밖에."

어? 소라는 의외로 순순히 받아들였다. 하루카는 약간 김이 새서 목 위로 운동복을 벗고 나서 치마 속에 입고 있던 반바지도 벗었다. 때마침 수업 시작종이 울려서 블라우스를 입으면서 자리에 앉았다.

펄럭이는 깃발이 볼을 스쳤다. 블라우스 단추를 잠그면서 하루카는 한숨을 내쉬었다.

"얼른 떼 버리라고."

"응, 방과 후에 뗄게."

소라는 펼쳐 놓은 책으로 시선을 되돌리면서 웅얼웅얼 말했다. 정말 뗄까? 그렇게 미심쩍게 생각하고 있는데, 번쩍 얼굴을 든 안경 소년이 문득 생각난 듯 목을 갸웃하며 물어 왔다.

"아 참, 이 학교 도서실은 어디에 있어? 이 책을 거의 다 읽어서 이제 다른 책을 읽으려고."

"도서실? 도서실이라면 1층 끝에 있는데."

뜬금없는 질문에 하루카는 약간 허둥허둥 대답했다.

"교실을 나가서 왼쪽 계단으로 내려가면 돼. 거기 1학년 교실 맞은편."

"그렇구나, 왜 지금까지 안 보이나 했더니 그쪽에 있었어."

소라의 말이 끝나기도 전에 문이 열리고 기노시타 선생님이 들어왔다. 다음 시간은 영어였다.

"하지만, 네가 읽을 만한 책은 없을 수도 있어. 너 만날 수학책만 읽잖아?"

하루카는 목소리를 낮춰 다짐을 두었다. 하지만 소라는 그 말을 그다지 신경 쓰지 않는 듯했다.

"어느 학교 도서실이든 조금 어려운 책까지 갖추고 있어."

다시 책으로 눈을 돌리면서 소라가 그렇게 말했다. 하루카도 덩달아 책을 보니 정말로 남은 페이지가 아주 조금 뿐이었다.

"그리고 여기에만 있는 책도 있을 거고."

여기에만 있는 책? 그렇게 되묻고 싶었지만 기노시타 선생님이 쾌활하게 인사하는 목소리에 가로막혀 기회를 놓치고 말았다.

"Good afternoon everyone!"

오후 시간에도 하루카는 오전과 마찬가지로 깃발 때문에 주위로부터 계속 호기심 어린 시선을 받아야 했다. 오늘은 여러 가지로 최악의 하루다.

깡!

맑은 공기 속으로 메마른 금속성 음이 울려 퍼졌다. 위를 올려다보면서 하루카는 뛰었다. 파란 하늘 한복판에 작게 뚫린 하얀 점이 서서히 커져 갔다. 하루카는 날아오는 공을 정면으로 마주 보고 글러브를 머리 위로 척 들어 올렸다.

퍽!

기분 좋은 소리를 내며 공은 빨려 들어가듯 글러브 안에 쏙 들어앉았다. 하루카는 곧바로 왼쪽 글러브 안의 공을 오른손으로 집어 들었다. 학교 건물 앞쪽 구석, 홈베이스 쪽으로 시선을 날리자 포수인 선배가 일어나서 하루카 쪽을 향해 손을 치켜들고 있었다.

내야를 지키고 있던 아오이가 하루카와 선배의 딱 한가운데쯤 되는 위치로 재빨리 이동했다. 아오이가 중간에서 이어 주는 백홈. 셋의 위치 관계를 확인하고 하루카는 몸을 홱 틀고 힘을 모았다. 그리고 단숨에 오른팔을 힘껏 휘둘렀다. 손끝을 떠난 하얀 공이 시위를 떠난 화살처럼 날아갔고, 그리고…….

"어라?"

눈으로 공을 좇던 하루카의 입에서 얼뜬 목소리가 새어 나왔다.

공은 아오이의 비스듬히 위쪽, 글러브가 절대 잡지 못할 곳으로 넘어갔다. 텅 빈 파울 존을 향해 일직선으로 뻗어 나갔다. 그러고는 운동장 옆 스탠드에 부딪히고는 힘차게 튀어 나갔다.

아오이와 포수인 선배는 어이없는 얼굴로 공을 바라보았다.

"아! 죄송해요!"

하루카는 울음 섞인 목소리로 소리쳤다. 고문인 기노시타 선생님도 배트를 든 채 말없이 쓸쓸한 미소만 지었다.

"연습이니까 너무 신경 쓰지 마."

마키는 원망의 빛이라곤 눈곱만치도 없이 상큼하게 미소 띤 얼굴로 말했다.

"누구나 실수는 해."

"하지만 아까 그 폭투는 심했어."

하루카는 터벅터벅 걸음을 옮기면서 한숨 섞어 대꾸했다. 그 모습이 너무 의기소침해 보였던지 천하의 마키도 더는 말을 하지 않았다. 마키 옆에서는 아오이가 난처한 듯 웃으며 고개를 살짝 갸웃했다.

도로 좌우에는 요철 모양으로 구획된 밭이 펼쳐졌다. 무수한 이파리가 계속되는 감자밭을 지나자 이제 막 싹이 튼 옥수수 밭이 나왔다. 학교에서 역 쪽으로 이어지는 농로다.

평소처럼 동아리 활동을 마치고 집에 가는 길이다.

2학년 소프트볼 부원들은 언제나 대여섯 명이 함께 귀가한다. 모두들 마키와 함께 집에 돌아가고 싶어 해서 자연스레 그 정도 인원이 됐다.

바람이 실어 오는 흙내음을 맡으면서 하루카 무리는 천천히 걷고 있었다.

"하아, 오늘도 피곤하다."

마키가 걸으면서 팔을 위로 쭉 뻗으며 중얼거렸다. '피곤하다'고 말하는데도 표정은 밝았다. 짧은 머리칼 사이로 송골송골 맺힌 땀방울이 비스듬히 기운 햇볕을 받아 반짝반짝 빛났다. 성적인 매력은 없는데 뭘 해도 그림이 되었다. 하루카는 그런 마키가 마냥 부러울 따름이었다. 그리고 너나없이 그 애와 이야기하고 싶어 했다. 당연히 마키는 언제나 대화의 중심에 서 있었다.

"기노시타 선생님 말야. 연습 완전 지독해."

"맞아, 맞아. 평소에는 그렇게 착한데."

"아 참, 마키. 네가 주장이 되면 선생님한테 부탁해서 좀 살살 하라고 해."

"으응, 어쩔까나. 되레 더 혹독해질지도 모르지."

모두의 웃음소리가 높이높이 울려 퍼졌다. 장마 전의 하늘에는 솔로 문지른 듯한 엷은 구름이 군데군데 퍼져 있었다. 회색빛을 띠기 시작한 하양은 머지않아 오렌지 빛깔로 바뀔 것이다. 그러나 해가 완전히 떨어지려면 좀 더 있어야 한다.

"그럼, 오늘도 먹으러 가자."

"찬성!"

마키의 말에 아오이가 부자연스럽게 손을 들어 보였다. 다시 웃음소리가 울려 퍼졌다.

이대로 농로를 지나 역 쪽으로 걸어가면 단골 패스트푸드점이 나온다. 오늘은 화요일. 화요일은 매주 들르는 날이다. 하루카도 더불어 마음이 들뜨기 시작했다.

그러나 그때 하루카의 머릿속에는 책상에 앉아 혼자서 책을 읽고 있을 검은 안경테 소년의 모습이 떠올랐다. 동시에 어제 소라에게 들은 절약 계획도 생각났다.

한 달에 한 번, 콜라밖에 주문할 수 없는 날을 만든 것.

아, 그렇지. 화요일은 햄버거를 먹지 못하는 날이지.

하루카는 아무도 알아차리지 못하게 작게 한숨을 토해 냈다. 조금 강한 바람이 휘잉 소리를 내며 밭을 지나갔다.

이튿날.

전날과 마찬가지로 남학생들은 점심시간 전에 미리 도시락을 먹어 치웠다. 그럼에도 멤버 전원이 모인 것은 남학생과 여학생들이 거의 동시였다. 양쪽 모두 마지막 한 명이 나란히 스탠드를 뛰어 내려와서 어느 쪽이 빨랐다고 판단할 수 없었다. 남학생들과 여학생들은 스탠드 앞에 나란히 마주섰다.

"어쭈, 제법인걸."

서로 째려보는 남학생과 여학생 사이로 나간 가케루가 빈정거렸다.

"너희도 일찌감치 도시락을 먹어 치운 거냐?"

"우리가 너희랑 똑같은 줄 알아?"

마키가 즉각 부정했기 때문에 가케루는 살짝 눈썹을 추켜세우고 뜻밖의 표정을 지었다. 시각은 12시 13분. 점심시간 종이 울리고 3분밖에 지나지 않았다. 곧이곧대로 도시락을 먹었다면 이 시간에 운동장까지 나올 수 없었을 거다. 그렇다면…….

"그럼 너희, 한 입도 안 먹은 거네?"

대답하는 아이는 없었지만 부정하는 아이도 없었다. 실제로 가케루의 추측은 명중했다. 여학생들은 미리 짜고 점심을 거른 채 운동장으로 내려온 것이다.

하루카는 평소에도 점심시간에는 도시락을 절반 정도밖에 먹지 않으니까 아예 안 먹어도 딱히 허기가 느껴지지는 않았다. 그런데도 이런 계획에 용케 전원이 참여했다. 하루카는 새삼 마키의 두터운 인망을 재확인했다.

"그럼, 어쩐다지."

가케루는 까까머리를 북북 긁으며 혼잣말처럼 중얼거렸다.

"다들 봤듯이 양쪽 다 거의 동시에 전원이 모였어. 이 상황에서는 어느 한쪽이 이겼다고 할 수 없지."

"그러게."

마키도 대답이라기보다 자기 자신에게 확인시켜 주듯 중얼거렸다.

여학생들과 남학생들은 두 개의 긴 덩어리가 되어 서로 째려보고 있었다. 외견상으로는 불과 몇 미터밖에 떨어져 있지 않았다. 하지만 하루카에게는 끝없이 펼쳐지는 거대한 균열이 가로막고 있는 듯이 느껴졌다.

무겁고 답답한 시간이 천천히 흘러갔다. 말은 없었다. 다만 일초 일초, 모래시계처럼 뭔가가 조금씩 쌓여 갔다. 팽팽한 공기가 더욱 무거워졌다. 그 무게가 한계에 다다르면 어떻게 될지 하루카는 알지 못했다. 하지만 어쨌거나 좋은 방향으로 굴러가지 않는다는 건 느낌으로 알 수 있었다.

아, 왜 이렇게 된 거지?

무거운 공기를 빨아들이면서 하루카는 멍하니 생각했다.

어째서 이 지경이 된 거야.

다른 방법은 없었나.

하루카는 소용이 없단 걸 알면서도 그렇게 생각 속으로 깊이 깊이 가라앉으려 하고 있었다.

그때였다.

"여러분, 곤란한 일이라도 있나요?"

갑자기 아무런 맥락도 없이 스탠드 쪽에서 그런 소리가 들려왔다. 팽팽했던 공기가 단숨에 느슨해졌다. 서로 째려보던 남녀학생들은 일제히 스탠드 쪽을 돌아보았다.

대체 누구야? 이런 타이밍에 분위기 파악도 못하고 말을 걸어오다니.

그때 하루카의 머릿속은 텅 비어 있었다.

난입자는 따사로운 햇볕이 내리쬐는 5월인데도 동복 차림에 답답하게 호크까지 채우고 있었다. 게다가 커다란 검은 테 안경을 썼다. 작은 체구에 머리칼은 단정히 짧게 깎아 올렸다. 그리고 왼쪽 어깨에는 파란 책가방까지 멨다.

소년은 표정 변화 없이 이렇게 말했다.

"혹시 내가 도울 수 있을지도 몰라."

소라가, 수학을 좋아하는 소년이 거기에 서 있었다.

"소라, 너 여기 왜 왔어?"

"하도 손님이 안 와서 출장 나온 거야."

출장?

하루카는 가까스로 말이 나왔지만 여전히 상황이 파악되지 않았다.

소라는 점심시간에는 언제나 교실에서 책을 읽는다. 아니, 점심시간만이 아니다. 이 소년은 하루카가 아는 범위에서는 하루 종일 책상을 떠나지 않고 독서에 전념한다. 그런 소라가 왜, 마침 이때, 왜 하필 오늘, 운동장에 나온 거지?

"싸움을 말리는 것도 수학자의 역할이니까."

이해할 수 없는 말을 덧붙이고 소라는 주위를 둘러보았다. 남학생이나 여학생이나 하나같이 의심에 찬 눈초리로 소년을 바라보았다.

"쟤, 누구냐?"

"우리 반 애."

"흐음."

가케루는 그다지 흥미 없는 듯 눈을 돌렸다. 역시 아예 상대도 해 주지 않았다.

하지만 이건 생각하기에 따라서는 좋은 상황이었다. 성가신 일이 벌어지기 전에 적당히 소라를 되돌려 보내면……. 하루카는 소라에게 다가가 조그만 소리로 속삭이듯이 말했다.

"미안하지만 저쪽에 가 있을래? 네가 끼어든 통에 괜히 상황이 더 복잡해질 것 같거든."

"그렇지도 않을걸."

소라는 하루카의 마음 따위 아예 살피려고도 하지 않고 태연하게 중얼거렸다. 그리고 표정 하나 바꾸지 않고 걸어갔다. 그대로 마주보고 있는 남학생 팀과 여학생 팀의 한가운데까지 나아갔다. 하루카는 둔하게 두통을 느꼈다.

"그러니까 너희는 어느 쪽이 운동장 큰 쪽을 사용할까, 그 문제로 날마다 싸우는 거지?"

주위를 휘익 돌아보던 소라의 눈이 마지막으로 하루카의 눈과 마주쳤다. 확인을 요청할 뿐인 듯했지만 하루카는 말문이 막혔다. 날마다 교실에서 책만 읽는 줄 알았던 소라가 실은 상황을 나름대로 파악하고 있다. 하루카에게는 그 하나만으로도 예상밖이었다.

잠깐의 침묵. 이제 하루카의 곤혹스러움을 파악했으리라. 소라는 "아, 그렇구나."라고 입속으로 중얼거리고는 지극히 억양 없는 말투로 이야기를 꺼냈다.

"기억 안 나? 어제 네가 말했잖아. 넓은 쪽 운동장을 남자애들한테 빼앗긴다고. 그리고 내 자리는 창가야. 거기서 운동장을 관찰하면 상황을 대충 알 수 있거든."

소라는 오른쪽 팔을 비스듬히 위쪽으로 똑바로 뻗어 학교 건물 쪽을 가리켰다. 눈으로 좇으니 손가락 끝은 건물 2층 한가운데께를 가리키고 있었다. 현관 바로 위, 정확히 2학년 B반 교실 부근이었다. 맞다. 저기라면 정면에서 운동장을 정확히 내려다볼 수 있다. 거리상 목소리는 들리지 않겠지만 대략적인 상황은 파악할 수 있을 듯했다.

의외로 주변 일도 신경 쓰네. 하루카는 왠지 모르게 감탄스러웠다.

열린 창문 너머로 언뜻 하얀 깃발이 나부낀 것 같았다.

"발상을 바꿔 보자."

그 말에 하루카는 화들짝 놀라 학교 건물 쪽에 두었던 시선을 소라에게로 되돌렸다. 2층 교실로 향했던 손끝은 어느새 하늘을 뚫을 듯 똑바로 올라가 있었다. 어디선가 사진 같은 데서 이런 포즈의 동상을 본 것 같은데. 하루카는 멍하니 그런 생각을 했다.

"운동장 면적을 정확히 이등분할 수 있다면 너희는 싸우지 않아도 되는 거지?"

"뭐!"

무표정하게 선언하는 그 모습에 모두들 놀라 외마디 소리를 지르며 마주보았다.

약 40여 명의 남녀 학생 사이로 웅성거림이 퍼져 나갔다.

"그런 방법이 있어?"

"응."

마키가 모두를 대표해서 묻자 잠시의 사이도 두지 않고 곧바로 대답이 돌아왔다.

지난번과 똑같았다. "잠깐 연필 좀 줘 봐."라고 부탁하듯. 하나도 어려울 것 없다고 말하듯 소라는 단언했다.

"할 수 있어. 그것도 수직으로 직선만 하나 그으면 정확히 이등분할 수 있지."

소라는 거침없이 대답하고는 왼쪽 손가락 끝을 가지런히 모아 운동장을 덮어 가리는 듯한 모양으로 뻗었다. 하늘을 찌를 듯 뻗은 오른손도, 운동장을 가리키고 있는 왼손도 역시 어디선가 본 듯한 포즈였다. 일부러 그와 같은 포즈를 취하는 건지 어떤지는 알 수 없지만.

뜬금없는 선언과 똥폼에 모두 한동안 어안이 벙벙했다. 그러나 누군가의 풋 하는 웃음소리가 신호인 양 일제히 웃음이 터지고 말았다.

"야야, 이 자식이 바로 그 전학생이라고."

"맞네. 수학으로 세상을 구하겠다던, 머리가 이상한 자식이잖아?"

"뭔 참견이래."

주로 남학생 쪽에서 그런 비아냥거리는 말이 쏟아져 나왔다. 소라는 추켜올린 손을 내리고는 도망치지도 대꾸하지도 않고 단지 잠자코 서 있을 뿐이었다.

"자, 잠깐만."

보다 못한 하루카가 앞으로 나갔다.

"쟤는 좀 이상하긴 하지만 머리가 비상해. 혹시 무슨 좋은 생각이 있을지도 모르잖아."

큰 소리로 안간힘을 쓰며 그렇게 호소했다. 하지만 소란은 가라앉지 않았다. 물이 높은 곳에서 낮은 곳으로 흐르듯, 공기가 무거운 쪽에서 가벼운 쪽으로 흐르듯, 남녀 학생들 사이에 쌓인 부정적인 감정은 이 자리에서 가장 약한 사람, 쉽게 공격할 수 있는 사람에게로 계속 흘러가고 있었다.

안 돼, 내 힘으로는 쟤들을 잠잠케 할 수 없어. 혹시 소라가 무슨 좋은 해결책을 가져왔을지도 모르는데. 하루카는 너무 속상한 나머지 입술을 깨물었다.

"잠깐, 좀 들어 봐."

그때 마구 떠들어 대는 남학생들 앞으로 마키가 나갔다.

"이대로 계속 다퉈 봐야 아무것도 해결되지 않잖아. 그러니까 이야기만이라도 들어 보자고."

들리는지 안 들리는지 아이들은 여전히 떠들어 댔고, 마키의 목소리는 그 소리에 먹혀 버렸다. 마키는 딱히 신경 쓰는 기색도 없이 한 번 더 조용히 하라고 호소했다. 이번에는 앞쪽에 있던 몇 명이 알아듣고 입을 다물었다. 그리고 세 번째 호소에 입을 다무는 남학생이 조금 더 많아졌다. 그렇게 네 번, 다섯 번······.

마키의 호소가 계속되자 웃음소리와 야유하는 소리는 점점 작아졌다. "할 수 없지."라든가 "마키가 그렇게 말한다면." 하고 퉁명스럽게 투덜투덜하는 애들은 있었지만 소란은 점차 사그라져 갔다. 바늘에 찔린 풍선이 조용히 서서히 공기가 빠지듯.

마키에게는 그런 면이 있었다. 주위에 흔들리지 않는 확고한 자신. 분위기 파악을 못하는 것이 아니라 분위기를 만들어 냈다. 그렇기 때문에 남녀 학생을 불문하고 마키를 한 수 위로 인정하는 거고, 소프트볼 동아리에서도 차기 주장에 낙점된 거다.

하루카는 이 단짝 친구가 조금 자랑스러워서 슬그머니 어깨가 으쓱해졌다.

"대체 어쩌겠다는 건데?"

다음으로 목소리를 높인 건 가케루였다. 딱히 누구에게 물은 건 아닌 듯했지만 시선은 자연히 소라에게로 집중됐다. 당당하던 마키마저 소라의 행동에 신경이 쓰이는 것 같았다.

그러나 소라는 주목받는 것 따위 아랑곳하지 않은 채 여전히 표정 없는 얼굴이었다. 교복 가슴 주머니에서 연필을 꺼내고는 안경을 쓱 밀어 올렸다.

"어쩔 거냐고? 지금부터 그걸 계산할 거야."

연필을 보며 잠시 생각에 빠져 있던 소라는 그걸 가슴 주머니에 도로 넣었다. 주위를 두리번두리번 둘러보더니 가방을 어깨에 멘 채 갑자기 스탠드를 향해 뛰기 시작했다.

대체 뭘 하려는 거지? 기대와 불안이 섞인 시선으로 지켜보니 소라는 스탠드 옆에 웅크린 채 뭔가를 주워 곧장 유턴해서 돌아왔다.

"모두가 잘 볼 수 있도록 공책 말고 땅바닥에 그려 가면서 설명할게."

다시 아이들 사이로 들어온 소라는 나뭇가지를 손에 들고 그렇게 말했다.

단지 연필 대신 쓸 수 있는 도구가 필요했나 보다. 굵기는 엄지손가락, 길이는 연필의 두 배 정도였다. 정확히 그림붓 정도 사이즈일까. 필기도구로는 제격이었다.

소라는 그 자리에 웅크리고 앉은 채 주워 온 나뭇가지로 운동장에 뭔가를 슥슥 그리기 시작했다. 허연 흙 표면이 파이자 갈색 속이 나왔다. 갈색 선은 몇 번 굽어져 마침내 사각형이 되었다. 크기는 학교 책상 정도였지만 모양은 직사각형이 아니었다. 길쭉한 직사각형에서 한 변만 기울어진 모양. 굳이 말하자면 사다리꼴.

"이건……."

누군가 머뭇머뭇 입을 열었다. 다른 아이들도 모두 눈치챈 모양이었다. 주위는 잔물결 같은 술렁거림에 휩싸였다. 물론 하루카도 짐작하고 있었다. 그건 운동장의 형태였다. 지금 하루카와 모두가 서 있는 바로 그곳이다.

"응, 썩 잘 그려졌군."

소라는 일어서서 자신이 그린 사다리꼴을 내려다보며 말했다. 입가에 살짝 미소를 띠고 만족스러운 듯 고개를 끄덕였다.

주위에 있던 아이들은 어느새 동그랗게 둘러섰다. 반경 3미터 정도 몇 겹의 사람 원. 소라는 그 원 가운데에 서 있었고, 하루카는 그 정면에 있었다. 바람은 불지 않았다. 메마른 운동장에서 흔히 있을 법한 흙먼지가 날아오르는 일은 없었다. 덕분에 소라는 어떤 것에도 방해받지 않고 단지 나뭇가지 하나만 손에 들고 땅바닥을 향했다.

"자, 이렇게 선을 하나 그어서 사다리꼴을 이등분하면……."

소라는 사다리꼴 밑바닥에 해당하는 선과, 천장에 해당하는 선 사이에 직선 하나를 더 그려 넣었다. 하나의 사다리꼴을 두 개의 사다리꼴로 나누는 곧은 선이었다.

"이건 운동장의 축소판이야. 우선은 축소판 사이즈로 생각하고, 나중에 진짜 운동장을 이등분하자."

소라가 말하면서 나뭇가지로 사다리꼴 안에 원을 슥 그려 넣었다.

"봐, 지금 우리가 있는 데는 이 부근이야."

한복판의 선과 외곽선이 수직으로 교차하는 부분에 희미하게 조그만 원이 떠올랐다. 거기는 진짜 운동장으로 치면 스탠드 앞에 해당할 것이다. 하루카는 거기에 모인 40명 가까운 소인을 상상했다. 축소판 운동장 안에 축소판 학생.

"야야, 땅바닥에 그림 그린다고 뭐가 해결되느냔 말이야."

"응, 우선 필요한 수치를 모아야지."

가케루가 일부러 배트로 어깨를 탁탁 쳤지만, 소라는 딱히 신경 쓰지 않는 것 같았다. 축소시킨 운동장 앞에 다시 웅크리고 앉더니 나뭇가지로 슥슥슥 뭐라고 썼다.

사다리꼴 모서리에 A, B라고 적혀 있었다. 그리고 그 중간, 조금 전에 희미하게 그린 원의 외곽 부근에 M.

"각각의 점에 이름을 붙여 봤어. 축소판의 변 AB는 실제 운동장으로 치면 학교 건물과 스탠드가 있는 쪽 변. 그 사이에 있는 M은 이등분선이 시작되는 지점이지. 점 M은 변 AB 위에 있고."

소라가 말하는 대로 세 개의 점은 A, M, B의 순으로 일직선으로 나란히 서 있었다. A, B 식으로 가는데 왜 다음은 C가 아니고 M인지 하루카는 이해할 수 없었다.

하지만 거기에는 분명히 소라 나름의 이유가 있겠지.

하루카는 불필요한 생각을 접고 소라의 말에 집중하기로 했다. 잘 들어 두지 않으면 나중에 헷갈릴 수도 있으니까.

소라의 설명은 이미 시작되었다.

"이등분선은 변 AB에 수직이 되도록 점 M에서부터 긋게 돼. 그 말은 점 M이 어딘지 알면 이등분선을 그을 수 있다는 거지."

점 M의 위치를 알면 이등분선을 그을 수 있다.

하루카는 마음속으로 소라의 말을 되뇌었다. 그 말을 자기 나름으로 곱씹어 보고 천천히 고개를 끄덕였다. 그걸 기다리기라도 한 듯 소라가 말을 이었다.

"그럼 필요한 수치는 그렇지, 이거랑 이거랑, 이거. 그리고 이건가?"

윗변

아랫변

AB

AM : MB

운동장 바닥에 네 줄이 쓰였다. 필요한 수치. 하루카는 천천히 위부터 차례로 하나하나 읽어 나갔다.

"어느 쪽이 윗변이고 아랫변이든 상관없지만 어쩐지 짧은 쪽이 윗변, 긴 쪽이 아랫변 같지? 그러니까 이 축소판에서는 점 A가 있는 쪽을 윗변, 점 B가 있는 쪽을 아랫변으로 하자."

윗변과 아랫변. 하루카도 그 정도는 안다. 사다리꼴을 이름 그대로 '사다리'라고 생각했을 때, 하늘 쪽으로 올라간 쪽이 윗변이고, 바닥에 닿는 부분이 아랫변이다. 위에 있는 것을 지탱하기 위해서도 아랫변의 폭이 넓은 편이 안정적인 건 틀림없는 사실이다.

하지만 윗변과 아랫변의 길이를 대체 무슨 수로 잰다는 거지?

"말은 쉽게 하는데, 그렇게 몇 십 미터를 잴 수 있는 자는 체육 창고에 밖에 없어. 거기 비품은 수업 시간이나 동아리 활동 때만 쓸 수 있다는 규정이 있고.”

하루카가 하려던 말을 마키가 대신 지적해 주었다. 맞다. 아무리 좁다고는 하나 여기는 어디까지나 운동장. 말도 안 된다. 키를 재듯 쉽게 잴 수 있을 리 없다. 체육 시간과 동아리 활동 때 쓰는 자는 학교 규칙상 멋대로 개인적으로 반출할 수 없도록 되어 있다.

“그렇게 긴 자 같은 건 필요 없어.”

소라는 딱 잘라 말했다. 놀라는 마키 옆에서 소라는 나뭇가지를 발밑에 내던지고 왼쪽 어깨에 멘 책가방을 뒤적뒤적하며 뭔가를 찾았다.

“이거랑, 이거.”

그 말과 함께 가방에서 모습을 드러낸 것은 동그랗게 말린 도넛 모양 줄자와 대형 사이즈의 책 한 권이었다. 책 표지에는 항공 사진 같은 배경에 ‘우리 동네’라는 제목이 큼직하게 인쇄되어 있다. 저 줄자는 나도 가지고 있어. 하루카는 소라가 들고 있는 줄자를 보며 생각했다. 가정 시간에 필요한 준비물이라서 분명히 전교생이 가지고 있을 거다. 게다가 책도 어디선가 본 듯한데.

“이 두 가지만 있으면 수치를 얻을 수 있어.”

“뭐!”

소라의 말이 너무도 예상 밖이어서 하루카의 입에서 엉겁결에 째지는 목소리가 나오고 말았다. 볼이 빨개진 채 주위를 쓰윽 둘러보았다.

그러나 그다지 걱정할 필요는 없는 듯했다. 어차피 아이들은 모두 입을 떡 벌리고 있거나, 서로 얼굴을 마주보고 있어서 하루카의 목소리 따위 안중에도 없을 테니까.

"잠깐. 이 줄자는 가정 시간에 쓰는 거 아냐?"

모두의 의문을 대변하듯 마키가 물었다.

"그래, 맞아."

"그럼 2미터까지밖에 잴 수 없을 텐데? 그걸로 어떻게 운동장을 재."

"문제없어. 내가 재려는 건 이쪽이니까."

그렇게 말하고 소라는 줄자와 함께 꺼낸 《우리 동네》란 책을 팔랑팔랑 넘겼다. 그리고 책 중간쯤 페이지를 펼쳐 모두에게 잘 보이도록 위를 향해 놓았다. 아이들의 원이 좁아져서 소라의 정면, 책이 가장 잘 보이는 위치에 있던 하루카는 뒤에서 미는 아이들 때문에 하마터면 고꾸라질 뻔했다.

모두들 앞사람 사이사이로 들여다보듯 하여 책을 보았다. 하루카도 뒤에서 미는 압력에 넘어지지 않도록 앙버티고 서서 펼쳐진 책을 뚫어져라 바라보았다.

그것은 지도였다. 그렇다고 관광 안내 지도처럼 컬러풀해서 쉽게 볼 수 있는 건 아니었다. 기호며 등고선이 복잡하게 그려진 알아보기 힘든 흑백 지도, 이른바 '지형도'였다. 1학년 수업 시간에 몇 번인가 본 기억이 있지만 하루카는 뭐가 실려 있는지 통 기억나지 않았다. 시험을 몇 번이나 봐도 번번이 뽕밭 기호를 틀린 기억이 있다.

그런데 이 지형도가 어쨌다는 거지? 보기에는 딱히 특이한 점은 없는 것 같은데.

"어머! 이게 우리 중학교야?"

그렇게 말한 건 말꼬랑지 머리를 한 아오이였다. 사람들 사이로 머리만 빼꼼 내밀어 소라 옆에서 지도를 보고 있었다. 진짜다! 하는 목소리가 여기저기서 들려왔다.

"응, ㄷ 자 모양이 학교 건물. 여기 사다리꼴이 지금 우리가 있는 운동장이야."

틀림없었다. 듣고 보니 오른쪽 페이지 아래쪽 그림은 학교가 분명했다. ㄷ 자 모양 건물 안쪽에 초중학교를 나타내는 기호가 있었고, 그 밑에 조그만 글씨로 '히가시오이소중학교'라고 인쇄돼 있었다. 왼쪽 페이지에 복잡하게 그려진 것은 밭과 과수원 기호였다. 하루카 무리가 단골로 다니는 패스트푸드점 근처에 있는 소방서는 왼쪽 페이지 위쪽 구석에 반으로 잘려 있었다.

"근데, 우리 학교가 왜 이렇게 크게 실려 있지?"

하루카는 의문을 그대로 입 밖에 냈다.

"이 책《우리 동네》는 여기 오이소마치에서 발행했거든."

"그걸 왜 네가 갖고 있어?"

"어제 도서실에서 빌려 뒀지. 필요할 거 같아서."

소라는 약간 의기양양하게 가슴을 펴고 대답했다.

그렇구나, 도서실에⋯⋯. 하루카는 이 책을 기억한 이유가 그제야 생각났다. 중학교 도서실이나 마을 도서관에 가면 입구의 눈에 잘 띄는 정면에 몇 권씩 비치되어 있기 때문이다. 분명히 동사무소에서는 '어린이들이 오이소마치에 대해 더욱 잘 알 수 있도록' 이 책을 만들었다고 했다. 내용은 지금 펼쳐진 페이지처럼 지형도며 농가와 상점의 사진 따위가 실려 있었던 것 같다. 하긴 실제로 손에 들고 보는 사람을 본 적은 없지만.

"그럼 진노우치는 어제부터 우리 문제를 해결하기 위해서 움직였단 말이야?"

하루카 뒤에서 마키가 감탄한 듯이 중얼거렸다. 두말할 것도 없이 그럴 테다. 운동장 지도가 필요해질 상황 따위 소라에게 달리 있을 리 없다. 정말로 창문에서 본 상황과, 하루카와 어제 주고받은 몇 마디 대화만으로 움직이기 시작한 것이다. 이 소년은 도대체⋯⋯.

"소라라고 해도 돼. 진노우치는 길어서 부르기 힘들 테니까."

소라는 마키에게 아주 생뚱맞은 대답을 했다. 마키는 쓸쓸히 웃으면서 하루카에게 눈길을 보냈다. 괜히 감탄했잖아. 눈빛이 그렇게 말하는 것 같았다.

하루카도 동감이었다.

"그럼 당장 재 볼까? 어때? 이 지형도를 잴 거니까 가정 시간에 쓰는 줄자로도 가능하겠지?"

소라는 그렇게 말하면서 쭉쭉 펼친 줄자를 한 손으로 받친 책에 딱 맞게 갖다 댔다.

"윗변이 4.5센티미터, 아랫변이 6센티미터. 그리고 AB는 7센티미터라."

"하지만 지도 길이하고 실물 길이는 다르잖아?

"응, 좋은 질문이야."

얼굴을 들고 하루카를 쳐다보는 소라의 입가에 엷은 미소가 번졌다. 그 질문을 기다리고 있었어. 그런 느낌을 주는 미소였다.

"이 지도도 일종의 축소판이야. 실물을 몇 분의 1로 축소했는지 알면 실제 길이로 환산할 수 있어."

소라는 어깨에 멘 가방에 줄자를 집어넣고 펼쳐 놓은 지도의 한구석을 가리켰다.

1:1000

"'닮음비'야. 아, 지리 용어로는 '축척'이라고 하지만. 수학 문제를 풀 때는 이런 식으로 다른 학문과 연계하는 것도 중요하지."

축척. 아, 아무래도 작년쯤에 배운 것 같은데.

"이 지도와 실물의 축척은 여기 나와 있는 것처럼 1:1000이야.

다시 말해서 지도상의 1센티미터는 실제의 1000센티미터라는 말이지. 1000센티미터는 10미터잖아?"

소라는 거침없이 설명하고는《우리 동네》를 탁 덮어 가방 속에 아무렇게나 집어넣었다. 그러고는 나뭇가지를 주워 들고 땅바닥에 수식을 쓰기 시작했다. 답답하게 좁아졌던 사람의 원은 자연스레 소라에게 자리를 터 주듯 넓어졌다. 하루카도 마침내 등을 밀던 압력에서 해방되었다. 휴우, 숨을 내뱉고 완성된 수식을 내려다봤다.

윗변 $= 4.5\text{cm} \times 1000 = 4500\text{cm} = 45\text{m}$

아랫변 $= 6\text{cm} \times 1000 = 6000\text{cm} = 60\text{m}$

$\text{AB} = 7\text{cm} \times 1000 = 7000\text{cm} = 70\text{m}$

$\text{AM} : \text{MB} = n : 1 - n$

숫자와 알파벳은 엄청 정밀했지만 윗변, 아랫변이라고 쓴 글씨는 묘하게 동글동글했다. 바로 얼마 전에 소라의 공책에서 본 것과 같은 글씨체였다.

"윗변이 45미터인 거나 아랫변이 60미터인 건 알겠는데, 이 $\text{AM} : \text{MB} = n : 1 - n$은 뭐야?"

소라의 손이 멈추자 마키가 물었다. 열심히 따라가려는 것이리라. 마키는 미간을 찡그린 채 땅바닥의 수식을 응시하고 있었다.

"M의 위치를 정하려면 A에서부터의 거리와 B에서부터의 거리를 알면 되거든. 다시 말해서 AM과 MB의 길이지."

소라는 나뭇가지로 안경을 밀어 올리면서 대답했다. 아무래도 안경을 밀어 올리는 데 쓰는 도구는 꼭 연필일 필요는 없는 모양이다.

"그리고 이제부터 쓰는 공식에는 길이가 아닌 비율이 필요해. 그렇기 때문에 AM과 MB의 비율을 $n:1-n$으로 둔 거야. $x:y$로 해도 되지만 문자는 두 개보다 하나가 계산하기 더 쉬우니까."

"공식?"

"응."

소라는 하루카 쪽을 보고 고개를 끄덕이고는 단숨에 수식을 완성했다.

$$r = (1-n)p + nq$$

"사다리꼴의 '가중평균 공식'이야."

가중평균? 진짜로 정말로 난생 처음 듣는 말이었다.

"사다리꼴에는 반드시 평행한 두 변이 존재하지? 이른바 윗변과 아랫변. 그 윗변과 아랫변 사이에 다시 또 하나 평행선을 긋는 경우에 쓰는 공식이야. 딱 지금과 같은 경우지."

소라는 발밑의 축소시킨 운동장 그림을 내려다보고 평행하는 세 개의 선을 차례대로 나뭇가지로 가리켰다. 윗변과 아랫변, 그리고 운동장을 이등분하는 한가운데의 선.

"n과 $1-n$은 아까 말했지? AM과 MB의 길이의 비라고 말이야. 그리고 p는 윗변의 길이, q는 아랫변의 길이고. 마지막으로 이 r이란 글자가 나타내는 수치가……"

"가운데 선의 길이라는 거야?"

"응, 맞아."

소라는 눈을 들고 좀 의외라는 표정을 지었다. 끼어든 게 가케루였으니까.

소라의 말에 가장 집중하지 않을 줄 알았는데. 하루카는 곁눈질로 가케루 쪽을 훔쳐보았다. 소라 뒤에 비스듬히 서서 배트를 어깨에 걸치고 날카로운 시선으로 땅바닥을 내려다보고 있었다. 의외로 진지한 구석도 있었던 거야? 아니면 이해하지 못하는 모습을 보이면 폼이 안 날 것 같아서?

표정만으로는 어느 쪽인지 판단이 안 섰다.

"하지만 그 $n:1-n$은 어디서 온 거야?"

옆에서 방울 소리 같은 낭랑한 목소리가 나오자 하루카는 돌아보았다. 아오이였다. 그 애는 납득이 안 간다는 듯이 입술을 쭉 빼물고 덤벼들 듯이 소라에게 물었다.

"문자가 하나만 있는 게 계산하기 쉽다는 말은 알겠는데, 뭣 때문에 일부러 $n:1-n$이라고 해? 더 간단하게 $1:n$이라든가, 그렇게 하면 안 돼?"

아오이의 조그만 귓불이 연분홍색으로 물들었다. 아오이는 홍분하거나 머리를 너무 썼을 때, 그 귀여운 귀가 붉어진다. 위낙 공부를 잘하는 편은 아니니까 머리를 풀가동시킨 탓에 슬슬 한계에 다다른 건지도 모른다.

하긴 하루카도 남 얘기할 상황은 아니었지만.

소라의 안경 속 눈동자가 아오이의 부리부리한 눈을 빤히 바라보았다. 감정을 읽을 수 없는 그 시선에 아오이는 슬그머니 몸을 뒤로 뺐다. 무거운 침묵이 내려앉았다. 혹시 뭘 잘못 물어본 걸까. 아오이는 몸을 젖힌 듯한 자세 그대로 뻣뻣하게 굳었고, 다른 아이들은 자연스레 소라의 가면 같은 무표정한 얼굴에 시선을 집중했다.

그러나 어색한 침묵을 깨고 소라의 입에서 나온 말은 전혀 예상 밖이었다.

"길이 1미터짜리 롤케이크를 떠올려 봐."

"어?"

"롤케이크 말이야. 그 길쭉하고 부드러운 케이크. 맛있잖아."

아니, 당연히 이 자리에 있는 아이들 모두 롤케이크가 어떤 것인지는 알고 있다.

그런데도 모두가 멍하니 입을 벌린 채 있는 건, 이렇게 말하고 싶기 때문일 거다. 뜬금없이 웬 롤케이크? 소라는 모두의 당혹스러움 따위 전혀 아랑곳하지 않고 이야기를 이어 나갔다.

"그 롤케이크를 다로하고 지로 둘이서 나눈다고 해 보자. 동생

지로가 롤케이크를 잘라. 다로는 형이니까 케이크의 크기가 달라도 신경 쓰지 않아. 그렇다면 어디서 자를 것인가가 문제겠지?"

"잠깐 기다려. 대체 무슨 이야기를 하는 거야?"

"왜? 지금 $n:1-n$ 이야기를 하는 중인데."

하루카가 참지 못하고 가로막고 나서자 소라는 눈을 동그랗게 뜨고 대답했다. 무슨 그런 당연한 소리를! 그렇게 말하려는 듯한 표정이었다.

이 애가 하는 말은 항상 너무 느닷없어.

하루카는 이미 소라의 사고 회로 탐색을 포기하고 잠자코 롤케이크를 떠올렸다.

"다로의 케이크 크기에 따라 지로의 케이크 크기도 결정된다는 건 알겠지? 다로의 몫이 0.1미터면 지로의 몫은 0.9미터. 다로가 0.2미터면 지로는 0.8미터."

하루카의 머릿속에서 초등학생 정도의 남자아이가 칼을 들고 열심히 롤케이크를 자르고 있었다. 노란 스펀지케이크에서는 이따금 생크림이 삐져나왔다.

아무리 그래도 1미터짜리 롤케이크라니. 보통은 그걸 둘이서 나눠 먹을 생각은 하지 않는다. 나라면 소프트볼 동아리에 가져가서 다 같이 나눠…….

거기까지 생각한 하루카는 잠시 옆길로 샜던 생각을 궤도 수정했다. 안 돼, 위험해. 제대로 들어 두지 않으면 소라가 계산하는 걸 따라가지 못해.

"다로가 0.5미터면 지로도 0.5미터. 그럼 마찬가지로 다로의 케이크 길이가 n미터라면 지로의 케이크는 $1-n$미터가 되잖아? 그리고 그때 케이크 길이의 비율은 당연히 $n:1-n$이 되는 거고."

나왔다. 하루카는 마음속으로 중얼거렸다. 곁눈질로 힐끔 아오이를 보니 그 애도 어쨌거나 마침내 이야기가 연결되는 것에 안도하는 것 같았다. 어깨를 축 늘어뜨리고 휴우 한숨을 내쉬었다.

"그렇게 생각하면 다로가 롤케이크를 어떻게 자르더라도 길이의 비는 $n:1-n$으로 나타낼 수 있다는 걸 알 수 있겠지? 0.4:0.6이나 0.3:0.7처럼."

소라의 말이 조금씩 빨라졌다. 하루카는 안경 소년의 입을 뚫어지게 바라보았다. 왠지 그렇게 하면 설명을 잘 알아들을 것 같은 기분이 들었다.

"하지만, 예를 들면 $1:n$의 형태로 나타내는 건 이상하잖아? 0.4:0.6이라면 $1:1.5$로 나타낼 수 있는데, 0.3:0.7은 어떻게 하지? 나누어떨어지지 않으니까 $1:\dfrac{7}{3}$로 나타내 볼까? 그럼 0.21:0.79는? $1:\dfrac{79}{21}$ 이런 형태로는 비율이 어느 정도인지 잘 모르겠지?"

$$0.4:0.6 = 1:1.5$$

$$0.3:0.7 = 1:\dfrac{7}{3}$$

$$0.21:0.79 = 1:\dfrac{79}{21}$$

소라의 손이 회오리바람처럼 휘익 움직이자 수식이 완성됐다. 소라의 말대로 위에 적은 식은 이해하기 어려웠다.

"이렇게 롤케이크처럼 하나의 긴 것을 두 개로 나눌 때는 $n:1-n$으로 나타내는 것이 편리해. 어떤 비율이든 이 식으로 나타낼 수 있고, 뭣보다 알기 쉬우니까."

"그렇구나."

아오이는 막혔던 가슴이 뚫린 듯 환한 표정으로 몇 번이나 고개를 힘차게 끄덕였다. 말꼬랑지 머리가 꼬리처럼 흔들렸다. 하루카 역시 이 사이에 끼었던 음식물이 빠진 것마냥 어쩐지 후련했다. 그래서 다른 아이들도 모두 자신과 같은 느낌일 거라고 철석같이 믿었다. 여기 있는 40명 모두가 당연히 소라의 설명을 이해했고, 그래서 감탄하고 있는 거라고 생각했다.

"그럼 의문이 해결됐으니까 이제 계산을 시작해 볼까. 먼저 가중평균 공식에 아까 잰 윗변과 아랫변의 길이를 대입해 보자."

소라는 예의 공식이 쓰여 있는 주위를 나뭇가지로 툭툭 두드리고는 그 밑에 세 줄 정도의 수식을 더 적어 넣었다. 여전히 흐르는 듯한 손놀림이었다. 계산을 마칠 때까지 한 번도 막힘없이 메트로놈처럼 정확하게 글자를 새겨 나갔다.

$r = (1-n)p + nq$

이등분선 $= (1-n) \times$ 윗변 $+ n \times$ 아랫변

$$= (1-n) \times 45 + n \times 60$$
$$= 15n + 45 (\text{미터})$$

"사다리꼴 면적 구하는 공식이 (윗변+아랫변)×높이÷2인 건 알고 있지?"

소라는 손을 멈추고 주위에 물었다. 하루카를 비롯한 아이들이 허둥지둥 고개를 세로로 흔드는 것을 확인하고 계속했다.

"운동장은 한가운데의 이등분선에서 위와 아래, 그렇게 두 개의 사다리꼴로 나눌 수 있어. 이등분선을 '아랫변'으로 갖는 위쪽 사다리꼴과, 마찬가지로 '윗변'으로 갖는 아래쪽 사다리꼴로 말이야."

소라는 나뭇가지로 축소시킨 운동장 그림 위에 위 사다리꼴과 아래 사다리꼴을 한 바퀴씩 그렸다. 갈색 선이 조금 굵어졌다.

"한가운데 이등분선의 길이가 $15n+45$란 건 알았어. (윗변+아랫변)×높이÷2의 식으로 계산해 보면 '위' 사다리꼴과 '아래' 사다리꼴 면적은 이렇게 돼."

위 $= \{45 + (15n+45)\} \times \text{AM} \div 2$

아래 $= \{(15n+45) + 60\} \times \text{MB} \div 2$

"좋아, 준비 완료. 다음은 '위'와 '아래'의 면적이 같다는 것을 이용해서 방정식을 세우기만 하면 돼."

위＝아래

$$\{45 + (15n + 45)\} \times AM \div 2 = \{(15n + 45) + 60\} \times MB \div 2$$

"여기서 아까 $AM:MB = n:1-n$이란 걸 생각하고 계산하면……."

이 말과 함께 엄청난 기세로 땅바닥에 수식이 술술 뽑아져 나갔다. 마치 손과 입이 다른 생물인 듯했다. 계산식이 길어지자 소라는 조금씩 뒷걸음질 치며 써 나갔다. 그에 맞춰 소라를 둘러싼 아이들의 원도 커지면서 점점 일그러진 달걀 모양으로 바뀌어 갔다.

그리고 마침내 계산식이 완성됐다.

$$2n^2 + 12n - 7 = 0$$

대단하다. 하루카는 아무에게도 들리지 않게 입속으로 중얼거렸다.

$$\{45 + (15n + 45)\} \times AM \div 2 = \{(15n + 45) + 60\} \times MB \div 2$$

터무니없이 긴 수식이 '$2n^2 + 12n - 7 = 0$'이라는 단 하나의 식으로 정리되었다. 사용된 알파벳은 n 하나뿐이다. 하루카는 이 방정식을 어떻게 푸는지 몰랐다. 하지만 어쩐지 느낌이 왔다. 마지막이 가까워졌구나. 심장이 고동치고 볼이 홍조를 띠었다.

소라는 이마에 엷게 번진 땀을 손가락 끝으로 닦았다. 잠깐의 휴식. 하루카는 잠자코 소라의 다음 움직임을 기다렸다. 그러나……

"그거, 진짜 맞는 거냐?"

남학생 중 누군가가 툭 내뱉었다.

어쩌면 깊은 뜻은 없었을지도 모른다. 단순히 의문을 입 밖으로 냈을 뿐인지도 모른다. 그러나 도화선이 되기엔 충분했다. 가까스로 유지되던 침묵이 깨지고 억제되던 의문이 단숨에 폭발했다.

그래그래! 맞는 거냐고! 대충 말하는 거 아냐? 설명이 너무 길다고. 시간이 너무 걸린다. 이러다가 점심시간 다 지나 버리겠다. 무슨 소리인지 하나도 모르겠다. 그래서 이런 자식 따위 믿지 말자고 했는데.

달걀 모양이 된 원 바깥쪽에서 중심을 향해 비난의 목소리가 화살처럼 마구마구 날아들었다. 당연히 표적은 소라 한 사람.

그렇게 떠들어 대는 건 지금까지 단 한 마디도 하지 않던 아이들이었다. 마키와 아오이는 곤혹스러움을 감추지 못하고 주위를 둘러보았다. 하루카는 그제야 자신이 착각하고 있음을 깨달았다. 그들이 입 다물고 있었던 건 소라의 말을 이해해서가 아니었다. 이해하려는 마음도 없이 단지 이야기가 끝나기만을 기다렸던 거다. 조바심이 점점 부풀어 가는 불안정한 침묵. 아주 사소한 계기로 무너져 버리는 약하고 허무한 균형이었던 거다. 불만의 목소리는 이미 폭풍과도 같았다. 그 중심에 소라가 서 있었다. 한 마디도 되받아치지 않고 무표정한 얼굴로.

마키가 소란을 잠재우기 위해 뭐라고 소리쳤다. 하지만 그 소리도 십여 명이 내지르는 목소리의 파도에 흔적도 없이 지워져 버렸다. 비난의 바람은 각기 다른 방향에서 계속 거세게 몰아쳤다.

왜 이렇게, 조금만 더 있으면 되는데…….

하루카는 어금니를 꽉 깨물고 안간힘을 쓰며 북받쳐 오르는 감정을 억눌렀다. 팩 소리쳐 소란을 잠재우고 싶은데 그럴 수도 없었다. 자신이 공격받는 것도 아닌데 긴장을 풀면 왈칵 눈물이 쏟아져 버릴 것 같았다. 얘들아, 부탁이야. 끝까지.

"너희, 그렇게 떠들어 대기 전에 스스로 생각 좀 해 보지 그래."

딱히 큰 목소리는 아니었다. 하지만 그 목소리는 폭풍이 몰아치는 밤에 번쩍이는 번갯불처럼 한 줄을 그으며 떠올랐다. 왁자한 소란 속에서도 또렷이 하루카의 귀에 울린 나직한 목소리.

아무래도 다른 아이들도 모두 같은 느낌인 모양이었다. 누가 먼저랄 것도 없이 입을 다문 채 두리번두리번 주위를 둘러보았다. 이윽고 소란이 완전히 가라앉자, 십여 개의 시선이 눈을 감은 채 서 있는 한 남학생에게로 쏠렸다.

가케루는 천천히 눈을 뜨고는 어깨에 걸치고 있던 배트를 슬쩍 흔들며 말했다.

"계속해."

"응."

"이건 '근의 공식'을 이용해서 풀 수 있어."

"근의 공식? 그게 뭔데?"

또 난생처음 듣는 말. 소라는 하루카의 질문에 대답하는 대신 땅바닥에 이상한 수식을 적었다.

$$n = \frac{-b \pm \sqrt{b^2 - 4ac}}{2a}$$

"이게 그거야?"

"응. 학교에서는 아직 배우지 않았지만 모든 일원 이차방정식 은 이 공식을 쓰면 풀 수 있어."

"휘어진 지붕처럼 생긴 이건 뭔데?"

"그건 '루트' 기호야. 제곱하면 그 수가 된다는 걸 나타내는 기 호지."

"$\sqrt{2} \times \sqrt{2} = 2$, $\sqrt{3} \times \sqrt{3} = 3$. 이건 3학년 때 배우는 범위지."

하루카와 소라의 대화에 끼어들 듯이 가케루가 툭 내뱉어서 소라는 비스듬히 뒤쪽으로 시선을 던졌다. 이번에는 딱히 뜻밖이 라는 표정은 없었다. 까까머리 소년은 땅바닥의 수식을 내려다보 고 있어서 소라가 돌아본 건 모르는 눈치였다.

"가케루네 형, 3학년이지? 공부도 가르쳐 줘?"

남학생 중 누군가 그렇게 물었지만 가케루는 땅바닥을 본 채 대답하지 않았다.

흐음, 연년생이었구나. 하루카는 멍하니 그렇게 생각하고는 곧바로 눈길을 땅바닥으로 되돌렸다.

"그렇다면 $\sqrt{b^2-4ac}$ 를 제곱하면 b^2-4ac 가 된다는 거네. 하지만 이 '±'는?"

마키가 곁길로 샌 이야기를 되돌리듯 물었다. 역시 마키! 나도 그게 궁금했는데.

"두 가지가 있다는 뜻이야. $\dfrac{-b+\sqrt{b^2-4ac}}{2a}$ 나 $\dfrac{-b-\sqrt{b^2-4ac}}{2a}$ 나 양쪽 다 있을 수 있다는 말이지."

이차방정식에는 해법이 두 가지가 있으니까. 소라는 사이를 두고 그렇게 덧붙였다.

"그리고 a는 n^2의 계수, b는 n의 계수, c는 정수항. 그러니까 이번 방정식에 적용시키면……"

$$a=2,\ b=12,\ c=-7$$

뜬금없이 '계수'니 '정수항'이니 하는 용어가 나오자 하루카는 무슨 말인지 이해가 되지 않았지만 이렇게 적어 놓은 것을 보니 어쩐지 알 것 같았다. a는 $2n^2$의 2이고, b는 $12n$의 12다. 그리고 c는 마지막 -7. 그것만 알면 아주 간단했다. 공식 자체는 도무지 외워질 것 같지 않았지만.

"이 수치를 '근의 공식'에 대입해서 계산하면……."

소라는 다시 긴 계산에 돌입했다. 더 이상 뒷걸음쳤다가는 아이들의 원이 너무 길쭉해져 버리기 때문에 소라의 정면에 있던 하루카와 몇몇 아이들이 옆으로 비켜서서 자리를 내주었다. 소라는 거기에 계산식을 적어 나갔다. '루트' 기호 속의 계산식도 나뭇가지로 재주껏 써 나갔다. 숫자는 활자처럼 정밀했다.

$$n = \frac{-12 \pm \sqrt{12^2 - 4 \times 2 \times (-7)}}{4}$$
$$= \frac{-12 \pm \sqrt{200}}{4}$$
$$= \frac{-6 \pm 5\sqrt{2}}{2}$$

"좋아."

얼음이 녹듯 소라의 무표정한 가면이 녹아내리고 만면에 웃음이 피어올랐다. 높은 산을 하나 넘은 듯한 성취감을 엿볼 수 있는 싱그러운 미소였다.

"$\frac{-6 - 5\sqrt{2}}{2}$는 0보다 작은 게 확실하잖아? 마이너스 길이란 건 있을 수 없으니까, 이건 틀린 거지. 그러니까 답은 $\frac{-6 + 5\sqrt{2}}{2}$."

역시. 답이 나온 거다. 하루카는 안도의 한숨을 내쉬고 눈을 들어 앞으로 흘러내린 머리칼을 두 손으로 쓸어 넘겼다.

드디어 결론이 나왔다. 이제 더는 운동장 문제로 날마다 싸우지 않아도 된다. 다른 사람들에게는 아주 사소한 문제에 지나지 않을지도 모른다. 하지만 적어도 하루카에게 이 변화는 1300만 자릿수의 소수를 발견한 것보다 훨씬 중요했다.

'다툼을 멈추게 하는 것도 수학자의 역할이니까.'

조금 전 소라가 무심코 했던 말이 머릿속에 다시 울려 퍼졌다. 소라의 안경이 한낮의 햇살을 받아 번쩍 빛났다. 이 소년은 앞으로도 이렇게 문제를 계속 풀어 나갈까. 사소한 다툼에서 점점 큰 문제로, 그리고 마지막에는 세계적인 문제에 도전할까.

"내 꿈은 수학으로 세계를 구하는 것입니다."

'세계를 구한다.'라는 말이 구체적으로 무엇을 가리키는지, 하루카로서는 알 수 없었다. 그리고 세계를 구하기 위해서 수학을 어떻게 이용할지 그것 역시 상상도 할 수 없었다. 하지만……

"그럼 결론적으로 이건 어느 정도의 크기란 거야?"

마키의 말을 듣고 하루카는 생각의 심연에서 현실로 되돌아왔다. 옆에 서 있는 마키가 의심쩍은 얼굴로 물었다.

"$\sqrt{2}$는 소수로 나타낼 수 없지 않던가?"

주위는 다시 웅성거리기 시작했다. 아직 배우지도 않았는데 마키는 어떻게 그걸 알고 있을까. 그 이유는 곧바로 짐작이 갔다. 마키는 분명히 인터넷 강의를 듣는다고 했다. 물론 고등학교 입시를 대비해서다. 언젠가 패스트푸드점에서 햄버거를 먹으며 마키가 벌써 3학년 공부를 한다는 말을 듣고 모두 놀란 적이 있다. 틀림없이 루트 기호에 대해서도 배웠을 거다.

그런데 소수로 나타낼 수 없다니 무슨 말이지?

"$\sqrt{2}$는……."

소라는 거기서 말을 끊고는 잠깐 사이를 두었다가 계속했다. 한 마디 한 마디 신중하게 골라서 하는 듯한 말투였다.

"소수를 분수로 나타낼 수 없는 건 확실해. '무리수'라고 하는데, 소수로 나타내면 숫자가 무한으로 계속돼 버리지. 정확히 나타내는 것이 무리, 그래서 '무리수'야."

"그럼 이걸 숫자로 고칠 순 없어?"

하루카는 엉겁결에 물었다. 어렵게 답을 구했지만 그 답은 아무 소용이 없게 된 거다. 본래 목적은 운동장을 이등분하는 거였다. 알아먹을 수 없는 수식을 줄줄이 늘어놓고 만족하는 걸로는 아무런 도움이 안 된다.

소라는 주위를 쓱 둘러보고, 다시 땅바닥의 수식을 내려다보고는 마지막으로 하루카의 눈을 지그시 바라보았다. 그리고 입꼬리를 살짝 올리고 눈을 가늘게 떴다. 온화한 미소였다.

"히토요히토요니히토미고로."

"어?"

하루카의 머릿속이 하얘졌다.

어, 뭐야? 외국어?

"$\sqrt{2}$야."

소라는 입을 딱 벌리고 있는 하루카를 보고도 딱히 신경 쓰는 기색도 없이 계속했다. 이제는 일본어를 쓰고 있는 것 같았다.

"소수로 나타낼 수 없는 건 분명하지만 '근삿값'은 알 수 있지. $\sqrt{2}$의 근삿값은 약 1.41421356. 이걸 리듬을 살려서 '히토요히토 요니히토미고로(一夜一夜に人見頃, 하룻밤 하룻밤이 지날 때마다 사람은 아름답게 변한다는 뜻으로 $\sqrt{2}$의 근삿값인 1.41421356과 음이 비슷해서 외우는 방법으로도 쓰인다 - 옮긴이)'라고 외워."

1.41421356. 소라는 확인하듯이 한 번 더 천천히 읊조렸다. 말장난이란 건 알고 있지만 하루카에게는 무슨 주문처럼 들렸다.

"참고로 몇 개 더, $\sqrt{3}$은 대략 1.7320508이니까 '히토나미니오고레야(人並みに奢れや 보통으로 사 줘라 - 옮긴이)'는 정확히 2. 2 × 2＝4니까. 그리고 $\sqrt{5}$는 2.2360679라서 '후지산로쿠오우무나쿠(富士山麓オウム鳴く 후지산 기슭에서 앵무새가 운다 - 옮긴이)'."

소라는 주문을 찰찰 외웠다. 하지만 다른 것은 '히토요히토'에 견주면 어느 정도는 일본어다웠다. '히토나미니오고루'라는 말은 어느 정도 사 줘야 하는지 알 수 없었지만.

"개인적으로는 $\sqrt{5}$가 가장 맘에 들어. 후지산 기슭에서 앵무새가 울고 있다. 풍류 있는 말장난이잖아."

"풍류라고……."

그렇게 중얼거리고 시험 삼아 후지산과 앵무새를 떠올려 보았다. 일본 제일의 산과 그 산기슭에 펼쳐진 일본 제일의 밀림. 울창하게 우거진 나무, 그 나뭇가지에 몸을 숨기듯 앉은 앵무새 한 마리. 여기저기에 자살자의 시체가 나뒹구는 어두컴컴한 숲 속에 '안녕하세요, 안녕하세요.'라며 울어 대는 소리만이 음산하게 울려 퍼진다.

거기까지 상상한 하루카는 몸서리를 쳤다. 있을 수 없는 일은 아니지만 자신이 상상한 것이 결코 풍류라고 할 수는 없었다. 아니, 이미 호러 영화의 한 장면이었다.

"$\sqrt{2} = 1.41421356$인 걸 알았으니까 $\dfrac{-6 + 5\sqrt{2}}{2}$의 값을 계산해 보자."

소라는 왼쪽 어깨에 멘 가방을 부스럭부스럭 뒤지더니 검은 전자계산기를 꺼냈다. 타타타탁 연속적으로 단추를 두드리는가 싶더니 어느새 계산 결과를 땅바닥에 적고 있었다.

$$n = \frac{-6 + 5\sqrt{2}}{2} = 0.5355339$$

"약 0.536이야. $n : 1-n = 0.536 : 0.464$. 처음에 계산했듯이 AB의 길이는 70미터이고, AM:MB$= n : 1-n$이니까 거기에 대입해서 계산하면……."

설명하는 입과 계산기를 두드리는 손이 동시에 움직였다. 거침없이 막힘없이 공장의 공작 기계처럼 군더더기 없는 움직임. 그리고 이제 끝이라는 듯이 흐르듯 땅바닥에 최종 답을 적어 나갔다.

AM＝37m 52cm

MB＝32m 48cm

"계산 완료."

소라는 기계에서 인간으로 돌아왔는지 가늘고 길게 숨을 내뱉었다.

"이 답으로 M의 위치, 다시 말해 이등분선을 긋는 지점을 지정할 수 있어."

어디선지 대단하다고 중얼거리는 목소리가 들렸다.

진짜로 풀어 버렸어. 이런 걸 풀 수 있다니. 도중에 이해가 안 가는 부분도 있긴 했지만. 이제 운동장을 이등분할 수 있어.

원 안은 그런 목소리로 가득 메워졌다. 그 목소리가 향하는 곳은 역시 소라였지만 조금 전의 화살처럼 날카로운 비난의 목소리와는 달랐다. 감싸 주는 듯한 감탄의 목소리였다.

"이제는 실제로 선을 긋기만 하면 돼."

비 오듯 쏟아지는 따뜻한 목소리 세례를 받으며 소라는 미소지으며 말했다.

"지금까지는 A에서도 B에서도 정확히 35미터 지점에 선이 그어져 있었어. 그러니까 그 선이 B의 방향으로 2미터 52센티미터 밀려나면 되는 거야."

에잇, 그렇다면 2미터 줄자로는 잴 수가 없잖아. 어쩌지?

조금 전까지 정밀 기계 같던 소년의 입에서 갑자기 한심하게 얼빠진 목소리가 나왔다. 그 말을 듣고 하루카가 웃음을 터뜨리자 봇물이 터지듯 주위는 웃음바다가 되었다. 높은 하늘에 수십 명의 웃음소리가 울려 퍼지고 파도치고 녹아 들어갔다. 소라는 겸연쩍은 듯이 고개를 떨구고는 발밑에 나뭇가지를 내던졌다.

아, 왠지 기분 좋다. 웃으면서 눈초리에 맺힌 눈물을 손가락으로 닦고 하루카는 생각했다.

방금 전까지 싸우고, 서로 으르렁댔던 모두가 지금은 이렇게 함께 웃고 있다. 기분이 이상했다. 하지만 마음은 편했다. 계속 이렇게 웃을 수 있다면 얼마나 좋을까. 그런 생각이 들 정도로 기쁨에 찬 시간이 흘러갔다.

'만약 지금이 최악, 그러니까 행복도가 최솟값이라고 하면 이제부터는 항상 행복도가 지금보다 커지게 된대도.'

어제 소라가 무심코 했던 말.

혹시 이렇게 될 걸 알고 있었던 걸까? 아니, 내 생각이 너무 앞서 간 건가?

순간적으로 머리를 스친 그 생각도 금세 어디론가 흘러가 버렸다. 하루카는 웃음소리에 휩싸인 채 다만 이 순간의 편안함과 행복을 만끽했다.

"자, 이거."

얼추 웃음소리가 잦아들자 소라는 하루카를 향해 다가와 손을 내밀었다. 받고 보니 예의 전자계산기였다.

그제도 이런 식으로 전개됐던 것 같은데. 불길한 예감이 서서히 퍼져 나갔다.

"검산은 너한테 맡길게."

"뭐!"

하루카는 하마터면 방금 받아 든 전자계산기를 떨어뜨릴 뻔했다. 검산? 무슨 말이야? 게다가 왜 내가?

"어렵지 않아. 이제 방금 나온 답을 가지고 두 개의 사다리꼴 면적을 비교하기만 하면 돼."

소라는 여전히 하루카의 곤혹스러움 따위 아랑곳하지 않았다. 나뭇가지를 주워 들더니 땅바닥에 쓰인 방대한 수식 중 두 개를 골라 그 앞에 동그라미를 그렸다.

○ 위 $= \{45 + (15n + 45)\} \times AM \div 2$

○ 아래 $= \{(15n + 45) + 60\} \times MB \div 2$

"이 두 개의 식과 $n = 0.536$, $AM = 37.52$, $MB = 32.48$을 이용하면 쉽게⋯⋯."

"잠깐!"

하루카는 소라의 말을 가로막듯이 소리쳤다.

"내가 왜? 네가 하면 되잖아."

"나 혼자만 하면 받아들이지 못하는 애들이 있을까 봐 그러지. 나는 전학생이고, 다른 애들하고 아직 대부분 처음 만나는 거잖아."

"그렇긴 하지만 딱히 내가 아니어도 되잖아? 마키나 가케루가 적임자가 아닐까."

그렇다. 이렇게 말하면서 자기 자신에게 확인하듯 하루카는 생각했다. 나는 검산 역할에 어울리지 않는 사람이다. 그렇게 중요한 일은 리더인 가케루나 마키가 맡아야 한다. 그래야 다른 애들도 믿을 거다.

하루카는 도움을 청하듯 혹은 무엇인가로부터 도망치듯 곁눈질로 마키를 보았다. 소라는 빙글 목을 돌려 마키와 가케루를 차례로 쳐다보았다. 잠시 생각에 잠긴 듯 고개를 숙였다. 그러나 잠깐의 침묵 뒤, 그의 시선은 역시 하루카에게로 되돌아왔다. 그리고 고개를 옆으로 저으며 말했다.

"안 돼. 쟤네는 중학교 2학년 수준보다 더 어려운 걸 아는 것 같거든. 나처럼. 그러니까 그런 걸 몰라도 정답이 나오는 걸 보여 줬으면 좋겠어. 네가 계산해서."

"그치만."

"괜찮아. 하나하나 천천히 해 봐."

소라의 안경 속 눈이 온화하게 하루카를 바라보았다. 평소의 메마른 시선과는 달리 따뜻함이 느껴졌다.

"누가 계산해도 답은 같아. 내가 계산해도, 네가 계산해도. 수학은 절대 우리를 배신하지 않거든."

수학은 배신하지 않는다. 소년의 입에서 나온 말이 하루카의 귀에 닿자마자 서서히 온몸으로 스며 들어갔다. 계산기를 든 손에 힘이 불끈 쥐어졌다. 해 보자. 소라가 하는 말이니까 수학을 좋아하는 소라가 하는 말이니까, 정말일 거다.

수학은 우리를 배신하지 않는다.

하루카는 땅바닥을 내려다보았다. 필요한 수치를 확인했다. $n = 0.536$, AM = 37.52, MB = 32.48. 그리고 소라가 동그라미를 쳐 놓은 두 개의 식.

떨리는 손가락을 들어 계산기 위로 이동했다. 차분하게 하나씩 하나씩 해 나가면 된다. 머릿속으로 순서를 몇 번이나 되뇌고 나서, 하루카는 계산기 단추를 누르기 시작했다.

위쪽 사다리꼴은 먼저 15에 0.536을 곱하고, 45를 더한 다음 한 번 더 45를 더하고, 거기에 37.52를 곱해서 마지막으로 2로 나눈다.

아래쪽 사다리꼴은 15에 0.536을 곱하고, 45를 더하고, 다음에 60을 더하고, 이번에는 32.48을 곱하고 역시 마지막에는 2로 나눈다.

"다 했어."

○ 위 $= \{45 + (15n + 45)\} \times AM \div 2 = 1839.2304\,(\text{m}^2)$

○ 아래 $= \{(15n + 45) + 60\} \times MB \div 2 = 1835.7696\,(\text{m}^2)$

"어? 차이가 좀 나는데?"

"$\sqrt{2}$ 계산 때 근삿값으로 해서 그래. 차이가 약간 날 수밖에 없어."

하루카가 걱정스레 말했지만 소라는 아주 냉정하게 답했다. 역시라고 해야 하나, 예상대로라고 해야 하나. 이 차이도 계산에 넣은 모양이다.

"차이는 대략 3.5제곱미터. 한 변이 2미터인 비닐 시트보다 조금 적은 면적이지. 점 M의 위치를 밀리미터 단위까지 조절하면 오차는 더 줄일 수 있는데?"

소라는 몸을 한 바퀴 빙글 돌려 모두의 얼굴을 천천히 바라보았다. 하루카는 고개만 돌려 소라의 시선을 좇았다.

어리둥절해서 눈이 동그래진 애. 눈이 마주치자 머리를 벅벅 긁적이는 애. 땅바닥을 바라보느라 소라의 시선을 알아차리지 못하는 애. 얼굴에 웃음의 여운이 아직 완전히 가시지 않은 애. 불만족스런 얼굴을 한 사람은 한 명도 없었다.

"이제 됐어."

마지막으로 소라와 눈이 마주친 가케루가 한 발짝 앞으로 나와서 말했다.

"비닐 시트를 두고 싸워 봤자 별수 있겠냐. 개구쟁이들 소풍도 아니고 말이지."

잠깐의 정적 후, 짝짝짝 하고 누군가가 조심스럽게 박수를 쳤다. 다른 누군가가 따라서 박수를 쳤다. 둘이 넷으로, 넷이 여덟으로 차츰 박수 소리가 커졌다. 수면에 퍼지는 파문처럼 박수 소리가 퍼져 나가고, 이윽고 여름 저녁나절의 소낙비처럼 일제히 쏟아져 내렸다.

그 중심에 안경 소년이 볼을 붉힌 채 서 있었다.

"다행이야. 모두가 수긍할 수 있는 답이 나와서."

안경 소년은 박수 세례를 받으면서 고개 숙인 채로 중얼거렸다. 하루카도 맘껏 박수를 쳤다. 감사와 존경의 마음을 담아서.

"다만, 문제가 하나 있어."

미안한 듯이 소라가 말했다. "어?"라는 목소리와 함께 박수 소리가 딱 멈췄다. 아이들은 서로 얼굴을 마주보았다. 가케루도 수상쩍은 눈초리로 소라를 바라보았다.

"뭔데, 문제란 게……."

하루카가 쭈뼛쭈뼛 물었다. 소라는 잠자코 슬그머니 하늘을 우러러보는 듯한 몸짓을 하는가 싶더니 이내 쓴웃음을 지으며 이렇게 말했다.

"이등분하는 건 내일부터야."

딩, 동, 댕, 동.

점심시간 종료를 알리는 종소리가 사다리꼴 운동장을 감쌌다.

운동장 쟁탈전 문제, 해결.

이후, 그 사건은 히가시오이소중학교에서 화젯거리가 되었다.

그리고 그다음 날.

점심시간이 끝나기 직전에 하루카가 다급히 교실로 뛰어 들어갔다. 역시 소라는 책상에 앉아 책을 읽고 있었다. 완전히 평소와 똑같은 자세로. 틀림없이 하루카가 말을 걸기 전에는 수업이 시작되건 끝나건 미동도 하지 않을 거다. 그대로 석상이 돼 버리지나 않을까 걱정될 정도였다. 창가 쪽에는 옮겨 단 두 개의 깃발이 산들바람에 펄럭이고 있었다. 하루카는 천천히 책상으로 다가가 몸을 굽혀 책 표지를 들여다보았다. 표지에는 이마가 아주 널찍한 백발의 아저씨 얼굴이 큼직하게 그려져 있었다.

"칼 프리드리히 가우스."

별안간 소라가 입을 뗐기 때문에 하루카는 어깨를 움찔하며 휙 물러섰다. 그 바람에 뒤에 있던 책상에 엉덩이를 부딪치고 말았다.

"수학자의 전기야. 도서실에서 빌린 건데 꽤 재밌어."

소라는 이윽고 책에서 얼굴을 들고 하루카 쪽을 보았다. 그러나 아무래도 하루카가 아픔을 참느라 이를 악물고 있는 것이며, 반바지 차림의 엉덩이를 문지르고 있는 것에 대해서는 한 마디도 할 생각이 없는 모양이었다. 소라는 책을 탁 덮고 창밖으로 힐끔 눈을 돌렸다.

"창밖을 봤어. 결국 운동장을 이등분하지 않은 것 같던데?"

"어……."

하루카는 엉덩이에서 손을 떼고 잠자코 발밑으로 시선을 떨어뜨렸다.

그렇다. 소라가 어제 힘들게 운동장을 이등분하는 방법을 가르쳐 줬건만 아이들은 그렇게 하지 않았다. 아니, 솔직히 말하면 시험 삼아 해 보긴 했다. 하지만 그것을 활용하지 않았다. 운동장을 이등분해 보고 새삼스레 알게 된 사실이지만 운동장은 역시나 좁았다. 지금까지는 큰 쪽과 작은 쪽으로 나눠져 있어서, 큰 쪽은 그나마 간신히 야구나 소프트볼을 할 수 있는 넓이였다. 그러나 이등분해 버리자 양쪽 다 어중간한 크기가 돼 버렸다. 아래쪽 사다리꼴은 오른쪽에 비해 왼쪽이 극단적으로 짧았다. 위쪽 사다리꼴은 이상하게 조그만 다이아몬드밖에 그릴 수 없었다. 그래서 결국, 소프트볼부와 야구부는 운동장을 이등분해서 쓰는 것을 포기하지 않을 수 없었다.

"미안, 힘들게 계산해 줬는데"

"괜찮아, 미안해할 거 없어."

하루카의 목소리는 작게 떨렸지만 소라는 평소와 다름없이 억양 없는 목소리로 말을 되받았다. 그런 건 중요하지 않아. 속으로 그렇게 말하는 것처럼 들렸다.

"너희 오늘, 되게 재밌어 보이더라."

그 말에 하루카는 놀라 얼굴을 들었다.

운동장을 이등분해서 쓰기를 포기한 소프트볼부와 야구부는 남학생과 여학생으로 갈라져 노는 것마저 접었다. 어째서 그렇게 됐는지, 누가 제안했는지는 모른다. 단지, 자연스레 방향이 그렇게 흘러갔다. 인원이 40명이나 되니까 남녀 혼합 팀을 구성해서 소프트볼을 했다. 아마 내일은 야구를 하게 될 거다. 점심시간에 여학생과 남학생이 한데 섞여 놀았던 건 초등학교 때 이후 처음이다.

하루카는 종횡무진으로 뛰며 공을 쫓아다녔다. 경기 도중에 별안간 투수를 맡았을 때는 무척 긴장도 됐지만 그래도 신기하게 얼굴에서 미소가 떠나지 않았다. 스트라이크 하나 제대로 던지지 못했는데, 남자애한테 홈런까지 맞았는데, 점심시간이 이렇게 즐거웠던 적은 정말 오랜만이었다.

"다툼을 멈추게 했잖아. 그러니까 나는 만족해."

소라는 안경 속의 눈을 실처럼 가늘게 뜨고 말했다. 뭔가를 음미하며 맛보는 듯한 표정이었다.

진심이겠지.

하루카는 마음속으로 중얼거렸다.

다툼을 멈추게 하겠다. 단지 그 목적 하나로, 소라는 어제 점심시간에 운동장에 나타난 거다. 운동장을 이등분한 것은 커다란 목적을 위한 수단에 지나지 않았던 거다. 왠지 하느님 같아, 하고 하루카는 생각했다.

"넌, 이런 식으로 사람들을 도와 가면서 결국에는 세계를 구하겠다는 거야?"

"응."

"그럼……."

하루카는 거기서 한 번 말을 끊었다. 잠깐 망설인 끝에 결심하고 입을 뗐다.

"수학가게, 나도 돕게 해 줘."

이상하게 갈라진 목소리가 나오고 말았다. 하지만 정확히 전달된 모양이다. 소라는 놀랐는지 다시 책을 펼치려던 손을 멈추고 얼굴을 들었다.

"소라 넌 남들하고 감각이 달라. 머리도 비상하고, 목표도 훌륭해. 하지만 손님이 오지 않으면 소용없잖아. 난 확실히 수학은 잘 못하지만, 너보다 상식은 좀 있거든. 내가 도울 수 있는 일이 많을 거야."

소라는 잠시 어안이 벙벙한 듯 입을 동그랗게 벌린 채 굳어 있었다. 이윽고 어색하게 몸을 움직여 하루카의 얼굴과 깃발과 손에 든 책을 차례로 돌아보았다. 무슨 까닭인지 몇 번을 그렇게 번갈아 보고는 손으로 턱을 괸 채 눈을 감았다. 생각에 잠겼다기보다 상황을 정리하는 것 같았다. 소년에게서는 보기 드문 광경이라고 하루카는 생각했다. 이윽고 생각이 정리됐는지 소라는 천천히 눈을 떴다.

"맞아, 혼자서는 잘 안 되는 것 같아. 네가 도와준다면 나야 당연히 대환영이지."

하루카는 안도의 한숨을 내쉬었다. 솔직히 거치적거린다며 거절당하지나 않을까 걱정했다. 그러나 한편으로는 거절당하지 않을 거라는 확신도 있었다. 어쩌면 그날, 무한대로 존재하는 소수를 언뜻 봤던 저녁에 이미 이 이상한 세계에 발을 들여놓았는지도 모른다. 그때부터 이미 소라와 함께 길을 걷기 시작했는지도 모른다. 그렇게 생각하자 깊숙이 고개가 끄덕여졌다.

그렇다면……. 하루카는 활짝 갠 머리로 생각했다. 더 깊은 곳까지 보러 가 주겠어. 모든 걸 이해하는 데까지는 이르지 못할 수도 있지만. 나는 아무런 힘이 되지 못할 수도 있지만.

수학이 정말 세계를 구할 수 있는가.

확인하고 싶다.

아니, 확인할 거다.

"잘 부탁해."

"응, 나야말로 잘 부탁해."

둘은 그렇게 말하고 동시에 웃었다. 소라가 소리 내어 웃는 모습은 처음 보는 것 같았다. 어린아이처럼 맑디맑은 웃음소리였다. 드디어 수학가게 팀이 결성됐다.

"아 참."

하루카는 생각난 듯이 말했다. 창가 쪽으로 가서 책상에 묶인 깃발 중 하나를 정성스레 떼어 내서 자신의 책상 다리에 다시 단단히 묶어 놓았다.

그제 소라가 했던 것과 똑같이.

"내가 점장 할게, 너는 점원 해."

바람에 팔락거리는 두 개의 깃발을 바라보며 소라가 그렇게 중얼거렸다.

문3. 동아리 부원의
사기를 높여라

"어? 깃발만 달아 놓으면 안 돼?"

소라가 눈을 동그랗게 뜨고 괴상한 목소리로 말했다. 아무래도 어지간히 예상 밖이었던 모양이다. 엉거주춤 허리를 들어 앞으로 몸을 내민 채 안경 속의 눈을 계속 깜빡였다.

"당연하지."

하루카는 사인펜을 움직이던 손을 멈추고 한숨 섞어 대답했다. 얜, 정말 못 말려. 아무리 상식이 없다지만 정도가 있지.

"깃발만 내걸었다고 손님이 올 것 같아?"

"하지만 생선가게나 정육점 같은 덴 간판만 내걸어도 손님이 오잖아."

"그거야 누구나 아는 가게 얘기고. 우리가 하려는 건 수학가게잖아? 이런 깃발뿐이면 수상히 여기고 아무도 오지 않는단 말이야."

"그런가."

소라는 팔짱을 끼고, 으음 하고 몇 번이나 신음 소리를 냈다. 그다지 수긍할 수 없다는 듯한 표정. 하루카는 더는 이 비상식적인 소년을 상대하는 걸 그만두고 하던 작업을 계속했다. 조금 가는 빨간 사인펜으로 검은 글씨에 테를 둘러 나갔다.

대략적인 부분은 이미 집에서 그려 왔다. 다음은 세세한 부분에 집중하면 된다. 중앙에 춤추는 '수학가게 개점!'이라는 글씨에 테두리 두르는 작업을 마치고, 이번에는 글자 주위에 그려 놓은 그림에 색칠을 했다. 별과 꽃 그림. 수학가게답지 않을 수도 있지만 애당초 '수학가게답다'는 것이 어떤 이미지인지 하루카는 떠오르지 않았으니까, 어쨌거나 눈에 띄기만 하면 된다고 생각했다. 사인펜을 색연필로 바꿔 들고 알록달록하게 칠해 나갔다. 색연필 소리가 사각사각 기분 좋았다. 눈에 잘 띄도록, 모든 사람 눈에 확 들어오도록. 마지막으로 남자와 여자 그림에 색을 칠해서 완성했다. 하루카는 도화지에 완성한 포스터를 들어 올려 멀찍이 거리를 두고 바라보았다.

으음. 내가 한 거지만 썩 잘했어. 하루카는 만족스럽게 고개를 끄덕였다.

"그림 잘 그리는구나."

옆자리에서 소라가 진심으로 감탄한 듯 말했다. 언제부터인지
음음 하던 신음 소리는 내지 않기로 한 것 같았다.

"난 이런 그림은 도저히 못 그리겠던데. 도형이라면 얼마든지
그릴 수 있지만."

소년은 고개를 갸웃하면서 그렇게 말했다. 하루카는 요전에
소라가 공책에 그린 그림을 떠올렸다. 열쇠와 맹꽁이자물쇠 그림
은 물고기 뼈와 반달 모양 어묵과 비슷한 모양이었다. 땅바닥에
그린 사다리꼴 그림은 전혀 비뚤어지지 않게 잘 그리더니.

정말로 특이한 애다.

하루카는 잠시 뒤 포스터를 책상에 놓고 주위를 돌아보았다.

유리창으로 쏟아져 들어오는 눈부신 아침 햇살에 교실 전체가
반짝반짝 빛났다. "안녕!" 하고 들어오는 반 아이들의 얼굴이 어
딘지 모르게 즐거워 보이는 건 기분 탓만은 아닐 거다. 금요일 아
침은 주말을 앞둔 들뜬 분위기가 여기저기 떠돌아다닌다. 평소보
다 일찍 일어난 덕분인지 하루카의 머리도 상쾌하고 맑았다.

"흐음. 수학가게 개점! 당신의 고민, 수학의 힘으로 해결해 드
립니다! 장소 2학년 B반. 요금 무료. 개점 시간, 매주 월요일 방과
후."

소라는 포스터를 보며 거기 적힌 글씨를 위에서부터 읽어 나
갔다. 막힘없이 술술. 그리고 대충 훑어보고는 고개를 돌려 하루
카의 얼굴을 들여다봤다.

"왜 월요일만 한다고 적었어?"

"나, 동아리 활동 없는 날이 월요일뿐이거든."

"나는 날마다 교실에 있는데."

"매일매일 올지 안 올지도 모르는 손님을 기다리고 있을 순 없잖아? 처음에는 주 1회로 하고, 손님이 많아지면 늘리자."

소라는 흐음, 하고 고개를 끄덕이고는 다시 포스터로 눈길을 돌렸다. 입을 꼭 다문 채 도화지 위 문자열을 응시했다. 대화가 끊긴 탓인지 갑자기 주위의 웅성거림이 가까이서 들리기 시작했다.

하루카는 불안해하면서도 소라의 다음 말을 끈기 있게 기다렸다.

"당신의 고민, 수학의 힘으로 해결해 드립니다! 응, 울림이 좋아."

그렇게 말하면서 고개를 끄덕이는 소라를 보고 하루카는 안도의 한숨을 내쉬었다. 월요일만 영업하는 문제는 어느새 받아들인 모양이다. 멋대로 정해서 무슨 말을 들을까 걱정했는데.

"그런데 맨 밑에 작게 책임자 간노우치 소라, 부책임자 아마노 하루카라고 적어 놨는데 책임자란 게 뭐지?"

"나도 잘은 모르지만 기노시타 선생님한테 물어보니까, 포스터를 붙이려면 책임자가 필요하대. 네가 점장이잖아? 그러니까 책임자도 해. 나는 부책임자 할 테니까."

"그렇구나. 그럼 할 수 없지."

소라는 그렇게 말하고 한 번 더 포스터를 위에서 아래까지 천천히 쭉 훑었다.

때마침 수업 시작을 알리는 종이 울렸다. 교실 안 여기저기에 흩어져 있던 아이들은 허둥지둥 자기 자리로 돌아갔다. 오전 8시 40분. 포스터는 간신히 조회가 시작되기 전에 끝낼 수 있었다.

"참, 소라 넌 매일 아침 몇 시쯤 학교에 와?"

하루카는 열심히 포스터를 관찰하는 소라에게 물었다. 하루카는 오늘 포스터를 완성하려고 8시쯤에 등교했다. 하지만 그때 이미 소라는 창가 맨 뒷자리에서 독서 중이었다. 그렇다면 실제로는 더 일찍 왔다는 얘기다.

소라는 고개를 들고 생각하는 듯 잠시 사이를 두고는 무뚝뚝한 얼굴로 말했다.

"7시쯤 왔나."

"7시?"

하루카는 가벼운 현기증을 느끼고 손바닥으로 얼굴을 눌렀다.

아침 7시부터 독서. 지금까지 단 한 번도 그렇게 해 본 적이 없었다. 말도 안 되는 생활 리듬이다. 하루카라면 틀림없이 수업 전에 머리가 완전히 지쳐 버릴 거다.

그래도 이 소년은 분명히 그게 대단하다고 생각하지 않겠지.

"등교 시간이 뭐 문제 있어?"

"암것도 아냐."

역시. 하루카는 다시 현기증이 나서 책상에 엎드렸다.

"오늘은 운동장에서 안 놀아?"

복사한 포스터 뭉치를 들고 교무실에서 나오는 하루카에게 소라가 생각난 듯이 물었다.

"응. 할 일이 있다고 미리 말해 뒀거든."

"밥도 안 먹었지?"

"이거 다 붙이고 먹으려고."

그렇게 말하고 빌려 온 압핀 통을 소라에게 건넸다. 소라는 그것을 아기 새라도 다루듯 두 손바닥으로 조심스럽게 감싸 쥐었다.

"드디어 포스터를 붙이는구나. 근데 어디다 붙이지?"

"1층 현관이나 계단 층계참 같은 데. 아무튼 전교생이 날마다 이용하고 눈에 잘 띄는 데."

'눈에 잘 띄는 데.'

소라는 하루카의 말을 입속으로 되뇌었다. 오늘은 하루카가 소라에게 상식을 가르칠 차례였다. 평소와 뒤바뀐 처지. 왠지 기분이 이상했다.

"그럼, 화장실에도 붙이지 않을래? 모두가 날마다 이용하는 곳이잖아."

"화장실에는 못 붙이게 돼 있어."

"그래? 왜?"

미간을 찡그린 소라를 무시하고 하루카는 총총총 복도를 걸어갔다. 실내화의 고무 밑창과 바닥이 마찰하여 찌익찌익 소리가 높게 울렸다. 소라는 조금 뒤처져서 허둥지둥 따라왔다.

둘은 먼저 현관으로 갔다. 점심시간에는 학생이 현관을 꽤 많이 드나든다. 매점을 다녀오는지 남학생 하나가 한 손에 빵을 들고 신발을 갈아 신고 있었다. 그 옆을 힘차게 뛰어 앞질러 간 여학생은 운동장에서 늘 소프트볼을 함께하는 아이다.

"흐음, 자세히 보니까 다양한 포스터가 붙어 있네."

소라는 어느새 하루카 옆을 떠나 벽에 달라붙듯 포스터를 둘러보았다. 1층 복도의 한쪽 벽면에는 압핀을 꽂을 수 있는 게시판이 설치되어 있다. 거기에 동아리 광고 포스터며 학생회가 만든 광고 따위가 서로 겹치듯 덕지덕지 붙어 있다. 현관에 들어서자마자 가장 먼저 정면으로 보이는 이 벽면은 모든 학생이 매일보는 곳이다.

그렇다. 모든 학생이 날마다 본다. 날마다 볼 테지만…….

"그걸 지금까지 몰랐던 거야?"

하루카가 어이없어 하며 묻자 소라는 게시판 벽에서 얼굴을돌렸다. 여전히 압핀 통을 소중하게 감싸고 있다.

"응, 혼자 다닐 때는 수학에 대해 생각하면서 걷거든."

"그럼 위험하지 않아?"

"위험하지. 간혹 나무에 부딪치기도 하고, 계단에서 넘어질 때도 있어."

하루카는 둔한 통증이 느껴져 이마에 손을 짚었다. 나무가 아닌 자동차에라도 부딪치면 대체 어쩌려고. 이 소년은 세상을 걱정하기 전에 자신을 먼저 걱정하는 편이 좋지 않을까. 하루카는 하도 기가 막혀서 대꾸할 말을 잃었다. 소라는 다시 벽에 붙듯하여 포스터를 쳐다보았다. 하루카도 하는 수 없이 소라 옆에 서서 포스터를 보았다.

붓펜으로 아주 굵직하게 글씨만 달랑 써 놓은 야구부 포스터. 시원시원한 남자 부원 사진이 인쇄된 테니스부 포스터. 예쁘장한 소녀 그림이 그려진 만화연구부 포스터.

지난 4월에 있었던 동아리 부서 권유 기간이 떠올랐다. 소프트볼부 포스터도 이 무수한 포스터 어딘가에 있을 거다. 그 포스터의 그림은 마키가 그렸다. 하루카는 그걸 교내 곳곳에 붙이고 다녔다. 꼭 오늘처럼.

옆으로 눈을 돌렸다. 소라는 눈을 반짝거리며 포스터에 빠져들어갔다. 조그만 어린아이 같은 순수한 호기심에 가득 찬 눈동자. 어쩌면 소라가 사는 수학 세계는 하루카가 사는 세계와는 사정이 다를지도 모른다. 그래서 이처럼 아무것도 아닌 것이 오히려 신기하게 보일지도 모른다. 하루카는 그렇게 생각했다.

"너는 아마 야구부였지?"

소라가 하루카 쪽으로 얼굴을 돌리며 중얼거렸다.

"뭐?"

순간 하루카의 사고가 정지됐다. 그것이 자신에게 한 말인지 아닌지, 순간적으로 판단이 서지 않았다. 입이 딱 벌어진 채 머릿속이 빙글빙글 소용돌이치기 시작했다.

"어? 그게 그러니까, 새 글러브를 사고 싶다고 말한 것 같은……."

굳어진 하루카를 보고 무슨 눈치를 챘던지 소라는 쭈뼛쭈뼛 덧붙였다. 입술 끝이 경련이 일듯 실룩실룩했다. 하루카는 우선 입을 오므려서 폐 속의 공기를 조금씩 시간을 들여 뱉어 냈다. 폐와 함께 머릿속을 비우고, 그리고 천천히 생각했다. 할 말이 정리되자 이번에는 어깨로 크고 깊게 숨을 들이마셨다.

그리고 단호하게 쏘아붙였다.

"나는 소프트볼부야! 글러브를 사용하긴 하지만 야구하고는 달라. 점심시간에 여자애들이 하는 거, 창밖으로 봤잖아? 그거라고, 그거!"

지나가던 남학생이 어깨를 움찔 흔들었다. 신발장에서 신발을 갈아 신던 여자애 둘이 돌아보고 눈을 휘둥그레 떴다. 소라는 하루카의 서슬에 뺨이 굳어진 채 뒤로 두세 발짝 물러났다.

"미안해. 그게 말이지, 너무 똑같아서 당연히 같은 거라고 생각했어."

소라는 겁먹은 고양이마냥 뒤로 물러나면서 기도하듯 압핀 통을 쥔 손을 얼굴 앞으로 들어 올렸다. 하루카는 또 하루카대로 복도 벽과 천장에 메아리치는 자신의 목소리에 놀라 창피해서 고개를 숙여 버렸다. 사과하는 남자애와 얼굴을 붉히고 고개를 떨군 여자애. 지나가는 아이들은 아무것도 보지 않은 척했다.

"으응, 그렇구나. 혹시 말이야, 괜찮다면 야구하고 소프트볼의 차이를 가르쳐 줄 수 있을까? 배우지 않으면 또 실수할 것 같아서."

소라는 허둥거리면서 하루카의 얼굴과 야구부 포스터를 견줘 보며 기어 들어가는 소리로 말했다. 목소리도 조금 떨리는 것 같았다.

이키! 내가 또 너무 흥분해 버린 건가. 이건 나쁜 버릇인데.

"공의 크기가 달라. 또 구장의 넓이도 다르고."

하루카는 의식적으로 목소리 톤을 나직나직이 눌러 가며 설명했다.

"흐음."

"그리고 또 야구 투수는 공을 위에서 아래로 던지지만 소프트볼은 아래에서 위쪽으로 던져."

"공하고 구장하고 공 던지는 방식이라. 아, 그렇구나."

소라는 아래를 보고 중얼중얼했다. 정말로 이해했는지 어떤지는 지금으로서는 불안하지만 하루카는 거기에 대해서 더는 이야기하지 않기로 했다. 이 소년에게 상식이라는 것을 모두 주입시키려면 아마 1년쯤 걸릴 거다.

"아무튼 붙이자! 압핀 꺼내!"

하루카 말소리에 놀랐는지 소라는 얼굴을 들고는 압핀 통 뚜껑을 열려고 했다.

"어? 이상하다. 너무 꽉 잠겨서 뚜껑이 안 열려."

평범한 플라스틱 용기라서 쉽게 열린 텐데. 하루카가 어이없어 하면서 바라보자 소라는 하필 용기를 옆으로 기울이고 뚜껑을 잡아당겼다.

"이렇게 하면 쉽게 빠져."

"자, 잠깐! 그대로 열었다간."

말리려고 손을 뻗었지만 한 발 늦었다. 펑 하고 병마개 뽑히는 소리가 나더니 잠시 후 복도 바닥에 금색 압핀이 사방으로 튀었다.

"아!"

소라의 비통한 외침이 온 복도로 울려 퍼졌다.

애한테는 이제 수학 이외의 것은 맡기지 말아야지.

하루카는 별안간 복도 바닥에 나타난 무수한 가시를 뚫어져라 바라보며 마음속으로 굳게 결심했다.

압핀을 줍는 데 시간을 꽤 잡아먹은 탓에 점심 먹을 시간이 없었지만, 간신히 점심시간 안에 포스터 붙이기를 마쳤다. 현관과 계단의 층계참, 그리고 2층과 3층 복도에 한 장씩. 이만큼 구석구석 붙여 놓았으니 전교생의 눈에 띌 터. 이제는 찾아오는 손님을 기다리기만 하면 된다. 그렇긴 하지만.

"걔, 그런 상태로 수학가게를 잘해 낼 수 있을까 몰라."

하루카는 혼자서 한숨 섞어 중얼거렸다.

소라는 근본적으로 상식이 없다. 구제불능일 정도로. 물론 그 부족함을 메우는 것이 하루카의 역할일 테지만 과연 어디까지 감당할 수 있을지.

"어제는 포스터 하나 붙이는 것도 그렇게 힘들었는데, 그런 애가 사람들의 고민을 해결할 수 있을까."

하루카는 어깨를 축 늘어뜨린 채 폐가 오므라드는 것을 스스로 의식할 정도로 크고 깊게 땅이 꺼져라 한숨을 내쉬었다.

깡!

"하루카! 가!"

"뭐지?"

갑작스레 자신의 이름을 부르는 소리에 하루카는 얼굴을 들었다. 홈베이스 쪽을 보자 기노시타 선생님이 소리치고 있었다. 게다가 뭔가가 이쪽을 향해…….

"앗, 아차."

정신이 들었을 때는 공이 이미 하루카의 등 뒤로 날아가고 있었다. 황급히 몸을 180도로 돌려 전속력으로 공을 쫓아갔다. 뒤에서 선생님이 계속 소리쳤지만 거리가 점점 멀어지자 이윽고 그 소리도 들리지 않았다.

전속력으로 쫓아간 보람도 없이 공은 숲 속으로 굴러 들어가 버렸다. 숲 안쪽은 초록색 이파리를 잔뜩 매단 나뭇가지가 어두운 그림자를 드리우고, 나무 밑에는 무릎까지 자란 풀들이 빽빽하게 우거졌다. 하루카는 숲 앞에 멈춰 선 채 주위를 둘러보았다. 숲 속은 어두컴컴한 데다 우거진 수풀은 어디고 같은 모습이어서 공이 뚫고 간 흔적을 찾을 수가 없었다.

"휴우, 최악."

한창 노크(수비 연습을 하기 위해서 공을 치는 일 - 옮긴이) 중에 멍하니 있었던 데다 공까지 잃어버렸으니 아무리 성격 좋은 기노시타 선생님이라도 화가 났을 테다. 하루카는 잠시 망설이고는 숲 속으로 들어갔다. 풀이 하루카의 발밑에서 사박사박 울었다.

숲 속은 다른 세계 같았다. 운동장 외곽의 초록을 경계로 마른 모래땅이 사라지고 눅눅한 초원으로 바뀌었다. 더위마저 느껴졌던 조금 전까지와는 달리 선득한 바람이 뺨을 쓰다듬고 지나갔다.

하루카는 이마에 맺힌 땀을 손바닥으로 훔치고는 허리를 구부려 풀 사이로 눈길을 돌렸다. 한 손에 글러브를 낀 채 두 손으로 가느다란 풀을 헤치고 다녔다. 하지만 공은 어디에도 보이지 않았다. 흙과 이슬에 젖은 손바닥이 차가웠다.

깡!

소리에 돌아보니 기노시타 선생님은 이미 노크 연습을 다시 시작하고 있었다. 받아 치는 건 아오이일까. 모자 뒤로 나온 말꼬랑지 머리가 움직일 때마다 좌우로 흔들렸다. 하루카는 한숨을 포옥 내쉬고 다시 숲 안쪽을 향해 돌아섰다. 공을 찾지 못하고 돌아가면 선생님께 꾸중을 들을 것이다. 그렇다고 이대로 꾸물꾸물 계속 둘러본들 찾는다는 보장이 있는 것도 아니었다. 하루카는 잠자코 눅눅한 흙이 묻어 더러워진 오른손을 바라보았다.

"뭐 하냐?"

갑작스런 목소리에 어깨를 움찔하며 뒤로 홱 물러섰다. 몹시 위압적인 분위기를 풍기는 나직한 목소리. 돌아보니 거기에는 진남색 셔츠에 하얀 바탕에 검은 줄이 들어간 바지를 입은 소년이 허리에 손을 짚고 서 있었다. 키는 큰 편. 머리에는 검은 야구 모자. 구릿빛으로 탄 얼굴에는 수상쩍어 하는 듯한 표정이 떠올라 있었다.

가케루였다.

하필 이 남자애가 왜? 하루카는 머리를 쥐어뜯고 싶었다. 이 잘난 척하는 소년이 싫었다. "숲 속으로 굴러간 공을 찾고 있어." 그렇게 곧이곧대로 말한다면 그야말로 무슨 말로 바보 취급당할지 모를 일이다.

"그러는 넌 이런 데서 뭐 하는데?"

하루카는 흙 묻은 오른손을 감추고 숲에서 바깥으로 한 발짝 내딛으면서 말했다. 가케루와는 반대 방향으로 몸을 돌려 어디론가 가는 척했다.

"나 말이냐? 난 러닝 훈련 중이지."

하루카의 기분을 아는지 모르는지 가케루는 퉁명하게 대꾸했다.

"러닝이라니. 야구부 훈련은 오늘 후반 아냐? 토요일 전반은 소프트볼부 훈련 시간인데?"

"그러니까 방해되지 않도록 운동장 외곽을 뛰고 있는 거다. 그럼 불만 없잖아."

그렇게 말한 가케루는 오른손으로 운동장 외곽을 덧그리듯이 빙글 가리켰다. 듣고 보니 지금까지도 소프트볼부 훈련할 때 달리고 있는 야구부원을 본 적이 있었던 듯도 하다. 그게 가케루였구나.

그러나 화요일과 토요일은 원래 소프트볼부 훈련이 끝난 후에 야구부 훈련이 있다. 하루카 무리가 패스트푸드점에서 수다를 떨고 있을 시간이 바로 야구부 정규 훈련 시간이다. 그렇다면 지금 이 시간에 뛰고 있다는 건 남보다 두 배나 더 훈련을 한다는 뜻이다.

하루카는 가케루에 대해 아는 것이 별로 없었다. 남자애들을 거느리고 다니며 오만하게 거들먹거리나 싶었는데 또 이렇게 무척 진지한 면도 있다. 종잡을 수가 없다. 그런 점도 하루카가 가케루를 싫어하는 이유 중 하나다.

싫어하는 상대에 대해서는 상관하지 않는 것이 상책이다. 더구나 하루카는 지금 그다지 좋은 소리를 들을 상황도 아니다. 가케루에게서 등을 돌린 채 하루카는 어깨 너머로 말했다.

"열심이네. 그럼 얼른 다시 뛰지?"

"걱정 마, 다시 뛸 거니까. 근데 넌 여기서 뭐 하는 거냐고?"

"뭘 하든 너랑 상관없잖아?"

깡!

공을 치는 소리가 아주 또렷이 귀에 와 닿았다. 가케루는 홈베이스가 있는 쪽을 흘긋하고 나서 하루카의 글러브에 묻은 흙을 보았다. 허연 운동장의 흙과는 다른 거무스름하게 젖은 흙. 가케루는 흥 하고 코웃음을 치고는 시답잖다는 듯이 말했다.

"뭐야, 공 때문이었냐? 숲 속으로 들어가 버렸나 본데."

하루카는 얼굴이 빨개졌다. 진심으로 자신이 한심스러웠다. 하루카는 가케루 쪽으로 돌아 서서 쥐어짜는 듯한 호소하는 듯한 목소리로 말했다.

"그래, 수비 훈련 중에 멍하니 있었더니 뒤로 빠져 버렸다! 알았으면 그만 나가! 난 빨리 공을 찾아야 한다고."

가케루는 하루카가 하는 말을 눈썹 하나 까딱 않고 들었다. 소라의 중립적인 무표정과는 달랐다. 냉담한 그림자가 깃든 무표정이었다.

어쨌든 이렇게까지 말했으니까 어디론가 가겠지. 하루카는 그렇게 생각했지만 예상과 반대로 가케루는 어디에도 가지 않았다.

뜻밖에 가케루는 하루카에게서 눈을 돌리고 오히려 숲 속으로 들어가고 있었다.

"잠깐, 뭘 하려고?"

"찾아 주지. 마침 잠깐 쉬려던 참이었거든."

가케루는 허리를 구부리고 두 손으로 무릎을 짚으면서 대답했다. 모자 챙이 얼굴을 가려서 표정은 볼 수가 없었다.

"괜찮아, 됐어. 혼자서 찾을 수 있어."

"어느 쪽으로 굴러갔는지 알아?"

하루카의 말은 완벽하게 무시당했다. 가케루는 두 손으로 연신 풀을 헤치며 조금씩 숲 안쪽으로 들어갔다.

"됐다고 했잖아! 내가 잃어버린 거라고."

"시끄럽고. 너는 저쪽을 찾아. 같은 곳에 있으면 둘이서 찾는 의미가 없으니까."

그렇게 말하고 가케루는 풀 사이에 얼굴을 처박았다.

대체 무슨 바람이 분 거야? 까닭을 알 수 없지만 그렇다고 그대로 가케루에게만 찾도록 놔둘 수는 없었다. 하루카는 별수 없이 가케루에게서 조금 떨어진 풀숲을 헤치고 마찬가지로 얼굴을 파묻듯 하고 공을 찾기 시작했다.

공은 금세 찾았다. 땅 위로 뻗어 나온 나무뿌리에 걸쳐 있는 걸 가케루가 발견했다. 가케루는 공에 묻은 흙과 나뭇잎을 손으로 툭툭 털어 하루카를 향해 던졌다. 하루카는 공을 글러브로

척 받았다.

"고마워."

하루카가 입술을 비죽 내밀고 말했다.

그건 그렇고, 대체 무슨 생각으로 도와준 거지? 하루카는 더더욱 가케루가 어떤 앤지 종잡을 수 없었다.

숲을 나온 가케루는 두 손에 묻은 흙을 탁탁 털면서 말했다.

"포스터 봤다. 뭔지 모르지만 재미있는 일을 시작한 것 같던데."

"어?"

"수학가게 말야. 너지? 부책임자가."

처음에는 무슨 말인지 이해하지 못했다. 잠시 멍하니 있다가 몇 초 뒤, 마침내 퍼뜩 제정신으로 돌아왔다.

아하! 어제 붙인 포스터를 벌써 본 거구나.

"뭐? 혹 그 말을 하고 싶었던 거야?"

가케루는 그 질문에 대답하지 않았다. 단지 멀리 학교 건물 쪽을 바라보며 눈을 가늘게 뜨고는 나직한 목소리로 말했다.

"그 자식 소라라고 했던가? 재미있는 자식이군. 남자애들한테는 녀석을 나쁘게 말하거나, 이상한 소문을 흘리지 않도록 일러뒀다. 뭐, 지난번 일에 대한 보답인 셈이지."

가케루는 그 말을 남기고 뛰어갔다. 돌아보지도 않고 타다다닷 발소리를 울리며, 운동장 외곽을 끼고 뛰어가는 가케루는 순식간에 하루카에게서 멀어졌다.

하루카는 멍하니 가케루의 뒷모습을 지켜보다가 퍼뜩 글러브 안의 공을 떠올리고 홈베이스 쪽을 향해 뛰기 시작했다. 기노시타 선생님이 하루카를 향해 뭐라고 소리쳤다. 혼나려나. 막연히 그런 생각을 했지만 크게 걱정되지는 않았다. 몸이 두둥실 풍선처럼 흔들흔들하고 주위의 소리가 묘하게 아득하게 들렸다.

"수학가게 부책임자."

하루카는 뛰면서 작게, 그러나 달뜬 목소리로 중얼거렸다. 목소리는 바람과 함께 뒤로 흘러가서 널찍한 운동장 속으로 녹아들어갔다.

다음 월요일. 지난주까지와 달리 수업 시간에 반 아이들의 시선이 그다지 느껴지지 않았고, 쉬는 시간에 와서 장난치는 아이도 없었다. 지금까지 느껴 보지 못했을 정도로 평화롭게 하루가 지나갔고, 종례까지 무사히 끝났다. 반 아이들이 웅성웅성 나가고 교실에는 하루카와 소라 둘만 남았다.

드디어 일을 시작할 시간이 왔다. 하루카는 심장의 고동을 가라앉히기 위해 의자에 앉은 채 두세 번 심호흡을 했다.

포스터는 지난 금요일, 눈에 잘 띄는 교내 곳곳에 붙여 뒀다. 이르면 오늘도 의뢰인이 찾아올지 모른다. 하루카는 기대에 찬 눈초리로 연신 교실의 앞뒷문을 번갈아 쳐다봤다. 소라 옆에서 손님이 들어오기를 눈이 빠지게 기다렸다. 그러나…….

"안 오네."

"응."

종례가 끝난 지 30분. 손님은커녕 두고 간 물건을 가지러 오는 애조차 없을 듯했다. 교실에는 여전히 하루카와 소라 둘뿐이다. 미닫이문은 활짝 열린 채 말없이 멈춰 서 있다.

창밖으로 보이는 하늘은 잿빛 구름에 싸여 있고, 눅눅한 공기가 살갗에 들러붙는 것 같아서 짜증이 밀려왔다. 5월도 후반에 접어들었으니 장마가 시작될 조짐이 나타나기 시작한 건지도 몰랐다. 창문을 열어 두기는 했지만 바람 한 점 없었고, 끈적한 공기가 교실 가득 가라앉았다.

그런 와중에도 소라는 여전히 답답하게 동복 윗옷의 호크까지 채우고 있었다. 하복으로 바뀐 지 한 달이나 지났는데. 태양이 두툼한 구름 속에 숨어 있어서 기온은 그렇게까지 높지 않지만, 이 습한 공기 속에서 내내 긴소매 차림이니 쾌적할 리 없었다.

하루카는 잔뜩 찌푸린 어두운 하늘을 바라보면서 이따금 소라의 모습을 곁눈질해 살폈다. 소년은 수업 시간과 다름없이 열심히 책을 읽었다. 지난주에 도서실에서 빌린 가우스인지 하우스인지 하는 수학자의 전기였다. 조용한 교실에는 창밖에서 날아 들어오는 참새가 지절대는 소리와 소년이 책장을 넘기는 소리만이 희미하게 울렸다.

"애들이 포스터를 안 본 건가."

하루카는 턱을 괸 채 하품을 하면서 중얼거렸다. 소라는 책에서 잠깐 눈을 들어 하루카의 시선 끝, 문 너머를 흘끗 보았다.

"손님이 오지 않는 건 나쁜 게 아냐. 그만큼 이 학교가 평화롭다는 말이니까."

그렇게 말하고 소년은 다시 책으로 시선을 되돌렸다. 틀린 말은 아니지만 어쩐지 수긍할 수 없었다. 왜냐하면 전혀 고민 없이 살아간다는 게 가능하지 않으니까.

"목요일부터 중간고사라서 그런가."

"중간고사? 시험이 있으면 학교가 평화로워져?"

소라가 눈을 동그랗게 뜨고 되물었다. 하루카는 한숨밖에 나오지 않았다. 눈을 동그랗게 뜨고 싶은 건 이쪽이라고. 대체 무슨 소리를 하는 거야.

"다들 시험공부 하느라 바쁠 거 아냐."

"그런 거야?"

"그런 거야, 라니. 너 혹시 시험공부 같은 거 해 본 적 없어?"

"응. 수업시간에 잘 들으니까."

하루카는 일단은 귀를 의심했다. 그리고 곧 가벼운 농담이라고 생각했다. 눈이 점이 된다는 것은 바로 이런 상태를 말하는 걸 거다. 소라는 어느 모로 보나 '수업을 잘 듣는다.'라고 할 수 있는 편은 아니다.

"어? 왜? 내가 뭐 이상한 소리 했니?"

"아니, 그게……. 너 수업 시간에도 책만 읽잖아."

하루카는 책과 소라의 얼굴을 번갈아 보면서 말했다. 잠깐의 침묵. 소라는 하루카의 말뜻을 헤아리려는 듯 자신도 책과 하루카의 얼굴을 번갈아 보았다.

"아, 그렇구나."

소라는 생각난 듯 입속으로 그렇게 중얼거렸다. 입꼬리가 살짝 올라가고 눈초리가 내려간 얼굴. 소라는 칠판 쪽을 보며 말을 이었다.

"내가 말 안 했나. 난 책을 읽으면서도 남이 하는 얘기를 들을 수 있다고. 그래서 수업 내용도 전부 머릿속에 들어 있어."

소라는 대수롭지 않게 말했다. '난 발이 빨라.'라든가 하는 그다지 특별할 것도 없는 특기를 설명하듯이. 하지만 하루카로서는 쉽게 믿기 어려운 이야기였다. 책을 읽으면서 동시에 수업 내용을 전부 머릿속에 집어넣는다고? 그게 정말 가능한 걸까?

"수학을 효율적으로 이용하려면 수학 이외의 다른 지식도 필요하거든. 생각해 봐, 요전에도 지리를 응용해서 문제를 풀었잖아? 그런 식이야. 수학만 공부하면 된다, 난 그렇게는 생각 안 해. 그리스의 수학자 피타고라스도 의학과 철학까지 공부했어. 레온하르트 오일러나 가우스도."

"아니, 그런 문제가 아니라……."

이야기가 열기를 띠기 시작하면서 소라의 말이 점점 빨라졌다. 하루카는 황급히 말을 가로막았다.

"그게 가능해? 선생님이 칠판에 적어 준 것도 전혀 필기하지 않던데."

"그건 기본적으로 선생님이 한 번 설명한 내용이잖아? 설명을 듣고 머릿속에 새겨 두면 일부러 얼굴을 들고 필기할 필요 없거든."

"잊어버리거나 하지 않아?"

"당연히 그대로 내버려 두면 잊어버리지. 그렇게 되지 않도록 새로운 지식과 낡은 지식을 결합시켜야지. 지리 시간에 배운 지형도의 지식을 수학의 '닮음'하고 결합시킨 것처럼 말이지. 있을 곳만 마련해 준다면 지식은 아무 데로도 도망치지 않아. 계속 머릿속에 남아 있어 준다고."

소라는 집게손가락으로 관자놀이 위를 톡톡 두드렸다. 하루카는 그 머릿속을 상상해 봤다. 머릿속에 들어가 정연하게 나열된 지식들. 그 지식들에는 저마다 살아갈 자리가 주어지고, 다른 동료들과 손을 잡고 밖으로 나갈 차례가 오기를 기다린다. 거기에는 틀림없이 '가중평균 공식'이라든가, '근의 공식' 같은 지식도 있겠지. 소프트볼이라든가 시험공부에 대한 지식은 텅 비어 있을 테지만.

다시 책에 시선을 되돌리는 소라의 옆얼굴을 하루카는 빤히 바라보았다.

　손님은커녕 교실 앞을 지나가는 사람조차 없는 채로 다시 30분이 지나갔다. 하루카는 두 팔을 쭉 뻗은 채 책상에 엎드려 있었고, 소라는 여전히 책 속에 빠져 있었다. 공기가 눅눅하고 무겁게 느껴지는 것도 여전했다.

　"있지……"

　"응?"

　하루카는 책상에 볼을 딱 붙인 자세 그대로 말을 건넸다. 소라는 한 박자 늦게 반응하고 다시 몇 초가 지나서야 책에서 얼굴을 들었다.

　"심심하다."

　"난 심심하지 않아. 책 읽으니까."

　하긴 하루카가 심심한 건 아무것도 하지 않고 멍하니 있어서다. 하지만 읽을 책 따위 가져오지도 않았고, 공부할 마음도 내키지 않았다. 별수 없이 하루카는 대화의 실마리를 이어 가려고 소라에게 자꾸 말을 걸었다.

　"그거, 도서실에서 빌린 책이지?"

　"응."

　"전에 다니던 학교에서도 이런 식으로 책을 빌려서 읽었어?"

　"아니, 지금까지는 빌려 읽지 않았어."

소라는 책에 손가락을 끼운 채 덮고는 먼 곳을 보는 듯 눈을 가늘게 떴다.

"얼마 전까지는 집에 있는 책만 읽었어. 근데 내가 이해할 만한 책은 모조리 읽어 버렸거든. 나머지 책들은 너무 어려워서 처음 몇 페이지도 못 읽겠더라."

"어? 네가 못 읽는 책? 그런 책이 있다고?"

"나도 신이 아니니까."

소라는 그렇게 말하고 창밖의 하늘을 내다보았다. 낮게 드리워진 잿빛 구름이 온 하늘을 뒤덮고 있었다. 밖이 어두컴컴한 탓에 유리창에 교실 풍경이 희미하게 비쳤다. 교실에 있는 소라는 밖을 내다보고 있고, 창문 속의 소라는 교실을 보고 있었다.

"너희 집에는 왜 그렇게 어려운 책이 있는데?"

하루카는 교실의 소라를 향해 물었다. 교실의 소라가 이쪽을 돌아보자 유리창 속의 소라는 맞은편 쪽으로 몸을 틀었다.

"아빠가 산 책이야."

소라는 구름 낀 하늘과 교실이 한데 있는 창문을 등지고 대답했다.

"우리 집에는 책이 몇 백 권이나 있어. 책장에서 넘쳐 나서 바닥에까지 쌓여 있을 정도야."

"너희 아빠도 수학을 좋아하시는구나."

"글쎄, 아빠는 수학자거든. 대학에서 학생들을 가르치고 있지."

"수학자!"

하루카는 그 말을 듣자 갑자기 이해가 됐다. 보통 가정에서 자란 아이가 이 정도의 수학 오타쿠가 될 리는 없다. 농사꾼의 아이가 농가를 잇듯, 의사의 자식이 의사를 목표로 삼듯. 마찬가지로 수학자의 자식은 수학을 좋아할 것이다. 결국, 지극히 자연스런 이치인 거다.

"네가 수학을 좋아하는 건 아빠를 닮은 거구나."

소라는 "응." 하고 작게 웅얼거리면서 고개를 끄덕였다.

"아빠 근무지가 바뀌어서 여기로 이사 온 거야?"

"아냐. 아빠는 계속 같은 데서 일하셔. 도쿄에 있는 대학에서."

"그럼……."

하루카는 도중에 말문을 닫았다. 이사 온 이유 같은 걸 질문받으면 기분 좋을 리 없다. 그대로 하루카가 입을 다물어 버리자 소라는 다시 창밖으로 눈길을 돌렸다. 까마귀인지 뭔지, 그림자 하나가 운동장 위를 가로 질러갔다.

"공기."

"어?"

반쯤 열린 창문을 향해 소라가 중얼거렸다. 혼잣말 같은 말투. 유리창에 비친 소라의 입술은 전혀 움직이지 않는 것처럼 보였다.

"공기 맑은 곳이 수학 연구하기 좋대."

하루카는 유리창 속의 소라를 바라본 채 굳어져 버렸다.

이유가 달랑 그것뿐?

그 이유만으로 일부러 근무지에서 먼 곳으로 이사했다?

"괴짜지? 지난달까지 도시에서 살 때는 대학까지 걸어서 10분 정도였는데, 지금은 두 시간 가까이 전철을 타고 다니셔."

이 마을은 자연도 훼손되지 않았고, 공기가 맑은 건 분명하지만 아무리 그래도……. 딱히 뭐라고 대꾸할 말이 없어서 하루카는 잠자코 애매하게 고개를 끄덕였다.

소라 역시 상식적으로 보면 보통 사람과는 상당히 거리가 멀다. 그러나 그런 소라조차 괴짜라고 할 정도의 아버지. 그렇다면 분명 비상식적으로 특이한 사람일 거다. 아니, 소라보다 더 특이한 사람이라면 과연 우리와 같은 인간이기나 한 걸까.

어쩌면 정말로 소라의 아버지는 수학 세계에 사는 사람인지도 몰라. 하루카는 진심으로 그렇게 생각했다. 거기는 이 세계와는 다른 규칙이 있고, 이 세계와는 다른 상식이 있다. 사람들은 '수학어'로 대화하고, 늘 수학에 대해서만 생각한다. 그들은 여름에도 동복을 입고, 소프트볼과 야구의 차이를 모른다. 정말로 그런 세계가 있으며, 소라는 그 세계 사람과 이쪽 세계 사람 사이에서 태어난 건지도 모른다.

엉뚱하지만 그렇게 생각하는 편이 마음 편한 게 신기했다.

"야호! 하는구나?"

그때 앞문 쪽에서 목소리가 들려와서 하루카와 소라는 동시에 그쪽으로 눈을 돌렸다. 하루카는 거기에 서 있는 두 사람을 보고 자기도 모르게 책상에 손을 짚고 벌떡 일어났다.

"마키, 아오이! 와 줬구나!"

"좀 더 일찍 오려고 했는데 있지, 동아리 일로 기노시타 선생님이랑 상의할 게 좀 있었거든."

마키는 그렇게 말하고 책상 사이를 누비 듯하며 하루카 책상으로 다가왔다. 한 발짝 뒤에서 아오이가 생글생글 웃으며 뒤따라왔다. 둘은 바로 앞 책상에 가방을 놓고 의자를 돌려 앉았다. 하루카와 소라는 그 둘과 정면으로 마주보는 꼴이 되었다.

"손님은? 안 왔어?"

아오이가 커다란 눈동자를 뙤록거리며 교실을 둘러보고는 그렇게 물었다. 하루카는 어깨를 축 늘어뜨리고 대답했다.

"그래, 너희가 첫 손님이야."

"첫날인데 뭐 어때. 조급하긴."

무심코 던진 듯한 마키의 말에 하루카는 눈물을 쏟을 뻔했다. 말투는 차갑게 들렸지만 그 말 속에는 따뜻함이 배어 있었다. 같은 학년인데, 이럴 때 마키는 한참 언니처럼 느껴진다. 그리고 따뜻하게 미소 짓는 마키 옆에서 아오이가 수학가게 깃발을 자꾸 만지작거렸다. 강아지풀과 장난치는 고양이 같은 모습이 귀염성 있는 그 애 얼굴과 잘 어울려서 보기만 해도 마음이 포근해졌다. 아오이의 남자 친구는 행복하겠다, 저도 모르게 그런 생각이 들었다.

"왜 그래? 기운이 하나도 없어 보인다."

"암것도 아냐."

마키가 수상쩍은 얼굴을 해서 하루카는 두 손으로 볼을 감쌌다. 기운이 빠져 축 늘어졌던 얼굴을 본래의 밝은 표정으로 바꾸었다. 손님이 찾아오지 않아 가라앉았던 마음이 순식간에 어디론가 사라져 버렸다. 난 정말 좋은 친구를 둔 거야.

"근데 오늘의 용건은?"

지금까지 묵묵히 지켜보던 소라가 천천히 입을 뗐다. 두 눈동자가 번쩍 빛났다.

"너희 고민을 수학의 힘으로 해결해 줄게."

"어, 고민? 딱히 그런 거 없는데. 오늘은 그냥 구경 온 것뿐이야."

마키가 어리둥절한 얼굴로 그렇게 대답하자 소라 역시 그 말에 어리둥절해했다. 둘은 몇 초 동안 눈을 동그랗게 뜨고 서로를 바라보았다.

"그럼 고민이 있는 건 그쪽, 너야?"

"어, 아니. 나도 마키랑 같이 보러 온 것뿐인데."

소라가 묻자 아오이는 조그만 목소리로 대답했다. 그리고 조금 난처했던지 눈썹을 여덟팔(八) 자로 축 내려뜨렸다. 눅눅한 공기가 한층 더 무거워진 듯했다. 하루카는 맥없이 책상 위로 풀썩 쓰러졌다. 소라 역시 실망스러웠는지 어깨를 축 늘어뜨렸다.

"어어, 잘못 온 건가?"

마키는 축 처진 둘의 모습을 보고 억지웃음을 지어 보였다.

"아냐, 그런 건."

하루카는 애매한 말로 어색하게 대답했다. 아오이가 마키에게 불안한 눈길을 보냈다. 마키는 한 손으로 앞머리를 쓸어 올리고는 눈을 감고 천장을 올려다보았다. 잠시 미간을 찌푸린 채 생각에 잠겨 있더니, 이윽고 눈을 크게 뜨고 손가락을 딱 소리 나게 울렸다. 메마른 경쾌한 소리였다.

"그래! 모르는 걸 배우는 거야! 시험이 사흘밖에 안 남았잖아."

그렇게 말한 마키는 아오이에게 눈짓을 하고는 뒤돌아서 자신의 가방을 열었다. 수학 교과서를 꺼내 한가운데께를 펼쳐 책상에 올려놓았다. 책은 군데군데 형광펜으로 줄이 그어져 있고, 그가운데 하나의 수식 위에 빨간색 펜으로 물음표 표시가 있었다.

"참, 아오이. 저번에 이 수식이 무슨 뜻인지 가르쳐 달라고 했지?"

"아, 응. 난 수학을 못하잖아."

"근데 나도 그때는 애매하게 가르쳐 줬어. 그러니까 여기서 소라한테 확실하게 배우는 게 어때?"

마키는 그렇게 말하고 하루카를 향해 오른쪽 눈을 찡긋했다.

기다란 위아래 속눈썹이 맞붙었다가 잠시 뒤에 살포시 떨어졌다. 얼굴 왼쪽 절반은 거의 움직이지 않는 본보기 같은 윙크였다.

"그렇다면 기꺼이 힘이 돼 주지. 분야는 '경우의 수'지?"

소라는 마키의 교과서를 들여다보았다. 그리고 그 옆에 자신의 공책을 펼쳐 놓고 교복 가슴 주머니에서 연필을 꺼냈다.

"이 수식의 의미를 설명하기 전에 좀 귀찮긴 하지만 먼저 '수형도'를 그려 보는 게 이해하기 쉬울 거야. 으음, 처음 던진 동전이 앞면이 나올 경우는……."

소라는 공책에 동전이 앞면인지 뒷면인지에 따라 나뉘는 수형도를 그려 나갔다. 마키와 아오이는 몸을 내밀고 진지하게 그림을 보았다.

하루카는 옆에서 그 모습을 바라보며 작게 한숨을 쉬었다.

힘들여 포스터까지 붙이고 수학가게 활동을 시작했는데, 왠지 생각했던 거랑 달라. 시험공부를 도와주는 일 따위는 딱히 수학가게가 할 필요는 없다. 수학 선생님께 물어보면 분명히 자세하게 가르쳐 줄 거다. 이런 정도는 하루카가 하고 싶은 일이 아니다. 하루카가 하고 싶은 일은 좀 다른 종류의—지난번처럼 남학생과 여학생의 싸움을 멈추게 하거나—근사한 일이다. 중요한 문제를 해결해 보고 싶다.

하루카는 땅바닥에 글자를 쓰던 소라의 모습을 떠올렸다. 수십 명의 주목을 한 몸에 받으며 척척 문제를 해결하는 소라. 그

순간 쏟아지던 소나기 같은 박수. 감사의 말. 그에 비하면 지금 하는 일은 한없이 소박하다.

"이렇게 되는 거야. 이제 알았어?"

"응, 확실하게 알았어! 고마워!"

하루카가 멍하니 있는 사이에 의문이 해결된 모양이다. 아오이는 만족스럽게 웃고는 교과서와 소라의 공책을 견줘 보았다.

"이야, 이런 식으로 생각하면 되는 거구나. 과연 소라야."

"이 정도는 누워서 떡 먹기야."

소라는 무표정한 얼굴로 안경을 연필로 쓰윽 밀어 올렸다. 실제로 이 정도는 누워서 떡 먹기처럼 쉬울 거다. 순식간에 해설까지 끝내 버렸을 정도니까. 혹시 소라도 이 정도로는 성에 차지 않는 건 아닐까. 하루카와 마찬가지로 더 큰 문제를 해결하고 싶은 건 아닐까. 그렇게 생각하며 하루카는 소라의 옆얼굴을 바라보았다.

그러나 소라는 이렇게 말을 이었다. 눈썹 하나 까딱하지 않고 거침없이.

"난 이렇게 작은 고민을 해결하다 보면 마침내 그 끝에 세계를 구하는 길이 있다고 생각해. 앞으로도 거리낌 없이 상담하러 와 줘."

얘는……. 하루카는 저도 모르게 소년에게서 눈을 돌리고 말았다. 마키와 아오이도 눈 둘 곳을 모르고 오른쪽으로 왼쪽으로 눈을 돌렸다.

세계를 구한다니……. 손발이 오글거렸다. 자기소개도 그랬지만, 소라의 말을 듣고 있으면 이따금 듣는 사람이 더 민망해진다. 대체 어떡하면 저런 말을 할 수 있을까. 그런 점도 평범한 사람과는 달랐다.

하지만 하루카는 천천히 시선을 되돌렸다. 소라는 다른 세 명 사이에 흐르는 미묘한 분위기를 살피는 것 같지도 않았다. 단지 입을 꼭 다문 채 등줄기를 쭉 펴고 있었다.

하긴 이게 소라의 장점인지도 모르지.

하루카는 까르르 웃으며 입을 열었다.

"그럼 나도 가르쳐 주지 않을래?"

"당연하지. 어떤 분야인데?"

하루카는 가방에서 자신의 교과서를 꺼냈다.

"어디, 어디? 흐음, 일차함수잖아. 몇 번만 해 보면 쉬워질 거야. 먼저……."

뭐, 이런 일을 할 때도 있는 거지. 소라의 설명에 귀 기울이면서 하루카는 그렇게 생각했다.

소라가 설명하는 일차함수는 무척이나 알아듣기 쉬웠다. 그러나 그 덕분에 중간고사 성적이 올랐느냐고 묻는다면 대답하기 곤란하다. 지난 한두 주는 수학을 접할 기회가 많았으니 혹 자연스럽게 수학 실력이 붙지 않았을까. 그런 기대도 했지만 세상은 그리 만만하게 굴러가지는 않는 듯했다. 소라의 설명을 들을 때는 쉬워 보이던 문제도 혼자서 풀 때는 역시나 어려웠다. 시험 볼 때는 짝꿍인 소라에게 몇 번이나 도움을 청하고 싶었는지 모른다.

다음 주 월요일, 곧바로 수학 답안지가 돌아왔다. 하루카는 납득할 수 없는 자신의 점수에 얼굴을 찡그리면서 흘끗 옆자리의 책상에 눈길을 돌렸다.

100점.

아, 역시나. 하루카는 그 세 자리 숫자를 보자 저도 모르게 볼이 실룩거렸다. 하지만 소년은 딱히 감정이 동요하는 것 같지도 않았다. 냉큼 답안지를 반으로 접어 대충 가방에 쑤셔 넣고는 대신 책을 꺼내 읽기 시작했다. 선생님이 시험지 풀이를 시작했다. 소라는 해설도 책을 읽으면서 듣는 걸까. 아니면 들을 필요가 없어서 무시해 버리는 걸까. 궁금했지만 확인해 볼 재주가 없었다. 깃발 두 개가 팔락거리는 소리 때문에 선생님의 설명을 듣는 데 조금 방해가 되었다.

"어? 왜 고개를 숙이고 있어?"

소라가 허리를 약간 구부려 이상한 듯 하루카의 얼굴을 들여다보았다. 하루카는 허둥지둥 얼굴을 들었다.

"암것도 아냐."

사실 아무것도 아닌 건 아니었다. 하지만 애써 가르쳐 준 당사
자에게 '시험 점수가 형편없어서'라는 말은 나오지 않았다. 하루
카는 수학 점수 이외의 다른 과목까지 소라에게 비밀에 붙여 두
었다. 게다가 소라는 모든 과목에서 90점을 넘었다. 책을 읽으면
서 수업을 듣는다는 말은 아무래도 사실인 것 같았다.

"그래? 아무 일도 아니라면 다행이고."

소라는 특별히 더는 묻지 않았다. 미닫이문에 손을 대고 조심
스럽게 살살 열었다. 하루카는 안도의 한숨을 내쉬었다. 안으로
한 발짝 들어가자 바닷속처럼 조용한 공기가 둘을 맞이했다. 방
과 후의 도서실은 놀랄 정도로 텅 비어 있었다. 책장 앞에도 열
람 책상 주위에도 사람의 모습이라곤 보이지 않았다. 딱 한 사람,
사서 할머니가 카운터에서 한가롭게 책을 읽고 있을 뿐이었다.

"어머나? 소라구나."

할머니는 소라의 모습을 확인하고는 안경을 벗고 웃어 주었다.
그러자 얼굴 주름이 다섯 배쯤 늘어난 듯했지만 그 모습이 너무
도 시원시원해서 되레 젊어 보였다. 머리칼은 깔끔하게 검은색으
로 물들여 뒤에서 단정하게 묶었다.

"옆에 여학생은?"

"아마노 하루카라고 합니다."

"혹시 소라의 걸프렌드?"

"여자인 친구라는 의미에서는 걸프렌드입니다. 업무상으로는

파트너고요.”

“무슨 소리야?”

“얘가 하는 말은 너무 신경 쓰지 마세요.”

하루카가 한숨과 함께 중얼거리자 사서 할머니는 무슨 까닭인지 동정하는 듯한 눈길을 보냈다. 소라 역시 둘의 이야기에 전혀 관심이 없는지 가방을 뒤적뒤적했다.

“이 전기, 반납합니다.”

“그래그래. 아, 그렇지. 마침 잘됐구나. 네가 부탁한 책이 도착했단다.”

소라가 전기를 내밀자 사서 할머니는 생각난 듯 손뼉을 짝 쳤다. 책을 받아 들고 싱글벙글 웃으며 “이 가우스라는 아저씨, 좀 미남 아니니?” 어쩌고저쩌고하며 소라에게 말을 건넸다. 그런데 소라에게 친구다운 친구는 하루카 정도밖에 없는데, 사서 할머니와는 어떻게 친해진 거지?

이 소년은 점점 수수께끼였다. 사서 할머니는 소라에게 받아 든 전기를 옆에 두고, 이번에는 뒤 선반에서 두툼한 책을 꺼내 카운터에 올려놓았다. 표지는 옻칠한 것처럼 새까맸고, 거기에 금빛 글씨로 제목이 쓰여 있었다.

가우스와 소수.

“보기만 해도 엄청 어려운 책인 것 같다.”

하루카는 검은 표지와 소라의 무표정한 얼굴을 번갈아 보면서 말했다.

"응. 전문적인 책이야. 이웃 시의 도서관에서 상호 대차 대출했어."

"맞아, 중학생이 읽을 만한 책은 아니지. 나도 여기 사서로 있은 지 꽤 오래됐지만, 이렇게 두껍고 어려워 보이는 책을 빌려 가는 사람은 처음 봤다. 자 그럼, 대출 카드 줘야지."

소라는 말없이 고개를 끄덕이고는 교복 가슴 주머니에서 하얀 카드를 꺼냈다. 사서는 '가우스 전기, 5월 15일'이라는 글자 옆에 반납 도장을 찍고, 이어서 그 밑에 '가우스와 소수, 5월 28일'이라고 적어 넣었다. 쭉 훑어보니, 맨 위 칸에는 '우리 동네, 5월 15일'이라고 적혀 있었다. 이건 이미 반납한 모양이다.

"자, 여기. 우리 도서실 책이 아니니까 잃어버리지 않도록 조심하고."

사서는 《가우스와 소수》를 소라에게 건네면서 말했다.

설령 여기 책이라도 잃어버리면 안 되지 않나요? 하루카는 그렇게 되받아쳐 볼까 싶었지만 역시 그만뒀다. 볼에 깊은 주름을 지으며 방긋 웃는 사서에게 소라는 머리를 꾸벅 숙였다.

"좋아, 도서실에 가자."

지난주와 마찬가지로 교실 구석에서 손님을 기다리고 있는데, 소라가 불쑥 입을 열었다. 종례가 끝나고 한 시간쯤 지났을 때였다. 책상에 엎드리려던 하루카는 갑작스런 소라의 말에 펄쩍 뛰듯이 몸을 일으켰다.

"갑자기 왜?"

"이 책은 이제 소화될 만큼 읽었거든. 그래서 새 책을 빌리려고. 같이 가자."

소라는 요즘 내내 푹 빠져 읽던 《가우스 전기》를 들고 일어섰다.

"그래도 우리 둘 다 여기를 비울 순 없잖아? 한 사람은 가게를 지키고 있어야지."

"괜찮아. 혹시 손님이 올지 모르니까 메모해 두고 가면 돼."

그렇게 말한 소라는 교실 앞으로 걸어가서 분필을 하나 집더니 칠판에 꽉 차게 커다랗게 글씨를 썼다.

'수학가게는 출장 중, 용무가 있는 분은 도서실로.'

묘하게 글씨가 동글동글했다. 어딘지 모르게 믿음직스럽지 않는 글씨체. 소라의 글씨는 어디에 쓰거나 필체가 바뀌지 않는 게 신기했다. 공책에 쓸 때도, 땅바닥에 쓸 때도.

분명히 이 너른 칠판에도 그 아름다운 수식을 쓸 수 있을 것이다. 하루카는 자리에 앉은 채 진초록 칠판에 춤추는 하얀 글씨를 잠자코 바라보았다.

소라는 한 발 뒤로 물러나 칠판 전체를 쓰윽 훑어봤다. 그러고는 팔짱을 끼고 "됐어, 됐어." 하고 만족스러운 듯 고개를 끄덕이고는 돌아보면서 말했다.

"자, 그럼 갈까."

그렇게 둘은 도서실에 오게 됐다.

소라가 새로운 책을 빌려서 당초의 목적은 이뤘지만 왠지 교실로 돌아갈 마음은 나지 않았다. 둘은 도서실 안쪽에 있는 둥그런 목제 책상을 사이에 두고 마주 앉았다. 커다란 창문을 통해 비쳐 드는 늦은 오후의 부드러운 햇살이 책상에 내려앉았다. 교내와 교외를 가르는 키 작은 울타리 너머로 밭일을 하는 노부부의 모습이 보였다.

"잘은 모르지만, 가우스라는 사람 책만 읽는 것 같다?"

하루카는 목소리를 좀 낮춰 물었다. 도서실에는 사서 이외에는 아무도 없었지만 그래도 큰 소리로 말하기는 조심스러웠다. 책에 둘러싸여 있으면 그렇게 조심스러워지기 마련이다. 소라도 하루카와 장단을 맞추듯 평소보다 약간 작은 목소리로 "응."이라고 중얼거렸다.

"훌륭한 수학자야?"

하루카는 여전히 작은 소리로 또 물었다. 소라는 맞은편에 앉은 하루카를 한 번 보고는 책상 위에 놓인 새까만 책에 시선을 떨어뜨렸다.

"그래, 수학사적으로 봐도 꽤 중요한 인물이야. '가우스 기호' 와 '가우스 정수'처럼 그 사람 이름을 딴 수학 용어도 있을 정도니까."

"히야!"

칼 프리드리히 가우스. 하루카는《가우스 전기》표지에 실린 백발의 아저씨 얼굴을 떠올렸다. 이야기를 듣고 보니 어쩐지 위대한 얼굴 같았다. 사람의 얼굴이란 참 이상하다.

"'가우스 정수'는 엄청 어려워. 하지만 '가우스 기호' 쪽은 간단해."

소라는 가방에서 공책을 꺼내 책상 위에 펼쳤다. 딱히 부탁한 것도 아니었지만 뭔가를 설명해 주려는 듯했다. 하루카는 쓸쓸히 미소 지으면서도 소라 쪽으로 몸을 틀었다.

$$[x]$$

가슴 주머니에서 꺼낸 연필로 벌써 활자처럼 정밀한 글씨가 쓰였다. 알파벳 x와 그걸 둘러싼 괄호. 어디선가 본 적이 있는 듯도, 처음 보는 듯도 했다.

"이 괄호가 가우스 기호야. '괄호 안의 수를 넘지 않는 최대의 정수'란 뜻이지."

하루카는 공책을 보면서도 긴장되었다. 괄호 안의 수를 넘지 않는 최대의 정수. 머릿속으로 소라의 말을 되뇌어 봤다. 하지만 무슨 말인지 도통 이해가 안 됐다. 소라는 하루카의 긴장한 얼굴을 흘끗 보고는 공책에 연필을 움직이기 시작했다.

"예를 들어, [2.5]라면 답은 2야. 2는 2.5를 넘지 않는 정수 중에서 가장 큰 수니까. 이거 말고도 $\left[\dfrac{1}{3}\right]=0$, $\left[\sqrt{2}\right]=1$. 원주율 π는 약 3.14니까 $[\pi]=3$인 거지."

$$[2.5]=2$$
$$\left[\dfrac{1}{3}\right]=[0.3333\cdots\cdots]=0$$
$$\left[\sqrt{2}\right]=[1.4142\cdots\cdots]=1$$
$$[\pi]=[3.14\cdots\cdots]=3$$

입에서 흘러나오는 말과 동시에 공책에는 수식이 차례차례 나열되어 갔다. 하루카는 그 수식을 가만히 바라보았다. 본래는 정수가 아닌데 괄호를 치면 정수가 된다. 그리고 조금 작아진다. 2.5는 2가 되고, 1.4142는 1이 된다.

"그리고 $[1]=1$. 1은 1자신을 넘지 않으니까."

$$[1]=1$$

아, '괄호 안의 수를 넘지 않는 최대의 정수'란 그런 뜻이었구나. 하루카는 입속에서 중얼거리고는 가볍게 고개를 끄덕였다.

"알았어?"

"응, 알았어."

하루카는 한 번 더, 이번에는 확실하게 고개를 끄덕였다.

"이 가우스 기호를 그래프로 그리면 아주 재미있어."

"그래프?"

소라는 대답 대신 연필을 슥슥슥 움직였다. 조금 전에 쓴 $[x]$ 앞에 '$y =$'이라는 문자를 덧붙였다.

$$y = [x]$$

"일차함수 $y = ax + b$는 기억하지?"

"응, 네 덕분에 지난번 시험도 꽤 잘 봤지."

사실은 완전 망쳤지만 순간적으로 그렇게 대답해 버렸다. 손바닥에 촉촉이 땀이 배기 시작했다. 눈치챌까 봐 조금 불안했지만 소라는 딱히 신경 쓰는 모습도 없이 계속했다.

"기본적으로 그래프 그리는 법은 그거랑 같아. 우선 x에 입력한 수치에 따라 y가 어떤 수치가 되는지를 알아보면 돼. 이 경우에 y는 'x를 넘지 않는 최대 정수'니까……."

$x = 0$일 때, $y = 0$

$x = 0.1$일 때, $y = 0$

$x = 1$일 때, $y = 1$

$x = 1.5$일 때, $y = 1$

$x = 2$일 때, $y = 2$

연필을 쥔 오른손과 말을 뽑아내는 입이 따로따로 움직이면서 수식이 규칙적으로 정렬돼 나갔다.

"좀 더 일반화시켜 보자. x 값을 부등식으로 나타내면……."

$0 \leqq x < 1$일 때,　　$y = 0$

$1 \leqq x < 2$일 때,　　$y = 1$

$2 \leqq x < 3$일 때,　　$y = 2$

$3 \leqq x < 4$일 때,　　$y = 3$

믿을 수 없이 빠른 속도로 질서정연한 수식의 열이 완성됐다. 그 속도나 정연한 문자열은 몇 번을 다시 봐도 감탄사가 절로 나올 정도로 아름다웠다.

"y는 x의 정수 부분과 대응해. $x = 0.1$이든 $x = 0.99$든, 아무튼 x에서 소수를 제외한 값이 0일 때는 y는 계속 0인 거지. 하지만 x가 1에 도달한 순간 y도 1이 돼. 다음은 그것이 계속 되풀이되는 거고. x의 정수 부분이 1 커지면 y도 1 커져. 이걸 기본으로 가로축이 x, 세로축이 y인 그래프를 그리면 되는 거야."

소라는 거기까지 말하고 나란한 수식 옆의 빈 공간에 가로줄과 세로줄을 하나씩 그었다. 꼭 십자(+)를 그리듯이. 이것이 '가로축'과 '세로축'일 것이다. 소라는 십자 선으로 나뉜 네 칸 중 오른쪽 위에 해당하는 공간에 자도 쓰지 않고 네 개의 줄을 규칙적으로 그려 넣었다.

―――

　―――

　　―――

　　　―――

"이게 '$y = [x]$'의 그래프야. 사실은 위로도 밑으로도 계속 그릴 수 있는데, 끝이 없으니까 일부만 그렸어."

그것은 이상한 그래프였다. 하루카는 지금까지 직선이 똑바로 이어지는 일차함수 그래프와 포물선을 그리는 이차함수 그래프는 본 적이 있다. 하지만 그 어느 쪽도 지금 보고 있는 그래프와는 확연히 달랐다. 모양이 다른 것은 물론이거니와 그런 표면적인 것뿐 아니라 뭔가가 근본적으로 다르다. 하루카에게는 그렇게 느껴졌다.

"왠지 그래프가 이상하다."

"응. x는 서서히 증가해 가지만 y는 급격히 증가하기 때문이야. 그래프가 연속하지 않는 거지. 이런 모양 본 적 없지?"

하루카는 대답하지 않은 채 고개를 약간 갸웃했다. 확실히 본 적이 없는 형태였다. 하지만 그뿐이 아니었다. 띄엄띄엄 이어지는 그래프에는 더욱이 다른 '뭔가'가 있었다. 하루카는 탁한 수면을 응시하듯이 그래프를 뚫어져라 바라봤지만 그 안에 무엇이 있는지 도무지 보이지 않았다.

"이런 걸 '불연속함수'라고 해. 중학교에서 배우는 함수는 연속되는 것뿐이지만, 수학에는 이런 별난 함수도 존재하거든."

"계단처럼 생겼어."

하루카가 불쑥 한마디 중얼거리자 소라는 공책으로 눈길을 돌렸다. 그리고 그대로 아무 말 없이 가만히 그래프만 바라보았다. 마침 구름이 태양을 가렸는지 도서실 전체가 커튼을 친 듯 어두컴컴해졌다가 이내 다시 밝아졌다.

"그러네."

소라는 정적의 막을 손끝으로 조심스럽게 벗겨 내듯 느긋하게 대꾸했다.

"이름은 '불연속함수'지만 이것도 하나의 그래프야. 이어지지는 않아도 계속되긴 하거든. 이 계단은 끝없이 계속되니까."

가우스 기호의 그래프. 위로도 아래로도 끝없이 계속되는 징검다리 계단.

문으로 들어오는 부드러운 빛 알갱이를 온몸으로 받으며 하루카는 하염없이 그래프를 바라보았다.

또 한 주가 지났지만 그 월요일에도 손님이 찾아올 기미는 없었다. 교실에는 추적추적 내리는 빗소리가 배경 음악처럼 잔잔히 울려 퍼지고, 공기는 눅눅하게 가라앉았다. 칠판 옆에 걸린 달력은 어느새 6월로 넘어가 있었다.

"뭐 만들어?"

소라는 흥미로운 듯 하루카가 손에 든 것을 바라보았다. 먹이를 앞에 둔 다람쥐처럼 안경 속 눈동자가 되록되록 움직였다.

"상담 쪽지함이야."

하루카는 두툼한 모눈종이를 커터로 자르면서 대답했다.

"도서실에 희망 도서 신청하는 상자 있지? 거기서 아이디어 얻었어."

"흐음. 근데 뭘 신청하라고? 우리는 도서실도 아니고, 서점도 아닌데."

"물론, 책을 신청하라는 건 아니야. 내가 신청받고 싶은 건 상담 의뢰."

"상담 의뢰?"

소라는 눈을 동그랗게 뜨고 하루카의 옆얼굴을 바라봤다. 하루카는 얼굴을 들지 않고 말을 이었다.

"우린 월요일에만 활동하니까, 월요일에 아무 일도 없는 애들만 올 수 있을 거 아냐? 마키랑 아오이도 월요일은 동아리 활동이 없으니까 올 수 있었거든. 그 애들은 나랑 같은 소프트볼 동아리니까."

모눈종이에 대충 칼집을 내고 하루카는 커터 날을 집어넣었다. 방금 칼집을 낸 선에 맞춰 모눈종이를 접어 가며 평평한 종이를 네모난 상자 모양으로 접었다.

"월요일에 올 수 없는 애들을 위해서 상담 쪽지함을 만드는 거야. 월요일에 시간을 낼 수 없는 사람은 고민을 적어서 이 상자에 넣으면 돼. 그럼 우리가 월요일에 그걸 보고 해결 방법을 생각하는 거지."

"하지만 복잡한 문제일 경우는 어떻게 하지? 쪽지를 주고받는 것만으로는 한계가 있을 텐데. 만나서 이야기하지 않고는 필요한 수치를 수집할 수 없을지도 모르고."

"그런 경우에는 답장에 '직접 만나서 이야기하고 싶다'고 쓰면 되잖아. 그러니까 상자는 두 개 만들어야겠지? 상담 의뢰를 넣을 상자와 우리가 답장을 넣을 상자. 어, 이게 뭐야? 상자 모양이 안 나오잖아."

하루카는 손으로 접은 모눈종이를 돌려보며 고개를 갸웃했다. 정확히 여섯 개의 면이 되도록 칼집을 넣었는데, 어찌 된 일인지 틈이 생겨 버렸다. 이렇게 되면 애써 모은 상담 쪽지가 밖으로 비집고 나올 거다.

"어디, 어디? 흐음, 아무래도 전개도를 잘못 그린 거 같은데. 이걸로는 정확한 직육면체가 안 돼."

"이런!"

하루카는 잘못 만든 상자를 책상에 내던지고 울음을 터트릴 듯이 소리쳤다. 아니, 정말로 울고 싶었다. 결승선을 코앞에 두고 출발점으로 되돌아가야 하는 상황, 심한 허탈감에 휩싸였다.

"모눈종이 더 있어? 전개도를 정확하게 그려서 다시 만들면 돼. 나도 거들 테니까."

그렇게 말하고 소라는 하루카의 책상에서 상자 비슷하게 만들어진 것을 집어 올렸다. 두 손으로 돌려 가면서 여러 각도에서 그것을 바라보며 "이쪽 면이 짧은데."라는 둥 "풀칠하는 부분도 필요한데."라는 둥 중얼중얼했다. 하루카는 고맙게 생각하면서도 이런 것도 혼자서 할 수 없는 자신이 너무 한심했다.

하루카는 한숨을 내쉬면서 100엔샵 봉지에서 다시 모눈종이 한 장을 꺼냈다. 마침 그때 앞문이 열리고 누군가 교실로 들어왔다. 하루카와 소라는 동시에 얼굴을 앞으로 돌렸다.

"수학가게가 이래서 쓰나?"

"응, 여기가 수학가게야. 손님이지?"

목소리의 주인공은 그 말에는 대답하지 않고 그저 조용히 다가올 뿐이었다. 걸음을 세고 있나 싶을 정도로 느릿했다.

그는 하루카와 소라의 책상 앞까지 오더니 아무 말 없이 앞자리에 앉았다. 의자가 칠판 쪽을 향해 있어서 등받이에 팔을 걸친 채 두 다리를 쩍 벌린 꼴이 되었다. 까까머리 이마에는 송골송골 땀방울이 맺혔고, 반팔 와이셔츠 소매 밖으로는 구릿빛으로 탄 굵직한 팔이 드러났다.

"상담할 게 있는데 말이야."

가케루는 다짜고짜 그렇게 말했다.

"으음, 그러니까 네가 야구부 훈련 스케줄을 짜야 하는 입장이란 거지?"

"그렇지."

머릿속으로 이야기를 정리한 하루카가 확인하듯 묻자 가케루는 사이를 두지 않고 냉큼 대답했다.

"3학년 선배들은 다음 달이면 그만둬. 지금은 그때를 대비해서 차기 주장인 내가 훈련을 주도하고 있고."

"그런데 2학년들이 따라 주지 않는다, 이 말이네?"

가케루는 흘끗 하루카 쪽을 보고 나서 고개를 떨구더니 입술을 깨물었다.

"어, 뭐 그런 셈이지. 지시하는 내가 동급생이라고 멋대로 연습에 나오지 않아. 특히 러닝할 때는 더 심해. 운동장 외곽을 열 바퀴 돌라고 해도, 서너 바퀴만 돌고 나서 학교 건물 뒤에 숨어서 쉬는 자식도 있거든. 그러고는 다른 애들이 끝날 때쯤 어슬렁어슬렁 기어 나와서 태연하게 합류해. 에이 씨, 장난하는 것도 아니고."

가케루는 단숨에 거기까지 말하고 창밖으로 시선을 던졌다. 빗발이 굵지는 않았지만 일정한 리듬으로 하염없이 내렸다. 빗발이 약해질 기미는 전혀 보이지 않았다.

"오늘은 비 때문에 러닝은 못했어. 덕분에 훈련이 일찌감치 끝나서 여기 올 수 있었던 거지. 러닝은 날마다 꾸준히 계속해야 하는 훈련인데 말이야."

"러닝은 아무것도 아닌 것 같지만 체력 단련을 위해서는 꼭 필요하니까."

뜻밖에도 그렇게 말한 건 소라였다. 가케루의 눈썹이 약간 올라갔다.

"너, 그런 것도 다 알아?"

실례되는 질문이란 건 알았지만 하루카는 묻지 않을 수 없었다. 소라가 스포츠에 대한 지식도 알고 있다니.

"나도 그런 기본적인 것쯤은 알지."

"야구하고 소프트볼 차이는 모르는데?"

하루카의 말에 소라는 웅얼웅얼 뭐라고 중얼거렸다. 아무래도 뭐라고 둘러대는 것 같았지만 유감스럽게도 하루카에게는 들리지 않았다.

소라의 이런 모습, 처음이야. 시든 꽃 같은 소라를 바라보면서 하루카는 크크크 웃었다.

"어떻게든 그 자식들한테 진지하게 훈련시킬 방법 좀 없겠냐?"

이야기를 되돌리듯 가케루가 조금 큰 소리로 물었다.

"그 '수학의 힘'이란 걸로 말이지."

"아무리 그래도 어렵지 않을까. 그러니까 그건 수학이랑 상관없는 거잖아."

하루카는 고개를 갸우뚱하면서 웃었다.

확실히 이건 시험 대책에 견주면 하루카가 해결하고 싶던 '중요한 문제'에 가깝다고 할 수 있다. 하지만 하루카는 이 문제를 수학으로 풀 수 있다는 확신이 서지 않았다. 이끌어 낼 수 있는 숫자는 러닝을 몇 바퀴 도는가, 단지 그것뿐이다. 이 수치 하나만

갖고는 도무지 해결로 이어질 것 같지 않았다.

아, 어렵게 찾아온 손님인데. 하루카는 어깨가 축 늘어졌다.

"말이 안 된다는 건 나도 알긴 하지."

일찌감치 포기해 버린 하루카를 무시하고 가케루는 나직한 목소리로 푸념했다.

"하지만 나한테는 다른 방법이 없다고."

"어? 무슨 소리야?"

하루카의 입에서 그만 째지는 소리가 나오고 말았다. 가케루는 눈동자만 움직여 흘끗 하루카를 보고는 이어서 소라에게로 눈길을 돌렸다. 안경 소년은 꼼짝하지 않고 다음 말을 기다렸다. 그야말로 돌부처처럼. 가케루는 무슨 말을 하려다 다시 입을 다물고는 잠시 뒤에 결심한 듯 입을 열었다.

"나한테 형이 있다는 건 알고 있나?"

"으응, 들은 적 있는 것 같아."

"형이 지금 야구부 주장인 것도?"

"그건 몰랐어."

하루카는 어깨를 움츠리고 소라에게 눈짓을 했다. 그러나 물론 소라가 그런 걸 알 리 없었다. 둘은 얼굴을 마주보고 동시에 가케루에게로 시선을 되돌렸다. 까까머리 소년의 한쪽 입꼬리가 살짝 올라갔다. 그것이 웃는 건지, 혹은 다른 어떤 감정을 드러내는 건지 하루카는 알 수 없었다.

"그러니까 그런 거라고. 사람들은 여러 면에서 나하고 형을 비교하고 싶어 해. 그 자식은 공부도 잘하고, 주장으로서 부원의 신뢰도 얻고 있지. 나는 뭘 하든 듣는 말이 '네 형은 그것보다 더 잘해.'라는 말이고. 특히 3학년들은 노골적으로 그래. 내가 없는 데서 나를 까는 것도 같고."

가케루는 팔 밑의 의자 등받이에 체중을 실은 채 앉아 있었다. 등이 구부러지고, 두 눈썹 끝이 내려갔다. 가케루답지 않은 나약한 모습이었다.

"창피한 얘기지만 2학년 애들이 내 말을 따르지 않는 건 나를 우습게 보기 때문이야. 형이랑 다르게 나는 리더십이 없거든. 다른 사람들 눈에도 그렇게 비치겠지."

콤플렉스. 하루카는 마음속으로 중얼거렸다.

매사에 공부 잘하는 형이랑 비교당하는 동생. 하루카는 형제자매가 없어서 자세히는 모르지만, 늘 남과 비교당하고 열등하게 평가받는 괴로움은 어렴풋이 상상할 수 있었다. 아무리 노력해도 상대는 늘 자신보다 앞서 있다. 자신은 1년의 차이를 안은 채 평생 1년이란 시간을 뒤처져 살아가야 한다. 세상에 눈떴을 무렵부터 영원히.

점심시간에 남학생을 통솔하는 가케루와 혼자서 고독하게 운동장을 뛰는 가케루. 두 모습이 동시에 뇌리에 떠올랐다. 완전히 정반대 모습이지만, 어느 쪽이든 형을 이겨야 한다는 의식이 밑바닥에 깔려 있었는지도 모른다. 그것이 동전의 앞면과 뒷면처럼 나타나서 가케루라는 종잡을 수 없는 인간을 규정짓고 있는지도 모른다.

"형은 커다란 나무 같은 존재야."

가케루는 비통한 얼굴로 계속했다.

"아무리 멀리 벗어나고 싶어도 나는 그 거목의 그늘을 벗어날 수가 없어. 그렇다고 그 나무를 뛰어넘을 수도 없고. 되게 한심하지? 나 혼자서는 방법이 없다고 징징대면서 너희한테 기대고 말이지. 이러니까 뒤에서 까는 것도 당연해."

"그렇지 않아."

지금까지 잠자코 있던 소라가 다급히 끼어들었다. 보니, 소라의 안경 속 눈이 똑바로 가케루를 응시하고 있었다. 그리고 결코 크지는 않았지만 진심이 담긴 목소리. 그런 목소리가 빗소리를 떨쳐 내듯 교실에 울려 퍼졌다.

"누군가에게 기대는 것은 절대 창피한 일이 아냐. 너는 네가 할 수 있는 일을 하면 돼. 나도 내가 할 수 있는 일만 할 거니까."

그렇게 말하고 자신의 가슴에 손을 갖다 댔다.

"내가 할 수 있는 일은 제한적이야. 포스터를 그리거나 압핀을 꺼내는 일은 나하고는 맞지 않아. 나는 수학밖에 못해. 하지만 수학이라면 할 수 있어. 내가 수학으로 너를 도울 수 있다는 걸 보여 줄게."

그것은 드높은 선언이었다. 세계를 구한다든가, 싸움을 말린다든가, 그런 엄청난 게 아니었다. 단지, 한 소년을 돕기 위해서 소라는 거목에 도전하기로 결심한 것이다.

"이 세상에는 수학과 관련 없는 건 존재하지 않아."

하루카의 불안을 지우듯 소라는 그렇게 단언했다. 의심할 여지없이 자신에 찬 말이었다.

"다만, 연결시키는 게 복잡하고 아주 까다로워서 우리가 잘 모를 뿐이지. 그 방법만 알면 어떤 문제든 풀 수 있어."

소라는 가방에서 공책을 꺼내고, 가슴 주머니에서 연필을 빼들었다. 소라의 장사 도구. 달랑 이것만으로 그 어떤 어려운 문제와도 마주한다.

"싫어하는 일을 하게 하는 방법. 분명히 그런 방법이 있을 텐데……."

책상에 공책을 놓고 소라는 연필 꽁무니로 관자놀이를 짚은 채 눈을 감고 그렇게 중얼거렸다. 하루카와 가케루는 잠자코 그 모습을 지켜보았다. 소년의 생각을 방해하지 않도록 작은 소리도 내지 않으려고 꼼짝도 않고 숨을 죽인 채. 둘은 하염없이 기다렸다. 빗소리만이 교실 공기를 흔들었다.

소라는 그대로 10분 이상이나 미동도 하지 않았다. 믿을 수 없었다. 돌이라도 돼 버린 게 아닐까. 하루카는 마침내 걱정되기 시작했다. 가케루 쪽을 흘끗 보자 그도 하루카에게 불안한 눈길을 보냈다.

기다리다 못한 하루카가 입을 떼려는데 바로 그때, 마침내 소라의 입술이 움직였다. 단단한 얼음이 녹을 때처럼 천천히.

"하고 싶어 하는 거."

"어?"

하루카와 가케루는 거의 반사적으로 되물었다. 몸을 앞으로 구부린 채 이어질 말을 놓치지 않으려고 바짝 귀를 기울였다.

"러닝을 땡땡이치는 애들도 하고 싶어 하는 것. 그런 연습은 없어?"

이번에는 눈을 뜨면서 말했다. 줄곧 눈꺼풀을 내리고 있던 탓인지 소라는 눈이 부신 듯 눈을 껌벅껌벅했다.

가케루는 소라의 말뜻을 헤아리려는 듯 한 손으로 턱을 괴고 잠시 잠자코 있었다. 그리고 비 내리는 하늘을 한 번 올려다보고는 다시 소라에게 시선을 되돌려 자기 자신에게 확인하듯 작게 중얼거렸다.

"타격 연습인가."

"타격 연습."

소라는 가늘게 뜬 눈으로 가케루를 바라보며 그 말을 되뇌었다. 가케루는 조금 사이를 두고 말을 이었다.

"러닝을 빼먹는 자식들도 타격 연습만은 한 번이라도 더 하려고 안달이지. 뭐, 한 명당 칠 수 있는 공의 수는 대충 정해져 있지만."

하루카는 가케루의 말을 선뜻 이해할 수 있었다. 하루카도 타격 연습을 좋아한다. 그냥 뛰는 것보다 훨씬 즐겁다.

그런데 그게 대체 어쨌다는 거지?

하루카는 고개를 갸웃했다.

"바로 그거야."

가케루의 말에 소라는 싱긋 웃었다. 그리고 공책의 새로운 면을 펼치면서 달뜬 목소리로 말했다.

"그 타격 연습을 이용하면 이 문제는 해결할 수 있어."

"'죄수의 딜레마'란 얘기 알아?"

"뭔데, 그게?"

가케루가 미간을 찡그리고 되물었다. 소라가 흘끔 하루카에게 눈길을 던졌지만 물론 하루카도 알 리가 없었다. 하루카가 고개를 옆으로 흔드는 것을 확인한 소라는 눈을 감고 얼굴을 위로 살짝 들었다. 그리고 그대로 입을 꾹 다물어 버렸다.

소라의 머릿속에서 무엇이 정리되고 있는지, 하루카는 짐작도 할 수 없었다. 깊고 깊은 의식의 밑바닥 속으로 가라앉는 듯이 보였다. 하루카와 가케루는 숨죽인 채 다음 말을 기다렸다. 꼬박 1분이 지났을까. 또다시 걱정이 된 하루카가 말을 건네려고 했을 때, 소년은 눈을 감은 채 입을 뗐다.

"옛날 옛날에, 두 남자가 강도 살인 용의자로 경찰에 붙잡혔어."

먼 과거의 추억을 말하듯 몹시 차분한 목소리였다. 하루카와 가케루는 엉겁결에 얼굴을 마주 보았다.

"이 둘을 용의자 A와 용의자 B라고 하자."

초등학생이 선생님 앞에서 구구단을 외우듯, 혹은 신부님이 성도 앞에서 기도를 올리듯, 소라는 기억 속 깊은 곳에서 신중하게 말을 끌어내어 차례차례 늘어놓았다.

평소의 억양 없는 말투가 아니었다.

"강도 건은 A와 B가 했다는 증거가 있어. 하지만 살인 쪽은 증거가 없었지. 경찰은 자백하라고 몰아붙였지만 당연히 둘은 자백하지 않았어. 강도짓은 했지만 사람은 죽이지 않았다고 딱 잡아뗐지. 그러자 취조하던 경관이 용의자들에게 말했어. 만약 자백을 하면 특별히 형량을 줄여 주겠다고 말이야."

경관의 대사 부분에서 소라의 목소리는 부자연스럽게 흐려져 잘 알아들을 수 없었다. 아무래도 나름대로 연기를 한 모양이지만 딱하게도 감기 걸린 불도그가 으르렁거리는 소리로밖에 들리지 않았다. 그 낙차에 하루카는 하마터면 웃음을 터뜨릴 뻔했다. 아무래도 지문은 잘 읽는데, 대사 낭독은 서툰 것 같다. 하루카는 웃음을 참으면서 소라의 이야기를 가로막았다.

"형량을 줄여 주겠다니, 그렇게 멋대로 해도 돼?"

말하면서 슬쩍 곁눈질해 보니 가케루도 웃음이 나오는 걸 참느라 입술을 일그러뜨린 채 어깨를 흔들었다. 웃음을 참기 위해 숨을 쉬지 않은 탓인지 구릿빛으로 그을린 얼굴이 전체적으로 붉은 기를 띠었다.

마침내 눈을 뜬 소라가 하루카와 가케루의 얼굴을 번갈아 보았다. 그러나 웃음을 참느라 안간힘을 쓰고 있는 둘의 모습은 전혀 눈치채지 못하는 것 같았다.

"지금이야 당연히 안 되지. 형량은 재판으로 결정하는 거니까. 하지만 이건 옛날이야기야."

목소리는 여느 때의 억양 없는 톤으로 돌아와 있었다. 하루카는 의미도 없이 안도의 한숨을 내쉬었다.

"경관이 제시한 건 이런 조건이었어. 잘 봐, 숫자는 A와 B의 형량이야."

공책 위로 빠르게 연필이 움직였다. 동글동글한 글씨, 활자처럼 정밀한 숫자와 알파벳이 아름다운 무늬처럼 줄을 이루었다.

A와 B 모두 자백 : (A, B) = (8, 8)

A는 자백, B는 부인 : (A, B) = (3, 10)

A는 부인, B는 자백 : (A, B) = (10, 3)

A와 B 모두 부인 : (A, B) = (5, 5)

"그러니까 둘 다 자백하면 형량이 각기 8년이 된다, 그 말이야?"

"응, 그런 거지."

"야, 잠깐. 전혀 줄지 않잖아. A와 B가 모두 부인한 경우는 형량은 5년씩이야. 형량이 3년씩이나 더 길어지면 누가 자백 따위를 하겠냐고."

그렇다. 가케루의 말이 맞다. 강도와 강도 살인 중에서 강도 살인 쪽이 형량이 많은 건 당연하지만 경관의 조건을 듣는다면 둘 다 자백할 것 같지 않았다.

어느 부분에서 잘못된 거지? 소라답지 않네.

하루카는 슬그머니 소라의 옆얼굴을 살폈다. 평소와 같은 무표정. 여유인지 초조함인지, 그마저도 읽을 수 없었다. 소년은 가면처럼 무색투명한 얼굴을 한 채 조용히 중얼거렸다.

"하지만 둘은 자백하지 않을 수 없어."

망설임이나 불안은 찾아볼 수 없었다. 단지 담담하게 사실을 말할 뿐이다. 그렇게 느껴지는 단호한 말투였다.

"어째서지?"

가케루가 소라에게 되물었다. 이해할 수 없어. 그런 느낌을 주는 강한 말투였다. 하루카 역시 가케루와 같은 생각이었다. 둘 다 자백해 버리면 자백하지 않았을 때보다도 3년이나 더 감옥에 있어야 하니까. 게다가 둘 중 한쪽만 자백하는 경우도 있을 성 싶지는 않았다. 누구든 10년씩이나 감옥에 처박혀 있고 싶지는 않을 것이다. 한쪽이 자백하면 다른 한쪽도 즉시 자백할 게 뻔하다.

"분명히 둘이서 미리 짜고 부인하면 형량은 5년씩만 받으면 되는데."

노골적으로 말이 안 된다는 눈길을 보내는데도 소라는 태연했다. 공책에 쓴 'A와 B 모두 부인 : (A, B) = (5, 5)' 부분을 손가락 끝으로 스윽 덧그렸다.

"그게 말이야, 둘을 다른 방에 가둬 버리면 상황은 많이 달라져. 둘이 혐의를 부인하는 일은 절대로 일어나지 않거든."

소라의 말에 가케루의 눈이 놀란 듯 휘둥그레지나 싶더니 재빨리 공책으로 날아갔다. 하지만 하루카는 아직도 이해가 되지 않았다. 다른 방? 그게 어쨌다는 거지?

소라는 반응의 차이를 확인하듯 둘의 얼굴을 번갈아 보았다. 팔짱을 끼고 공책을 바라보는 가케루. 입을 반쯤 벌리고 멍하니 있는 하루카. 소라는 응웅, 하고 고개를 끄덕이고는 연필 꽁무니로 안경을 쑥 밀어 올렸다.

"공범과 따로 조사를 받는 A. 그는 이렇게 생각해. 만약 B가 자백해 버리면? 그럴 경우 A도 자백하면 형량은 8년이지만 계속 부인하면 10년이야. 당연히 자백하는 편이 나은 거지."

과연. 하루카는 공책 위의 숫자를 견줘 보며 작게 고개를 끄덕였다. 공범이 배신할 것을 염두에 둔다면 솔직하게 자백해 버리는 쪽이 나은 건가.

하지만…….

"만약, 공범을 진심으로 신뢰하는 경우엔 어떻게 하지? 상대가 자신을 절대로 배신하지 않을 거라고 확신할 때 말이야."

강도라도 서로 의심만 하면서 산다고 할 수는 없다. 공범은 둘도 없는 친구일지도 모르고, 어쩌면 형제일 수도 있다. 그렇다면 서로 상대방을 신뢰한다고 가정해도 이상할 건 없다. 하루카는 소라의 안경 속 눈동자를 똑바로 응시했다.

"마찬가지야, 그 경우도."

하루카가 바라보자 소라는 사이를 두지 않고 즉각 대답했다. 마치 완전히 예상하고 있었다는 듯한 말투였다. 이미 깔아 놓은 선로 위를 달리는 것처럼 해결로 향하는 길을 일직선으로 돌진했다.

"아름다운 신뢰 관계. 물론 그런 관계가 있을지도 모르지. 하지만 생각해 보라고. B가 계속 부인하는데, A도 함께 부인한다면 형기가 5년이지만 자백해 버리면 A 자신은 3년밖에 안 받거든."

"어?"

하루카는 황급히 공책으로 눈을 돌렸다. B가 부인한 경우. 그것은 결국, B가 신뢰할 수 있는 사람인 경우. A와 B 모두 부인 : (A, B) = (5, 5). A는 자백, B는 부인 : (A, B) = (3, 10). 부인하면 5년, 자백하면 3년…….

"이제 알겠지?"

소라는 하루카와 가케루를 차례로 쳐다보며 말했다. 가케루는 눈을 감은 채 잠자코 고개를 끄덕였지만 하루카는 공책에 눈을 박은 채 아무런 반응도 하지 않았다. 그래도 소라는 전혀 조급한 모습을 보이지 않고 조용히 하루카를 지켜보았다. 이윽고…….

"이해했어."

하루카는 천천히 얼굴을 들었다. 막힌 부분이 뚫린 것처럼 후련한 표정이었다. 소라는 만족스러운 듯 고개를 한 번 끄덕하고는 연필로 안경을 살짝 밀어 올렸다.

"그래, B가 자백하든 말든 상관없어. 어느 쪽이든 A는 자백하는 편이 이득이지. 물론 B도 마찬가지고. A가 자백하든 부인하든 상관없이 B는 자백하는 쪽이 형량이 짧아지거든."

소라는 거기서 말을 끊었다. 한쪽 입꼬리를 올리고 씨익 웃더니 손가락 끝으로 연필을 빙그르르 돌렸다.

"그러니까 결과적으로 A도 B도 반드시 자백하게 돼 있어. 둘 다 부인하면 형기는 더 짧아진다는 걸 아는데도 말이야. 이게 바로 '죄수의 딜레마'야."

"죄수의 딜레마."

하루카는 음미하듯이 그 말을 되뇌었다.

"발상 자체는 지극히 수학적이지만 실제로는 정치학이나 경제학에도 응용되는 이론이야. '게임 이론'이라고도 해. 이걸 응용해서 국가 간의 전쟁이 일어나는 메커니즘을 연구하는 학문도 있는데, 그 경우엔……."

소라는 두 손을 벌리고 빠르게 말을 뽑아 나갔다. 안 돼. 하루카는 일종의 위험 신호를 감지했다. 이유는 잘 모르지만 이야기가 경제나 전쟁 같은 아주 어려운 방향으로 흘러가고 있었다. 적당한 선에서 제동을 걸지 않으면 어디로 끌려갈지 모를 일이다.

하루카는 소라의 입언저리를 바라보며 끼어들 타이밍을 가늠했다. 그러나 이야기는 도무지 끊어질 기미가 보이지 않았다. 소라의 볼과 귀가 약간 붉어졌다. 흥분한 나머지 주변이 보이지 않는 모양이다. 하루카는 입을 반쯤 벌린 채 언제까지 계속될지 모르는 소라의 이야기에 한없이 휩쓸려 갔다.

"이제 그만, 이야기를 되돌리지."

낮고 짤막한 목소리가 말의 급류 속에 던져졌다. 거침없이 마구 돌아가던 소라의 입은 그 목소리에 제동이 걸려 딱 멈췄다. 작은 여운조차 남기지 않고 교실 안은 침묵에 잠겼다. 창문을 두드리는 빗소리마저도 묘하게 아득하게 들렸다.

주위의 소리가 사라지는 것을 확인이라도 하듯 가케루는 잠시 눈을 감았다. 하루카는 저도 모르게 침을 꼴깍 삼켰다. 그 소리조차 교실 구석구석으로 퍼져 나갈 것 같았다. 공기가 팽팽하게 부풀어 올라 귓속이 먹먹한 느낌이었다.

"경제고 정치고, 그딴 거 어떻게 돌아가든 관심 없다고."

마침내 가케루의 입이 열렸다. 소리 없는 세상의 밑바닥에서 부글부글 끓어오르는 듯한 작지만 아주 힘 있는 목소리였다.

"적어도 지금의 나한테는 말이지. 그래서 이 '죄수의 딜레마'를 어떻게 야구에 적용시킬 건데? 당연히 거기까지 생각했겠지?"

가케루와 소라의 눈이 정면에서 부딪쳤다. 감정을 읽을 수 없는 소라의 투명한 시선과 찌를 듯 예리한 가케루의 시선. 하루카는 숨죽인 채 그 모습을 지켜봤다.

그러자 갑자기 한일(一) 자로 닫혀 있던 소라의 입매가 옆으로 쫙 벌어졌다. 그리고 안경 속 조금 커진 두 눈이 번쩍 빛났다.

"서론이 좀 길었지?"

소라는 자신의 얼굴 앞에 집게손가락을 들어 올렸다. 손가락을 사이에 둔 눈동자 두 개가 더욱 반짝였다.

"그걸 응용해서 네 고민을 해결할 수 있어."

하얀 이를 드러내고 소년은 득의양양하게 선언했다.

"일명 '야구부의 딜레마'라고 해야 하나."

하루카는 자신의 손가락 끝이 떨리는 것을 느꼈다. 전에도 소라가 이렇게 웃는 걸 본 적이 있다. 처음 소라에게 말을 걸었던 날. 소라에게 소수와 무한에 대해서 배운 날. 그날도 분명히 소라는 이렇게 웃었다.

"자백이나 러닝이나, '싫어하는 것을 하게 한다'는 점에서는 똑같아. 그러니까 '죄수의 딜레마'를 그대로 야구부의 경우로 바꿔 보자고."

"그게 가능한 거냐?"

"가능하지."

소라는 웃는 얼굴을 거두지 않고 가케루의 의문에 냉큼 대답했다. 그리고 자기 자신에게 들려주듯 작게, 그러나 분명하게 중얼거렸다.

"이제 본론으로 들어간다."

심장이 뛰었다. 손가락 끝의 떨림이 빨라진 혈류를 타고 파르르 퍼져 나갔다. 마치 바람이 훑고 지나간 풀밭처럼, 돌멩이가 던져진 수면처럼, 떨림은 하루카의 온몸을 차례차례 쓰다듬고 지나갔다.

"이번에는 용의자가 아니라 야구부원들이지. 아무튼 부원 A와 부원 B에 대해서 생각해 보자고."

소라는 가케루의 눈동자를 물끄러미 들여다보았다. 가케루가 눈길을 피하지 않는 것을 확인하듯, 잠시 사이를 두고 말을 이었다.

"A와 B, 모두 러닝을 안 하려고 해. 그래서 넌 둘에게 이렇게 말해. '러닝을 하지 않으면 타격 연습 양도 줄이겠다.'라고 말이야."

"벌칙을 만드는 거네."

"그딴 걸로 잘되겠냐?"

하루카와 가케루가 한마디씩 했다. 소라는 그 반응을 즐기듯 응응, 하고 고개를 끄덕이고는 연필로 안경을 밀어 올리면서 말했다.

"바로 여기서 '딜레마'가 나올 차례야. 러닝을 하면 반드시 이익을 보도록 타격 연습 양을 정해 주면 돼. 으음, 가령 지금까지는 타격 연습을 일인당 30번 했다면……."

말이 끝나기도 전에 소라의 연필은 공책 위를 미끄러져 나가기 시작했다. 새까만 연필심이 피겨스케이트 선수처럼 복잡한 궤도를 그리면서 왼쪽에서 오른쪽으로 뛰어다녔다.

A와 B 모두 러닝을 한다 : (A, B) = (30, 30)

A는 러닝을 하고, B는 하지 않는다 : (A, B) = (40, 20)

A는 러닝을 하지 않고, B는 한다 : (A, B) = (20, 40)

A와 B 모두 러닝을 하지 않는다 : (A, B) = (30, 30)

"숫자는 타격 연습 횟수야. 가령 B가 러닝을 하지 않았다면, A는 러닝을 하는 편이 하지 않을 때보다 타격 연습을 열 번 더 할 수 있어. 만약 B가 성실하게 러닝을 했다 해도 마찬가지지. 어느 쪽이든 러닝을 해야 타격 연습 횟수가 열 번 더 많아져."

소라의 빠른 설명을 듣고 난 뒤, 하루카는 뇌를 풀가동했다. 공책을 뚫어져라 바라보며 소라의 말을 하나하나의 조건을 시간을 들여 곱씹어 보았다.

그럼, B가 러닝을 하지 않는 경우부터 생각해 보자. A도 러닝을 하지 않으면 타격 연습은 30번. 하지만 하면 40번. 확실히 러닝을 하는 게 이익이다. 그렇다면 B가 성실하게 러닝을 하는 경우는? 그 경우에는 A는 하지 않으면 20번, 하면 30번. 확실히 러닝을 하는 편이 이익이다!

하루카는 흐트러진 호흡을 가다듬기 위해 애를 써야 했다. 심장이 두방망이질 치듯 울리고, 온몸이 후들후들 떨렸다. 춥지도 않은데 소름이 돋는 게 느껴졌다.

옆을 보니 가케루는 입을 떡 벌린 채 공책에서 눈을 떼지 못했다. 그 모습이 몹시 바보 같아 보였지만 그런 데 신경 쓸 여유는 없는 듯했다. 단지, 눈앞에서 일어난 일에 자신의 눈을 의심할 뿐이었다.

"야구부원의 딜레마, 이걸로 해결됐어."

소라는 휴우 하고 긴 숨을 내뱉고, 연필을 가슴 주머니에 넣었다.

"물론, 이젠 네가 할 일만 남았어. 타격 연습 횟수는 내가 지금 대충 정한 거니까 좀 더 신중하게 조정해야 할 거야. 또 몇 바퀴를 돌고 땡땡이치는지 그걸 파악하는 것도 과제겠지."

"아, 그래. 그렇지."

가케루는 놀란 듯 얼굴을 들었지만 아직 충격이 완전히 가시지 않은 것 같았다. 유리구슬처럼 동그래진 눈으로 소라의 얼굴을 망연히 바라볼 뿐이었다.

이윽고 하루카는 호흡을 가다듬고 다시 공책에 눈길을 돌렸다. 야구부원의 딜레마. 야구와 수학, 언뜻 관련이 없을 듯한 두 세계. 그 두 세계를 이어 주는 해법이 거기에 있었다. 코가 간질 간질하고 글씨가 흐릿해졌다. 왈칵 고인 눈물이 좌우 눈초리에서 한 줄기씩 볼을 타고 흘러내렸다.

"대단해."

저도 모르게 그 말이 입 밖으로 새어 나왔다. 시험 대책 정도로는 부족하다, 더 중요한 문제를 해결하고 싶다. 그렇게 고집하는 것도 지질하다는 생각이 들었다. 하루카의 마음은 그 정도로 움직였다.

하루카의 감탄에 소라는 볼이 빨개져 눈 둘 곳을 모르고 연신 두리번두리번했다.

"으응, 그게⋯⋯. 하지만 어려운 정리 같은 건 하나도 이용하지 않았어. '죄수의 딜레마'는 어릴 때 아빠가 잠자기 전에 해 줬던 이야기이고. 그거 말고도 '거짓말쟁이 크레타 인' 이야기나 '늑대와 양과 작은 배' 이야기나⋯⋯."

멋쩍음을 감추려는 건지 소라는 그다지 관계도 없는 이야기를 지껄여 댔다. 하루카는 크크크 웃으면서 손끝으로 눈가에 흐르는 눈물을 닦았다.

"고맙습니다!"

수학가게를 찾아온 여자 손님은 그렇게 말하고 깊숙이 고개를 숙이고는 웃는 얼굴로 교실을 나갔다. 하루카는 얼굴 옆에서 손을 흔들며 그 여자애를 배웅했다.

야구부원의 딜레마를 해결하고 꼭 두 주가 지난 월요일이었다.

"야호! 야호!"

여자아이의 모습이 보이지 않자 하루카는 팔짝팔짝 뛰듯이 창가 뒷자리로 돌아왔다. 오늘, 방금 돌아간 손님까지 세 명. 믿을 수 없을 정도로 성황이었다.

'운동장 이등분' 건 덕분인지, 아니면 '야구부원의 딜레마' 건 덕분인지 누군가 좋은 소문을 퍼뜨려 준 게 분명했다. 수학가게를 개점한 지 한 달, 마침내 장사가 궤도에 오르기 시작했다. 상담은 무료라서 딱히 돈벌이가 되는 건 아니지만.

"소라, 해냈어! 드디어 수학가게가 인기를 끌기 시작한 거야!"

"응."

째지는 목소리로 외치며 흥분하는 하루카와는 반대로 소라의 목소리는 아주 태연했다. 하루카는 못마땅한 듯 오른쪽 볼을 부풀렸다.

"소라, 좀 좋아하는 척이라도 해 봐라."

"난 아직 역부족이야. 좋아할 수만은 없어."

그렇게 짤막하게 대답한 소라는 공책을 덮고 여느 때처럼 책을 꺼내 읽기 시작했다. 그런 냉담한 반응이 신기할 것도 없었지만 오늘은 왠지 평소와는 분위기가 달랐다.

"야구부 일, 걱정돼?"

"그런 거 아냐."

하루카가 물어도 손에 든 책을 바라본 채 건성으로 대답할 뿐이었다. 하루카는 하는 수 없이 잠자코 소라 옆에 앉아 있었다.

속상한 건가?

하루카는 그렇게 생각했다.

오늘 점심시간에 우연히 마주친 가케루가 말해 주었다. 야구부에서는 가케루의 제안으로 '2인 1조가 되어 서로 상대방을 체크'하는 방식을 도입했다고 한다. 한쪽이 러닝을 빠지면 다른 한쪽이 타격 연습을 많이 할 수 있다. 그런 '야구부원의 딜레마'에 따라 도입한 이상적인 방식. 누구나 타격 연습을 하고 싶어 하니까 러닝을 빠지지 않게 되는 거다.

그렇게 흘러가야 하지만 아무래도 러닝 땡땡이가 완전히 뿌리 뽑히지는 않은 것 같다. 한쪽이 감시하는 걸 잊거나, 둘 다 땡땡이 치거나. 공책에 문제를 풀 때처럼 현실은 그다지 속 시원히 굴러가지 않는 모양이다.

유리창을 때리는 빗방울 소리가 교실 안의 정적을 깨뜨렸다. 6월도 어느덧 중순에 접어들었고, 계절은 장마철 한가운데에 와 있었다. 당연히 오늘은 러닝 자체가 중지되었을 거다.

"그래도 가케루가 그러던데. 연습 태도는 점점 좋아지고 있다고."

위로하듯 하루카는 그렇게 말했다. 소라는 책에서 얼굴을 약간 들어 창밖을 내다봤다. 어쩌면 야구부를 찾는지도 몰랐다. 하지만 젖은 운동장에는 사람이 한 명도 보이지 않았다. 꽤 어린애 같은 구석도 있구나.

"또 가케루가 이런 말도 했어. 너한테 전해 달라던데."

"전해 달라고? 나한테?"

하루카의 말에 소라는 조금 의외라는 듯 목소리를 높였다. 양쪽 눈썹이 쑥 올라가고 그 밑의 눈동자가 하루카의 두 눈을 빤히 바라보았다. 하루카는 그 맑디맑은 두 개의 눈동자를 되받아 말했다.

"'지난번에는 말 못했는데, 고마워.' 그러던데."

그 말을 들은 소라는 어리둥절해하며 눈을 동그랗게 떴다. 하지만 이윽고 "흐음." 하고 중얼거리고는 다시 손에 든 책으로 눈을 돌렸다. 입꼬리가 아주 조금 느슨해진 듯도 했다.

"아, 쑥스러워?"

히죽 웃으며 물어도 소라는 말없이 책만 보고 있었다. 생각 탓인지 소라의 볼이 발그레해 보였다.

하루카는 "무슨 말이든 좀 해 봐." 장난스럽게 말하면서 소라의 어깨를 툭툭 쳤다. 소라는 수줍었던지 책을 들고 창 쪽으로 몸을 틀었다.

아, 얘도 역시 중학생 남자애구나.

하루카는 당연한 그 사실을 그제야 실감했다. 언제나 무표정하고, 기계처럼 정확하게 계산하는 모습 때문에 잊고 있었는데. 하루카는 왠지 기분이 좋아서 등 돌린 소라의 어깨를 거푸 툭툭 쳤다.

그때였다.

갑자기 드르륵 소리가 나면서 반쯤 닫힌 교실 문이 열렸다. 둘은 화들짝 놀라 앞으로 돌아보았다.

"소라, 있었구나."

기노시타 선생님이 앞문으로 들어오고 있었다.

"소라, 어머님 오셨다. 할 말이 있으신가 보더라. 교무실로 가 봐."

선생님은 문에 서서 시원시원한 목소리로 그렇게 전해 줬다.

"엄마가?"

소라가 의아한 듯 그렇게 중얼거린 것과 거의 동시에 몸집이 자그마한 아주머니가 기노시타 선생님 뒤에서 스윽 모습을 드러냈다. 엷은 분홍 스웨터에 진남색 긴 치마 차림이었다. 치맛자락은 비에 젖었는지 오그라들어 정강이께에 들러붙어 있었다. 손님용 초록색 슬리퍼가 묘하게 도드라져 보였다. 차림새는 젊어 보였지만 목덜미며 미간에 새겨진 주름살이 깊어서인지 인상이 약간 까칠해 보였다. 두 발을 가지런히 모은 채 두 손은 배 앞에서 포개고 서 있었다.

이분이 소라의 엄마.

소라의 엄마는 미간을 찌푸리고 난감한 표정으로 지그시 이쪽을 바라보았다. 입을 열지도 않았고, 그렇다고 자리를 뜨지도 않았다. 단지 견고하게 만들어진 인형처럼 그 자리에 꼼짝 않고 서 있을 뿐이었다.

소라는 의아한 얼굴로 천천히 일어났다.

"무슨 일이지?"

예사롭지 않은 분위기를 감지한 하루카는 엉거주춤 허리를 들고 물었다. 소라는 가방을 어깨에 메면서 대답했다.

"잘은 모르겠지만, 전에 다니던 학교에서도 엄마가 찾아온 적이 몇 번 있어. 일부러 찾아올 정도로 급한 일이 아닌 적도 있었지만. 난 휴대 전화가 없거든."

억양 없는 목소리였지만 여느 때와 달리 조금은 되는 대로 막 내뱉는 듯한 말투였다. 하루카는 창밖으로 눈길을 던졌다. 빗줄기는 조금 전보다 세차게 유리창을 때렸다. 바람까지 부는지 거인의 숨소리처럼 으스스한 소리가 교실 안까지 들려왔다. 창틀이 요란하게 덜컹덜컹 흔들렸다.

소라는 문 앞에 서 있는 선생님과 엄마를 향해 주춤주춤 걸어 나갔다. 하지만 몇 발자국 못 가서 갑자기 걸음을 멈추고는 고개만 돌려 어깨 너머로 말했다.

"잠깐 자리 좀 비울게. 미안하지만 내가 돌아올 때까지 너 혼자 가게 좀 보고 있을래?"

"알았어. 혹시 손님이 오면 어쩌지?"

하루카가 불안한 마음으로 묻자 소라는 살짝 눈을 위로 뜨고는 역시 어깨 너머로 대답했다.

"시간이 있는지 물어봐서 있다고 하면 기다리라고 해. 아마, 금방 올 거야."

느닷없이 가게를 지키라는 명령을 받았지만, 딱히 할 일도 떠오르지 않았다. 보통 가게와 달리 물건을 진열한 선반을 체크할 일도 없고, 계산대의 돈을 정리할 필요도 없었다. 단지, 앉아서 손님이 오기를 기다릴 뿐이었다. 하루카는 두 손을 잡았다 놓았다 하면서 무심히 그것을 바라보았다.

줄기차게 울리는 빗소리 말고는 소리다운 소리는 아무것도 들리지 않았다.

"소라가 돌아올 때까지 기다려야 한다…… 고."

자신의 손을 바라보면서 하루카는 불쑥 그렇게 중얼거렸다.

"분명한 건, 내가 할 수 있는 건 잡다한 일 정도니까."

수학가게의 부책임자. 아예 이름값도 못하고 있어. 그렇게 생각하고 하루카는 씁쓸히 웃었다. 이 사이로 맥 빠진 한숨이 새어 나왔다.

물론 그런 직함에 의미 같은 건 없다. 포스터를 붙이는데, 허가를 받기 위한 종잇조각 같은 거였다. 그건 알고 있다. 잘 알고 있다고 생각했다. 게다가 그런 역할이라도 좋다는 생각에서 소라를 거들기 시작했던 거다. 수학이 정말로 세계를 구하는지 직접 눈으로 보고 싶었다. 단지 그뿐이었다. 처음부터 힘이 될 거라고 생각한 건 아니었다.

하지만…….

소라 역시 흔히 볼 수 있는 보통 사람 중 하나니까. 보통으로 웃고, 보통으로 속상해하고, 그리고 보통으로 멋쩍어 하고. 나처럼 중학교 2학년이니까.

"나도 소라를 돕고 싶어."

한숨 섞인 목소리는 유리창을 때리는 빗소리에 먹혀 누구의 귀에도 닿지 않고 사라졌다.

하루카는 의자에 앉은 채 크게 기지개를 켰다. 의자 앞다리가 들리고 등받이가 삐걱삐걱 울렸다. 시곗바늘은 정각 5시를 가리켰다.

"왜 안 오지."

그렇게 중얼거리던 하루카의 시야에 뭔가가 턱 걸리는 것 같았다. 깨끗이 지워진 칠판. 잠시 주인을 떠나보낸 책상과 의자. 교실은 오늘 하루의 활동을 리셋하고, 내일을 위해 휴식에 들어가 있는 듯했다.

그런데 딱 한 곳. 사람의 활동 흔적이 남은 곳이 있었다.

"이건…….''

옆 책상, 그러니까 소라의 책상 속에서 삐죽이 나와 있는 책 같은 것이 눈에 들어왔다. 슬그머니 주위를 둘러보고 아무도 없는 것을 확인한 다음, 하루카는 눈 딱 감고 손을 뻗었다. 꺼끌꺼

끌하고 매끈한 감촉. 책상 위에 꺼내 놓고 보니 그것은 표지가 검은 두툼한 책과 흔하디흔한 대학 노트였다.

"이건 소라의 공책이랑 도서실에서 빌린《가우스와 소수》?"

하루카는 중얼거리면서 금박 글씨로《가우스와 소수》라고 쓰인 두툼한 책을 집어 들었다. 책 위쪽에 분홍색 메모지가 삐죽 나와 있었다. 빌릴 때는 이런 메모지 같은 건 붙어 있지 않았다. 소라가 붙여 놓은 게 틀림없었다. 중간 페이지쯤에 아주 중요한 내용이 있는 모양이었다.

"소라는 지금 뭘 공부하고 있을까."

하루카의 마음속에 호기심의 싹이 얼굴을 내밀었다. 물론 소라가 공부하는 모든 것을 이해하는 건 무리다. 하지만 이 책의 제목은《가우스와 소수》. 하루카는 소수에 대해서도 '가우스 기호'에 대해서도 소라에게서 배운 적이 있다.

혹시, 어쩌면 어느 정도는 알 수 있지 않을까.

그리고 조금이라도 소라에게 다가갈 수 있다면.

나도 소라에게 도움이 될 수 있을지 몰라.

생각이 멈춰 버렸다. 완전한 뇌의 공백 상태. 놀라움조차 거기에 도달하는 데에는 상당한 시간을 요했다.

"이게 뭐야!"

하루카의 입에서 간신히 갈라진 목소리가 나왔다.

눈에 들어온 것은 짧은 수식이었다. 아니, 그것을 수식이라고 해야 할지 어떨지 하루카는 그마저도 알 수 없었다. 어느 한 부분도 이해할 수 없었다. 세상의 끝에서만 사용되는 환상의 언어를 앞에 두고 있는 듯한 절망감만이 너울너울 내려앉았다.

하루카가 알 수 있는 건, 그 기괴한 문자열 옆에 덧붙여진 용어인 듯한 말뿐이었다.

"소수, 정리?"

$$\pi(n) \sim \frac{n}{\log n} \ (n \to \infty)$$

하루카가 아는 연산 기호는 아무것도 없었다. $+$도, $-$도, $\times$도, $\div$도, $=$조차도. π나 n 정도라면 조금은 눈에 익었지만 그것이 무슨 의미인지는 전혀 모른다.

도대체 소수와 원주율 π가 무슨 관련이 있단 말인가. 그리고 맨 뒤 '∞'란 '∞'일까. 만화 같은 데서 흔히 나오는 그 기호라고 생각해도 되는 걸까.

하지만 만약 그렇다면 자신이 보고 있는 이 '소수정리'는 엄청난 것을 나타내는 게 아닐까?

이번에는 떨리는 손으로 공책을 넘겨 보았다. 하루카의 '절약 계획'을 세워 줄 때 했던 계산, '야구부원의 딜레마'에서 세운 식. 지금까지 수학가게로서 활동한 과정이 남김없이 기록되어 있었다.

그러나 그것은 공책 전체적으로 보면 극히 일부분에 지나지 않았다. 눈에 익은 페이지에서 한 장 넘기자 거기에는 이질적인 세계가 펼쳐져 있었다. 많이 봐 온 소라의 글씨체였다. 활자 같은 숫자와 알파벳에 동글동글한 글씨. 그러나 그 조합은 하루카가 사는 세계의 그것과는 확연히 달랐다. 그것은 곧 '수학 세계'의 '수학어'였다.

리만 가설 : $\zeta(s)$의 자명하지 않은 영점 s는 모든 실수부가 $\frac{1}{2}$의 직선상에 존재한다.

단, 제타함수 $\zeta(s)$는 '$\zeta(s) = \frac{1}{1^s} + \frac{1}{2^s} + \frac{1}{3^s} + \frac{1}{4^s} \cdots\cdots$'이다.

연필로 쓰인 수식의 무리 속에서 빨간 볼펜으로 적어 놓은 이 두 줄이 유난히 존재감을 드러냈다. 소라가 연필 이외의 필기구를 쓰는 모습은 한 번도 본 적이 없다. 이건 틀림없이 매우 중요한 것일 테다. 하지만 하루카는 도무지 무슨 의미인지 알 수 없었다.

그래도 포기하지 않고 그 두 줄이 적힌 페이지에 눈동자를 달렸다. 미지의 언어로 빽빽이 채워진 공책. 현기증이 일었지만 꾹 참고 한 줄 한 줄 꼼꼼하게 글자를 따라갔다.

여기에서 의미 같은 걸 찾아낼 수는 없을까.

작디작은 희망을 품고 열심히.

그리고 드디어 찾아냈다.

그 페이지 맨 밑, 그것은 이 수식 밑에 있었다.

오일러의 곱셈 공식 :

$$\frac{1}{1 - \frac{1}{2^s}} \times \frac{1}{1 - \frac{1}{3^s}} \times \frac{1}{1 - \frac{1}{5^s}} \times \frac{1}{1 - \frac{1}{7^s}} \times \cdots\cdots$$

$$= \frac{1}{1^s} + \frac{1}{2^s} + \frac{1}{3^s} + \frac{1}{4^s} + \cdots\cdots$$

이 '오일러의 곱셈 공식'이란 게 무엇을 나타내는지 하루카는 물론 알지 못했다. 그러나 하루카의 눈은 그 밑에 적힌 메모 같은 것에 못 박혔다. 오일러의 곱셈 공식이라고 쓴 부분에서 화살표로 이어졌다. 그리고 화살표 끝에는 또박또박 이렇게 적혀 있었다.

오일러의 곱셈 공식= 제타함수
세계를 구한다!

수식의 내용은 전혀 이해하지 못했다.
하지만 딱 한 가지는 알 수 있었다.
이 소년은 이미 세계를 구하기 위한 준비를 하고 있다는 것.

문4. 연애부등식을 풀어라

"우리가 지금까지 생각했던 것보다 더……."

책상 위를 물끄러미 바라보며 소라는 말했다.

"고민 있는 사람이 많은 것 같거든."

그 진지한 얼굴을 보고 하루카도 소라의 시선 끝을 좇았다. 접힌 종이쪽지가 수북이 쌓였다. 책상 끝에는 모금함 모양의 회색 직육면체 상자가 누워 있었다.

"직접 상담받으러 오는 사람보다 훨씬 많네. 창피해서 그런가, 아니면 단지 시간이 안 맞아서 그런 건가."

소라는 종이쪽지 하나를 집어 안경 가까이 가져가더니 빤히 보았다. 그 행위가 어떤 의미를 품고 있는지 물론 하루카는 알지 못했다.

"어쨌거나 직접 올 수 없는 애들을 위해서 이런 상담 쪽지함을 만든 거잖아. 쪽지가 왔으니 성공한 거라고."

그렇게 말한 하루카는 쪽지 가운데 하나를 꺼내 사각사각 울리면서 펼쳤다. 소라도 하루카를 따라서 쪽지를 펼쳤다. 둘은 쪽지 내용을 하나씩 훑어 나갔다.

6월도 하순에 접어들었고, 상담 손님도 꾸준히 늘었다.

수학 숙제에 대한 질문에서부터 일상생활의 고민까지. 수학으로 해결할 수 있을 듯싶은 것도, 도무지 해결할 수 없을 것 같은 내용도 있었다. 하지만 소라는 매번 정확한 해결책을 이끌어냈다. 소문은 소문을 불러왔고, 상담 손님은 점점 많이 몰려들었다. 오늘도 수학가게를 열자마자 손님이 여럿 몰려서 순서를 기다려야 했다. 그리고 일단 상담이 끝난 뒤, 마침내 짬이 난 하루카와 소라는 수학가게의 새로운 서비스인 상담 쪽지함을 열어 본 것이다.

도서실의 희망 도서 신청함에서 힌트를 얻은 상담 쪽지함은 지난주에 설치해 뒀다. 모눈종이를 접어 만든 조잡한 상자였는데, 설마 이걸 복도에 비치해 두는 것만으로 이렇게 상담이 몰릴 거라고는…….

"첫 번째 쪽지는 흐음, 학교 공부에 대한 질문이야. 도형 문제네. 그림을 그려 놨어. 다행히 쉽게 답해 줄 수 있겠다."

"허걱! 얘는 '어떻게 하면 수학을 잘할 수 있어요?'래"

"그거 되게 막연한 질문인데. 자, 다음은 동아리 고민인가. 야구부원의 딜레마를 응용해 볼 수 있을지 모르겠군."

산더미처럼 쌓인 쪽지를 하나씩 펼쳐 보면서 내용을 확인해 나갔다. 장난 섞인 내용도 있었지만 대부분은 진지한 상담이었다. 소라가 말한 대로 정말 고민 있는 학생이 수두룩한 모양이었다.

둘이서 대강 쪽지를 훑어보고 나서, 하루카는 편지지 대신 가져온 루즈 리프 다발을 소라에게 건넸다.

"먼저 '어떻게 하면 수학을 잘할 수 있어요?'부터 시작해 볼까?"

소라는 가슴 주머니에서 연필을 꺼내면서 말했다.

"너도 눈치챘는지 모르겠는데, 여기엔 구체적인 수치가 하나도 적혀 있지 않아. 그러니까 답장을 써서 다시 물어봐야 돼."

소라는 루즈 리프를 한 장 꺼내 평소의 동글동글한 글씨체로 질문을 적기 시작했다. 하루카는 잠자코 그의 행동을 지켜보았다.

"하루에 수학 공부를 얼마나 하나요? 지난 번 중간고사는 몇 점이었나요? 그리고 지금은 어떤 식으로 공부하나요?"

소라는 그렇게 중얼중얼하면서 차례차례 몇 가지 질문을 적고는 얼굴을 들었다.

"흐음, 다음은 무슨 수치가 필요하지."

그렇게 혼잣말로 중얼거린 소라는 생각난 듯이 가방을 뒤적였다. 곧바로 평소에 쓰던 대학노트를 꺼내 천천히 책상 위에 펼쳐 놓았다.

하루카의 심장이 쿵 하고 크게 울렸다.

"아, 그 공책."

"어?"

소라가 하루카 쪽으로 고개를 돌리고 눈썹을 살짝 추켜세웠다. 하루카는 힐끔 그 공책을 보았다. 펼쳐진 면은 아무것도 쓰여 있지 않은 새로운 페이지였다. 언뜻 보면 흔하디흔한 보통 공책으로밖에 보이지 않는다. 그러나 하루카는 다음 페이지 끝에 펼쳐질 다른 세계를 의식하지 않을 수 없었다. 호흡이 거칠어져 자신의 맥박 소리가 귀에 들리는 듯했다.

"이 공책이 왜?"

소라가 맑은 눈동자로 하루카를 보면서 물었다.

교실에 소라 엄마가 찾아왔던 날. 엄마와 함께 나갔던 소라가 돌아왔을 때, 하루카는 이미 공책과 책을 책상 속에 도로 집어넣어 둔 상태였다. 그래서 소년은 하루카가 자신의 공책에 적힌 내용을 훔쳐본 것을 모르고 있었다. 하루카는 그날 본 수수께끼 같은 수식에 대해서 물어보고 싶었다. 그러나 동시에 가슴속에 숨은 본능 같은 것이 하지 말라고 소리쳤다. 정반대의 두 감정은 아슬아슬한 지점에서 다투다가 결국 한쪽이 승리하자 다른 쪽은 사그라졌다.

"암것도 아냐."

하루카는 고개를 숙이고 그렇게 중얼거렸다. 소라는 말없이 책상으로 눈을 돌려 아무 일도 없었던 듯 공책에 메모를 해 가며 쓰던 답장을 마쳤다.

결국 내가 나설 장면 따위 없구나.

빠르게 움직이는 연필 끝을 눈으로 좇으면서 하루카는 자조하듯 후후후 웃었다. 그러니까 소라는 나 같은 애는 상상도 못하는 곳에 있는 거야. 진심으로 세계를 구하겠다고 생각하고 있으니까.

"됐다. 한 건 종료."

소라가 그렇게 말하고 후우 하고 숨을 내쉬어서 하루카도 퍼뜩 제정신으로 돌아왔다. 답변용 루즈 리프는 이미 동글동글한 글씨로 메워져 있었다. 소라는 그 쪽지를 시간을 들여 꼼꼼하게 네 번 접었다.

"그럼, 다음 쪽지."

소라는 네 번 접은 답변 쪽지를 옆으로 밀어 두고, 연필 꽁무니로 안경을 밀어 올렸다. 그리고 수북이 쌓인 쪽지 속에서 또 하나를 꺼내더니 하루카도 볼 수 있는 위치에서 펼쳤다. 거기에는 분홍 동그라미의 나라에 온 듯한 동글동글한 분홍색 글자가 춤추고 있었다.

"흐음. 다이어트 방법에 대한 상담 같은데. 이 글씨체로 보아 여학생 아닐까? 이 쪽지에도 수치가 하나도 없으니까 반대로 우리가 질문을 해야겠다."

쪽지를 빤히 보고 나서 소라는 담담하게 말했다. 루즈 리프를 한 장 빼놓고는 손가락 끝으로 연필을 빙글 돌렸다. 이번에도 분명 척척 풀어 나가겠지. 마음속으로 중얼거리고 하루카는 씁쓸한 마음에 눈을 가늘게 떴다. 소라의 옆얼굴을 바라보고는 책상 위로 눈길을 떨어뜨렸다. 그리고 나란히 놓인 공책과 루즈 리프 위에 선명한 수식이 전개되기를 숨죽이고 기다렸다.

하지만……

"으음, 올해 안으로 몇 킬로그램 빼고 싶은가요? 매일 얼마나 먹나요? 그리고 현재의 몸무게는 몇 킬로그램인가요?"

탁!

하루카는 말이 끝나기도 전에 반사적으로 소라의 뒤통수를 손바닥으로 갈겼다. 소라는 "으억!" 하고 짜부라진 두꺼비 같은 목소리로 짤막한 신음 소리를 내고는 머리를 감쌌다.

역시 소라는 평소와 달라진 게 없었다.

하루카는 갑자기 피로를 느끼고 어깨를 축 늘어뜨렸다.

상담 쪽지에 답변 쓰기를 모두 마치고 복도의 답변함에 넣을 무렵, 학교 안에는 이미 사람의 기척이라곤 없었다. 운동장에서 울리는 야구부원의 구령 소리 이외에는 소리다운 소리도 들리지 않았다. 하루카와 소라는 가방을 챙겨 학교를 나왔다.

푸른빛이 감도는 회색 구름이 하늘을 뒤덮고 있었지만 아침부터 내린 비는 그친 상태였다. 구름 너머에서는 아직도 태양이 빛나는지 주위에 땅거미가 지려면 좀 더 있어야 할 것 같았다. 해가 꽤 길어진 모양이다. 요리조리 물웅덩이를 피해 가며 농로를 걸어가는 하루카와 소라의 볼을 시원한 바람이 쓰다듬고 지나갔다. 좌우로 펼쳐진 옥수수 밭에는 조릿대 잎을 확대해 놓은 듯한 옥수수 이파리 위에서 보석 같은 물방울이 반짝반짝 빛났다. 옥수수는 생장이 빠른 식물이다. 지난달에 씨앗을 심었는데, 벌써 하루카의 어깨까지 자랐다.

"얼마 안 있으면 내 키보다 커 버리겠네."

하루카는 걸으면서 옥수수 이파리를 손으로 툭 치며 말했다. 주위의 이파리가 덩달아 사라락 흔들리고, 맺혀 있던 물방울이 공중으로 튀었다. 또 무슨 생각에 빠져 있는지 학교를 나온 뒤로 줄곧 발밑만 보고 걷던 소라는 하루카의 말을 듣고 고개를 번쩍 들었다.

"진짜! 어느새 이렇게 컸지?"

고개를 갸웃거리는 소라를 보고 하루카는 피식 웃었다.

"만날 그렇게 땅바닥만 보고 다니니까 모르지. 그러다 또 나무랑 부딪히면 어쩌려고?"

그렇게 말하고 또 옥수수 이파리를 툭 쳤다. 소라는 물방울이 튀는 것을 눈으로 좇는 것 같았다. 하루카는 재미나서 계속 옥수수 이파리를 손으로 치면서 걸어갔다.

"이파리가 클수록 거기 맺힌 물방울도 커지는 것 같은데."

상관관계가 있는 건가. 소라도 그렇게 중얼거리며 멈춰 서서 옥수수 이파리를 만지작거렸다. 하루카도 그 옆에 멈춰 섰다. 물방울은 튀지 않고 쭈르륵 이파리를 타고 흘러내려 그대로 떨어졌다. 소라는 물방울이 물웅덩이의 일부가 되는 것을 지켜보고는 하루카 쪽을 돌아보았다.

"근데, 이게 무슨 식물이지?"

장난치는가 싶었지만 소라는 여느 때와 같은 무표정이었다. 하루카는 참지 못하고 그만 웃음을 터뜨리고 말았다. 건강한 웃음소리가 옥수수 밭으로 퍼져 나갔다. 바람이 불어오자 이파리가 파도 소리를 내며 살랑거렸고, 공중에서는 무수한 물방울이 춤추었다.

"세계를 구한다는 사람이 옥수수도 몰라?"

하루카는 호흡을 가다듬고 말했다. 한바탕 웃어젖힌 탓에 눈꼬리께가 살짝 젖었다.

"옥수수."

소라는 하루카가 웃은 것도 그다지 신경 쓰이지 않는지 고개를 갸웃거리며 그렇게 중얼거릴 뿐이었다. 안경 속에서는 세상을 모르는 천진난만한 어린아이 같은 눈동자가 반짝였다.

"옥수수란 건 좀 더 노란색인 줄 알았지."

하루카는 하도 어이가 없어서 웃음도 나오지 않았다. 할 말을 잃고 멍하니 소라를 바라볼 뿐이었다. 혹시 이 소년은 옥수수가 식탁에 올라오는 모양 그대로 땅에서 나오는 거라고 생각한 걸까. 만약 그렇다면 세상을 모르는 것도 정도가 있지. 아니, 세상을 모르는 정도가 상식 이하라는 건 이미 알고 있었지만 설마 이 정도일 줄이야.

"몰랐구나. 도쿄에서 살아서 그런가?"

옥수수 이파리를 바라보는 소라의 등에 대고 하루카가 말했다. 단, 거기는 내가 알고 있는 도쿄가 아닌 수학 세계의 도쿄인지도 모르지. 머리 한구석에서 그런 생각이 올라왔다.

"응, 가게랑 부엌에서만 봤거든. 그런 데다 옥수수의 원래 모습이 궁금하지도 않았고. 옥수수 한 자루에 알갱이가 몇 개 있는지, 그건 계산해 본 적 있지만."

소라는 하루카 쪽을 돌아보고 그렇게 말했다. 나는 반대로 옥수수 알갱이가 몇 개인지 따위는 궁금하지 않은데. 하루카는 마음속으로 그렇게 중얼거렸다.

"난 아는 게 없구나."

그때 아무래도 소라가 한숨을 쉰 것 같았다. 호흡과는 다른 종류의 작은 숨이 입 밖으로 새어 나오는 소리를 들었다. 이렇게 약해 빠진 소라의 모습을 하루카는 본 적이 없었다. 이 소년은 언제나 어떤 문제를 앞에 두고도 담담하게 헤쳐 왔다. 그런데 옥수수를 모르는 것 정도로 한숨을 쉬는 거다.

할 수 없지.

"모르면 공부하면 되잖아."

하루카는 소라 옆으로 다가가면서 쾌활한 목소리로 말했다.

"여름 방학 때 와서 수확하는 거 거들어. 그럼 그 노란 알갱이가 어디에서 나오는지 알 수 있을 테니까. 여기, 아는 할머니 밭이야. 난 해마다 와서 옥수수 따는 거 거들거든."

소라는 화들짝 놀란 듯 눈을 동그랗게 뜨고 하루카를 빤히 보았다. 눈동자에 비친 하루카의 얼굴까지도 꿰뚫을 것 같았다. 하루카는 후후 웃고는 계속했다.

"넌 말이야, 상식을 좀 더 공부하는 게 좋겠다. 걱정할 거 없어. 너라면 금방 배울 테니까. 소프트볼하고 야구의 차이도 실제로 보면 금방 알 수 있거든."

하루카의 말이 끝나자 소라는 턱에 손을 짚고 깊은 생각 속으로 가라앉듯이 눈을 감았다. 다시 바람이 불어오고, 이어 파도치는 듯한 소리가 이어졌다.

"그래, 나는 책 말고 다른 것에서도 좀 더 지식을 얻어야 해."

소라는 생각이 정리됐는지 천천히 눈을 뜨면서 말했다.

"수확이란 거, 나도 할 수 있을까?"

"쉬워. 아무나 할 수 있어."

하루카가 주저 없이 그렇게 대답하자 소라의 입이 조금 벌어졌다. 하루카는 기분이 좋아서 계속 떠들었다.

"그리고 소프트볼 경기도 보러 와. 다음 달에 있으니까."

"경기? 혹시 너도 나가는 거야?"

"당연하지."

하루카가 얼굴 가득 웃음을 띠고 냉큼 대답하자 소라는 안경 속 두 눈을 가늘게 뜨고 얼굴을 살짝 들어 올렸다. 밭의 곡식이 바람에 살랑거리고, 까마귀 몇 마리가 상공을 가로 질러갔다. 풍경이 어느새 얇은 막이 쳐진 듯 푸른기를 띠었다. 개구리인지 뭔지가 뛰었는지 옥수수 밑동에서 탐방 하고 물소리가 들렸다.

"보러 가고 싶다."

옥수수 밭 너머의 산을 바라보며 소라가 작게 중얼거렸다. 구름이 덮인 하늘 때문인지 소라의 눈에는 아주 쓸쓸한 빛이 엷게 서려 있었다.

태양이 얼굴을 내미는 시간이 점점 길어지더니, 주말에는 하늘에서 구름이 거의 사라졌다. 장마와 더불어 6월이 지나가고 7월이 찾아왔다. 드디어 완연한 여름이다. 어디서 장마가 물러난 소식을 들었는지 곧바로 매미가 울어 대기 시작했다. 그 소리만으로도 더위가 몇 배나 더 느껴졌다.

하루카는 플라스틱 책받침을 부채 대신 들고 연신 얼굴에 부채질을 했다.

"저기, 소라."

"왜?"

"그 동복 웃옷 좀 벗지 그래. 보기만 해도 덥다."

넌덜머리가 난다는 듯한 하루카의 말에 소라는 턱을 당겨 자신의 몸을 내려다보았다. 짧은 머리칼 밑 헤어 라인에 엷게 땀이 뱄다. 어쨌거나 몸은 더위를 느끼고 있는 모양이었다.

"특별히 이걸 고집하는 건 아니야. 학교에 올 땐 이 까만 동복을 꼭 입어야 하는 줄 알았거든. 흐음, 벗어도 되는구나."

"고집한 게 아니라니."

소라가 전학 온 건 5월이다. 그때도 이미 동복에서 하복으로 바뀌었고, 교내에서 동복은 자취를 감추었다. 그런데도 그걸 전혀 알아차리지 못했다니.

"하지만 그건 별로 중요한 문제가 아니잖아. 자, 오늘도 상담 쪽지함을 열어 보자."

소라에게는 여름철에 동복을 입고 있는 게 '중요한 문제'가 아닌가 보다. 결국 오늘도 동복을 벗을 생각은 없는 것 같다. 하루카는 하는 수 없이 부채질하던 손을 멈추고, 상담 쪽지함 뚜껑에 붙인 테이프를 떼어 냈다. 쪽지는 지난주보다 더 많아졌다. 하루카는 쪽지를 한 장 한 장 정성껏 펼쳤다.

"아, 이건 '어떻게 하면 수학을 잘 할 수 있어요?'라고 질문했던 사람이네."

"흐음, 수치를 보내 왔군. 뭐라고 썼어?"

"'수학 공부는 시험 전에만 합니다. 벼락치기로 합니다.'라는

데?"

"수학을 못하는 이유가 분명해졌군. 응? 이건 지난주 상담에 대한 감사의 쪽지 같은데, '해결했습니다.'라고 쓰여 있어. 참 잘 됐다."

둘은 지난주와 마찬가지로 쪽지를 읽고 일일이 답변을 써 나갔다. 답변은 이번에도 하루카가 가져온 루즈 리프에 썼다.

그리고 또 다른 쪽지를 펼치면서 소라가 말했다.

"흐음, 이건 새로 들어온 상담이네. '사고 싶은 물건이 있는데 돈이 없습니다.'"

어?

소라가 쓴 답변을 대신 접던 하루카는 그 말을 듣고 손을 멈췄다. 소라의 손 안에 있는 쪽지를 슬쩍 들여다보았다. 구석에 꽃 잎이 그려진 귀여운 편지지. 한눈에 여자아이라는 걸 알 수 있었다. 그리고 그 안에는 새 옷을 사고 싶은데 돈을 헤프게 써서……, 라는 고민이 적혀 있었다.

나랑 똑같다.

소라 옆에서 쪽지를 훑어본 하루카는 그렇게 생각했다.

소라와 처음 이야기를 나누던 날. 소라는 하루카를 위해 '절약 계획'을 세워 주었다. 군것질은 제한적으로 할 수밖에 없게 됐지만, 덕분에 돈이 순조롭게 모이고 있다.

나와 똑같은 고민을 하는 애도 있구나.

"그래! 이건 네가 답장을 쓰는 게 좋겠다."

"뭐?"

멍하니 쪽지를 바라보던 하루카는 갑작스런 소라의 말에 당황해서 목소리가 갈라지고 말았다. 반대로 소라는 태연자약하게 쪽지를 하루카의 책상에 놓았다.

"전에 새 글러브를 사기 위한 절약 계획을 세웠지? 그거랑 같은 요령으로 방정식과 부등식을 이용하면 해결할 수 있어."

"그렇긴 한데, 내가 왜?"

"지금 절약을 실행 중인 사람이 쓰는 게 좀 더 설득력 있겠지?"

소라는 엷게 미소 짓고는 하얀 루즈 리프 한 장을 하루카에게 내밀었다. 그러나 하루카는 받지 않았다.

"그래도……."

하루카의 시선은 허공을 맴돌았다. 손바닥을 한두 번 쥐었다 폈다 하고 나서 쭈뼛쭈뼛 소라를 향해 물었다.

"내가 써도 될까? 이 학생은 너한테 상담받고 싶을 수도 있잖아."

소라는 안경 속 눈알이 튀어나올 정도로 눈을 휘둥그레 떴다.

이제 와서 무슨 그런 당연한 소리를? 그렇게 말하는 듯한 지금까지 본 중에서 가장 놀라는 표정이었다.

그러고는 이렇게 말했다. 아마도 하루카가 가장 듣고 싶어 하던 말을 한 치의 망설임도 없이.

"무슨 소리야. 넌 수학가게 점원이잖아."

순간이었다. 한순간에 가슴속을 막았던 것과 어깨를 무겁게 짓누르던 것이 사라졌다.

지금까지 고민한 게 바보같이 여겨질 정도로.

하루카의 마음속에서 망설임이 사라졌다.

"고마워, 소라."

그렇게 말하고 하루카는 입을 활짝 벌리고 웃었다. 그리고 그제야 소라에게서 루즈 리프를 받아들었다.

시간이 꽤 걸렸다. 덕분에 소라는 다른 상담 쪽지의 답변을 거의 마쳤다. 하루카는 용돈 고민 상담에 대한 답변을 완벽하게 혼자서 완성했다.

"'당신의 고민은 이 수식으로 완벽하게 해결해 드리겠습니다. $(4000-200x) \times 5 = 15000 \cdots\cdots x = 5 \cdots\cdots$.'"

소라는 하루카가 쓴 답장을 천천히 훑어보았다.

"응, 좋아. 계산 실수도 없고, 이 방식대로 하면 틀림없이 저금할 수 있을 거야."

안경을 바짝 밀어 올리고 소라는 살짝 미소 지었다. 하루카는 가슴을 두근거리며 정성껏 답변 쪽지를 썼다. 자신이 쓴 수식이 종이 위에서 도망치지 못하도록 천천히.

생각해 보니 허드렛일 이외에 제대로 된 수학가게 일을 맡아서 한 것은 이번이 처음이었다. 어차피 난 아무 힘도 못 될 거야. 그렇게 생각했던 자신이 내딛은 작은 한 발짝. 너무도 작고, 그리고 확실한 것이 내 손에서 태어났어. 하루카는 그런 확신이 들었다.

"자, 이제 이번 주 상담 쪽지도 한 건밖에 안 남았어."

소라는 책상 위에 하나 남은 쪽지를 보며 말했다. 이마에 맺힌 땀방울이 비스듬히 비쳐 드는 햇살을 받아 반짝 빛났다. 어딘지 멀리서 매미가 매앰매앰 울었다.

"그럼, 얼른 해결해 버리자."

그렇게 말하면서 하루카는 의기양양하게 쪽지를 집어 들었다. 그리고 서걱서걱 소리를 내며 펼쳤다. 지금까지와 같은 보통 상담이라 생각하고 무심코. 수학의 힘으로 반드시 해결할 수 있다고 믿어 의심치 않고.

그 쪽지는 공책을 찢어 쓴 것이었다. 잘못 찢었는지 오른쪽 가장자리가 찢겨져 나간 채였다. 글씨도 엉망이어서 뭐라고 썼는지 알아볼 수가 없었다.

"공책을 찢을 거면 좀 더 조심조심 잘라 낼 것이지. 그리고 글씨도 좀 알아먹게 쓰든가."

하루카는 투덜투덜하면서 쪽지의 내용을 읽었다. 내용도 대단한 고민이 아닐 게 뻔해. 그렇게 대수롭지 않게 생각하면서. 하지만 착각이었다. 쭉 찢은 공책 쪼가리에 적힌 내용은 지금까지 봐

온 어느 상담보다도 간절하게 도움을 청하고 있었다.

수학가게 주인에게.

안녕하세요. 어느 1학년 남학생입니다. 까닭이 있어서 본명을 밝힐 수는 없습니다.

저는 지금 아주 큰 고민을 안고 있습니다. 누구에게 상담을 해야 좋을지 몰라서 하루하루 괴로워하며 지냈습니다. 그러던 중, 수학가게 소문을 들었습니다. 어떤 고민도 들어 주고, 더구나 반드시 해결해 준다고 했습니다.

저는 요즘 어떤 여자애가 무척이나 마음이 쓰입니다. 이런 일은 태어나서 처음입니다. 그 애를 생각하면 머릿속이 뒤죽박죽돼 버리고, 어떻게 해야 할지 모르겠습니다. 저도 물론 '사랑'이란 단어 정도는 압니다. 하지만 만약 이게 사랑이라면 저는 어떡하면 좋을까요? 고백해야 할까요? 하지만 고백이란 건 자신의 마음을 전하는 것이라고 생각합니다. 그런데 저는 제 마음을 모르겠습니다. 그렇기 때문에 마음을 전할 수도 없습니다. 대체 저는 어떡하면 좋을까요?

답변을 기다리겠습니다.

－ 어느 1학년 남학생으로부터

하루카가 쪽지를 다 읽자, 소라는 쪽지를 받아 들고 거기에 적힌 말의 의미를 깊이깊이 좇고 있었다. 고문서라도 해독하듯 신중하게. 그리고 충분히 시간을 들여 여러 번 읽고 나서 쪽지를 책상 위에 살짝 놓았다.

"네 생각은 어때?"

쪽지를 읽고 난 소라의 첫마디였다.

"어, 어떠냐니?"

"이 쪽지를 읽고, 넌 어떻게 느꼈느냐고."

하루카의 눈을 똑바로 바라보면서 소라는 다시 물었다. 이마에서 눈과 눈 사이를 타고 흘러내린 땀이 턱 끝에 방울져 맺혀 있었다. 하루카는 당황스러웠다. 소라가 자신에게 의견을 물은 건 처음이었다.

지금까지 수학가게에 상담해 오는 문제는 묻지도 따지지도 않고 소라가 해결해 왔다. 아까 용돈 고민 상담에 답장을 쓴 건 분명하지만, 그거야 전에 소라가 해결해 준 절약 계획과 같은 종류의 문제였기에 가능했다. 새로운 문제에 관해서는 기본적으로 하루카가 끼어들 여지는 없다.

하지만 이번 건은 달랐다.

다른 문제와 달랐다.

하루카는 말없이 쪽지를 보았다. 연애 상담. 내용 자체는 그다지 신기할 것도 없었다. 하루카는 아직 그런 고민을 해 본 적은 없지만, 다른 사람의 문제라면 애써 들으려 하지 않아도 귀에 들어온다. 그것도 아주 일상적으로. 연애 문제는 중학생에게 아주 친숙한 테마니까. 동시에 소라에게는 이만큼 낯선 테마도 또 없지 않을까. 하루카는 마음속으로 그렇게 생각했다.

"이건 지금까지 다뤄 온 문제에 비해 확실히 난이도가 높아."

잠자코 있는 하루카 옆에서 소라가 천천히 입을 뗐다. 한 마디 한 마디 음미하는 듯한 말투였다.

"여기서는 수치 비슷한 것도 찾아볼 수 없어."

소라는 그렇게 말하면서 손가락으로 쪽지를 살짝 쓰다듬었다. 턱 끝에 매달려 있던 땀방울이 무릎 위로 떨어지자 바지에 조그만 얼룩이 생겼다.

"우리는 언제든 얼마간의 수치를 이용해서 수식을 세우고, 수학적인 방법으로 해답을 이끌어 냈잖아? 언뜻 생각하면 수학과 관련이 없을 것 같던 '야구부원의 딜레마'도 타격 연습 횟수라는 수치를 끄집어내서 해결했어. 하지만 이 쪽지에는 그런 정보가 아예 없어."

하루카는 책상 위 쪽지에 눈길을 떨어뜨렸다. 확실히 숫자라고는 1학년의 '1'뿐. 이걸 가지고는 연애에 대한 지식이 있고 없고의 문제 이전에 수학으로 해결할 수가 없다.

"그럼, 우리 쪽에서 다시 쪽지로 물어보면 되잖아?"

"응, 그것도 하나의 방법이겠다."

소라는 고개를 한 번 끄덕이고는 금세 미간을 찡그렸다.

"하지만 문제는 수치만이 아니야. 아니, 지금 이대로는 필요한 수치를 수집했다 해도 해결하긴 힘들어."

하루카는 소라의 말을 이해할 수 없었다. 수치가 모아져도 문제가 해결되지 않는다고?

"왜?"

고개를 갸우뚱하며 소라에게 물었다. 이 소년은 수치만 있으면 어떤 문제든 다 해결해 왔다. 수치 이외에 무엇이 더 필요하단 말인가. 아니면 역시 연애에 관해서는 아는 것이 없기 때문에 자신이 없는 걸까.

소라 스스로가 자신의 마음을 이해하지 못하고 있으니까. 자신의 마음을 이해하지 못한다? 하루카는 그 말의 의미를 헤아려 보려고 머릿속으로 되뇌었다. 소라는 쪽지를 머리 위로 들어 올리고 형광등에 비춰 보듯 하며 말을 이었다.

"자신이 어떻게 하고 싶은지 모르는 거야. 다시 말해서 목적이 뭔지를 모르는 거지. 이런 상태에서는 우리가 방향을 어떻게 잡아야 할지 알 수 없잖아."

하루카는 가슴이 철렁해서 반사적으로 소라의 공책에 눈길을 던졌다. 지금까지 수학가게가 해결해 온 문제를 머리에 떠올려 봤다. '글러브를 사고 싶다.', '운동장을 이등분하고 싶다.', '부원들에게 의욕을 갖게 하고 싶다.' 모두 목적이 확실한 것이었다. 미로가 아무리 복잡하다곤 해도 결승선의 위치는 애초부터 정해져 있던 거다.

그러나 이번에는 미로 그 자체가 복잡할 뿐 아니라 결승선의 지점도 알 수 없다. 아니, 어쩌면 출발 지점조차 정해져 있지 않은지도 모른다. 눈앞에 있는 것은 단지 '문제 비슷한 것'일 뿐, 전체 내용은 고사하고 실마리조차 잡지 못하고 있는 거다.

소라는 한동안 한쪽 눈을 감고 쪽지를 형광등 불빛에 비춰 보더니 이윽고 체념한 듯 책상에 내던졌다. 그러고는 허리를 들어 의자의 각도를 바꿔 놓고 하루카 쪽으로 돌아앉으며 말했다.

"그래서 너의 생각을 듣고 싶은 거야. 뭐든 상관없어. 이 쪽지를 읽고 생각한 거 없어?"

소라의 눈동자에는 평소와 다른 빛이 서려 있었다. 그것은 자신과 의지에 가득 찬 반짝반짝 빛나는 빛이 아니었다. 불안과 공포를 품었을 때 깃드는 약하고 흐릿한 빛이었다. 소라는 지금 도움을 청하고 있어. 하루카는 그것을 뒤늦게 알아차렸다. 지금 둘이 직면하고 있는 것은 터무니없이 어려운 문제였다. 그것도 소라 혼자서는 도저히 감당할 수 없을 정도의.

어렵게 인정받았어. 소라는 나를 의지하고 있어.

내가 힘이 돼야 해.

그런데 어떻게?

나 같은 애가 진짜 할 수 있을까?

"이 쪽지를 읽고 생각한 건……."

그렇게 중얼거리고 하루카는 한 번 더 책상 위의 쪽지를 훑어 봤다.

어떤 여학생이 마음이 쓰인다. 그 여학생을 생각하면 머릿속이 뒤죽박죽된다. 자신의 마음을 모르겠다. 대체 어떻게 하면 좋을까.

어느 모로 보나 남자가 쓴 듯한, 마구 휘갈겨 쓴 글씨였지만 한 글자도 놓치지 않으려고 꼼꼼하게 읽어 나갔다. 속으로 두 번을 읽고 나서 하루카는 마침내 입을 열었다.

"이걸 읽은 느낌은, 내 생각엔 쪽지를 쓴 사람은 이 여자애를 사랑하는 것 같은데……. 그러니까 용기 내서 고백해야 하지 않을까 싶어."

특별할 것도 없는 평범한 의견. 하지만 어쩔 수 없었다. 머릿속에 떠오른 건 그뿐이었으니까. 그렇다면 이제 더 생각하고 말고 할 것도 없다. '이건 사랑입니다. 그러니까 당신은 고백해야 합니다.'라고 답장을 쓰고 해피엔드. 더는 어떻게 해 볼 도리가 없는 거다. 고백한 뒤에 어떻게 될지는 제3자가 알 바 아니니까. 하지만 그렇게 간단히 끝날 문제일 리가 없다. 왜냐하면 그건 소라조차 혼자서 풀 수 없는 문제니까.

"정말, 그렇게 해도 될까?"

아니나 다를까. 턱에 손을 짚은 채 고개를 갸우뚱하면서 소라가 중얼거렸다. 땀 한 줄기가 또 볼을 타고 흘러내렸다.

"이 남학생은 자신의 마음을 모른다고 했어. 그런데 그걸 확실하게 '사랑'이란 감정이라고 단정 지을 수 있을까?"

"하지만 그게 사랑이 아니라면 뭔데? 봐, 여기에도 '이런 마음은 태어나서 처음입니다.'라고 썼잖아. 그러니까 이 남학생은 자신이 모를 뿐이지 사랑하고 있는 거라고. 다시 말해 첫사랑인 거지."

하루카가 말을 마치자 소라는 눈을 감은 채 깊이 생각에 잠겼다. 어디서 날아왔는지 기름매미가 창틀에 앉았다. 발성 연습을 하듯 매, 매, 매, 하고 작고 짧게 소리 내더니 이윽고 매앰매앰 목청껏 울기 시작했다. 아직 우는 데 익숙하지 않은지 중간 중간 막히기도 하고, 소리의 크기도 일정하지 않았다.

갑자기 하루카는 사랑이네 뭐네 하며 말씨름하고 있는 자신이 부끄러웠다. 저도 모르게 뺨이 화끈 달아올랐다. 대체 내가 대낮부터 뭐 하는 거지? 그럼 밤이면 괜찮은 거고? 그렇게 묻는다면 반드시 그런 건 아니지만.

하루카가 혼자서 얼굴을 붉히는 동안에도 소라는 같은 자세로 꼼짝 않고 있었다. 눈을 감은 채 턱에 손을 괴고, 고개를 약간 숙이고. 아마도 옛날 조각 중에 이와 비슷한 작품이 있었던 것 같다. 숨은 쉬고 있는 건지 그마저도 알 수 없었다. 한참을 기다려도 소라는 움직이지 않았다. 하루카의 마음에 불안이 스쳐 갈 무렵, 마침내 소라가 얼굴을 들었다. 눈이 부신 듯 안경 속의 눈을 가늘게 뜨면서 입을 열었다.

"그럼, 너한테 물어보자. 사랑이란 게 대체 어떤 마음을 말하는 거지?"

"어?"

하루카는 목에 뭐가 걸린 듯 갈라진 목소리가 나왔다. 소라는 눈을 몇 번 껌뻑이고는 다시 평소처럼 하루카를 바라보며 말을 이었다.

"만약 사랑이란 걸 정의할 수만 있다면, 모든 계산 방법을 동원해서 이 사람의 마음이 사랑인지 아닌지 알아낼 수 있을 텐데."

소라는 여느 때처럼 연필 꽁무니로 안경을 밀어 올렸다.

사랑이란 게 뭐냐고? 깊이 생각해 본 적 없는데.

"그게 그러니까, 사랑이란 뻔한 거 아냐? 사람을 좋아하는 거지."

"그럼, 사람을 좋아한다는 건 어떤 기분을 말하는 건데? 아빠나 엄마를 좋아하는 거랑은 다른 거지?"

그 말에 하루카는 대답할 말이 궁색해졌다.

단순히 사람을 좋아하는 것과 누군가를 사랑하는 것은 다르다. 하루카도 대충 그 정도는 알고 있다. 하지만 딱 거기까지다. 더는 모른다. 경험해 본 적이 없으니까. 소라는 잠시 하루카의 대답을 기다렸다가 이윽고 작게 고개를 젓고는 미간을 찡그리고 중얼거렸다.

"어려운 문제네."

한숨 섞인 힘없는 목소리. 하루카는 대꾸할 말을 찾지 못했다.

결국, 그날은 결론이 나지 않았다. 하루카와 소라는 함께 학교를 나와 집에 가는 길에도 계속 이야기를 나눴지만 알맹이는 없었다. 옥수수는 하루카의 키만큼 자라 있었다. 먼저 소라가 왼쪽으로 꺾어 역 쪽으로 갔다. 소라의 집은 언덕 중턱에 있는 커다란 집인 듯했다. 하루카는 가 본 적 없지만. 하루카는 소라에게 손을 흔들고는 그대로 역 쪽으로 가다가 소방서를 끼고 오른쪽으로 돌았다.

"다녀왔습니다."

"어서 와. 왜 그렇게 멍해? 무슨 일 있었니?"

집에 가자 엄마가 걱정스럽게 말을 걸어왔다. 마침 저녁 준비로 바쁜지 프라이팬에서는 요란한 소리와 함께 기름이 튀고 있었다. 하루카는 낮에 들은 매미 소리를 떠올렸다.

"암것도 아냐."

"그래. 저녁밥, 조금만 기다려."

한 손에 기다란 나무젓가락을 든 엄마는 그렇게 말하며 웃었다. 하루카는 잠자코 고개를 끄덕이고 가방을 들고 자신의 방으로 들어갔다. 문을 잠근 뒤, 교복을 벗고 티셔츠와 운동복으로 갈아입고 침대에 벌러덩 드러누웠다. 천장을 바라보며 하루카는 소라를 생각했다. 평소의 무표정. 연필로 안경을 밀어 올리는 행위. 문제가 풀린 순간의 미소. 그리고 오늘 본 불안이 서린 눈동자. 전학 온 지 두 달. 소라가 풀지 못하는 문제 따위 지금까지 하나도 없었다. 적어도 오늘 이전까지는. 소라의 나약한 눈빛을 하루카는 처음 봤다.

소라가 그런 표정을 보인 건, 아주 잠깐에 지나지 않았다. 그러나 하루카의 뇌리에는 그 한순간이 또렷이 새겨졌다. 하루카는 침대에 누운 채 고개를 흔들었다. 꺼림칙한 기억을 떨쳐내 버리듯. 그런데 소라의 얼굴이 사라지자 이번에는 눈앞에 그 공책이 떠올랐다. 하루카는 절대 읽을 수 없는 수학어로 쓰인 기이한 문자열. 눈을 감아도 다른 생각을 하려 해도 그 영상은 망령처럼 끈질기게 눈앞에 버티고 있었다.

하루카는 그 망령을 떨쳐 버리듯 돌아누웠다. 머리맡에 있는 휴대 전화가 눈에 들어왔다. 반쯤 반사적으로 손에 들고 손가락이 움직이는 대로 번호를 눌렀다. 등록된 전화번호 하나가 떠올랐다. 휴대 전화를 귀에 대자 신호음이 세 번 울리고 전화가 연결됐다.

"여보세요?"

"아, 마키? 난데……."

침대에 아무렇게나 누운 채 하루카는 안도의 숨을 쉬었다. 다시 천장을 보고 누워 손 안의 작은 기계에 말을 건넸다.

"미안, 불쑥 전화해서."

"미안하긴, 괜찮아. 무슨 일인데?"

"아니, 딱히 할 말이 있는 건 아니고."

거기까지 말하자 말문이 막혔다. 정말로 아무 생각도 하지 않았던 거다. 도망갈 길을 찾던 중 우연히 거기에 휴대 전화가 있어서 전화한 것뿐이다. 물론 마키에게 그렇게 얘기할 수는 없었다.

몇 초간 침묵이 흐르고 마키가 작게 웃었다. 전화기 너머에서는 마이크에 대고 숨을 쉴 때처럼 즈즈즈 하는 소리밖에 들리지 않았지만, 하루카는 왠지 그 소리가 웃음소리라는 것을 알 수 있었다.

"수학가게 때문에?"

마키의 목소리를 오른쪽 귀로 들으면서 몸에서 힘이 빠져나가는 걸 느꼈다.

뭐야, 다 꿰뚫어 보는 거야?

"응."

하루카는 속삭이듯 조그만 목소리로 대답했다.

"좀 어려운 상담이 들어와서 소라도 나도 헤매고 있거든."

"흐웅, 소라도 고전할 때가 다 있구나. 하긴 걔도 신이 아니니까."

마키가 무심한 투로 말했다. 전화기 너머에서는 마키의 목소리 이외에는 아무런 잡음도 들리지 않았다. 분명 마키도 하루카와 마찬가지로 자신의 방에 있는 거다.

"그 문제는 아무래도 해결하기 힘들지 않을까, 그런 생각이 좀 들어서."

하루카는 그렇게 말하고 한숨을 내쉬었다. 전화기 너머의 마키는 숨을 죽이고 있었다. 반응이 없는 것을 확인하고 하루카는 계속했다.

"생각해 보면 지금까지 너무 잘된 거야. 세상 모든 일을 어떻게 수학으로 풀 수 있겠어. 간혹 가다 도저히 풀리지 않는 문제도 있겠지."

그래, 맞아.

하루카는 소리 내지 않고 마음속으로 그렇게 중얼거렸다. 수학으로 뭐든지 해결한다면 세상은 더 간단히 움직일 거다. 불경기다 뭐다 하면서 떠들 필요도 없을 거고, 국회에서 정치가들이 싸울 필요도 없을 거다. 사고로 죽는 사람도 없을 거고, 전쟁도 일어날 리 없다.

여기는 수학 세계가 아니다. 일본의 가나가와 현의 한구석이다. 수학으로 풀리지 않는 문제가 있다손 쳐도 전혀 이상할 게 없다.

하루카는 귀에 댄 휴대 전화를 손으로 꽉 쥐었다.

"나, 마운드에 있을 때 깨달은 게 있는데."

줄곧 잠자코 있던 마키가 갑자기 입을 뗐다.

"마운드?

"응."

여기서 웬 소프트볼 얘기? 그렇게 묻기 전에 마키가 이야기를 이었다.

"한 방 맞으면 어쩌나 걱정할 때일수록 평소처럼 던져지지 않더라. 어깨에 힘이 들어가 버리거든. 그래서 위기가 오고 불안해지고 또 얻어맞고. 계속 그런 되풀이였어. 악순환이지."

"그 기분 어쩐지 알 것 같아."

하루카는 맞장구쳤다. 그리고 온 신경을 오른쪽 귀에 집중했다. 마키가 하는 말을 한 마디도 빠뜨리지 않고 죄다 들으려고.

"근데 그걸로 끝나지 않아. 내가 그렇게 불안정할 때는 우리 팀 수비 선수들의 움직임도 흐트러져. 가벼운 땅볼을 놓치기도 하고, 일루에 악송구를 하기도 하고."

하루카는 잠자코 고개를 끄덕였다. 듣고 보니 마키가 연타를 맞으면 덩달아 수비도 흐트러지던 일이 몇 번 있었던 것 같다.

"불안은 전염돼."

마키는 깨우쳐 주듯 계속했다. 꼭 엄마가 아이에게 말하는 것 같네, 하고 하루카는 생각했다.

"내가 불안해하면 수비 라인도 불안해져. 반대로 수비 라인이 불안을 느끼면 나도 불안해지고. 그거랑 같은 거 아닐까? 난 문제가 뭔지 모르니까 내용에 대해서는 뭐라고 할 수 없지만 네가 풀지 못할 것 같다고 생각한다면 그 마음이 소라한테도 전해지겠지. 그럼 평소의 힘을 발휘할 수 없게 될 거고."

마키는 거기서 말을 끊었다. 하루카는 자신이 떨고 있다는 걸 알았다. 떨지 않도록 휴대 전화를 쥔 손에 힘을 주었다.

"우선은 네가 정신 바짝 차려야 돼. 안 그러면 소라도 집중해서 문제를 풀 수 없을 테니까."

하루카는 한 마디도 할 수가 없었다. 마키의 말 한 마디 한 마디가 마음을 찔렀다. 왠지 자신이 몹시 작게 느껴졌다.

"그래, 미안."

"나한테 웬 사과? 앞으로는 제대로 잘해 보셔."

"응, 알았어."

둘은 전화기를 사이에 두고 함께 웃었다. 조금 전까지 자신을 지배하던 답답했던 마음이 거짓말 같았다. 하루카는 이 단짝 친구가 있음에 새삼 감사했다.

"또 의논할 일 있거든 뭐든지 말해 봐."

듬직한 목소리가 손안의 기계에서 들려왔다.

"고마워."

이렇게 말하면서 하루카는 눈꼬리에 맺힌 눈물을 손가락으로 닦았다.

"그럼, 뭐 하나 물어도 돼?"

"좋아, 뭐든지 물어봐."

"사랑이란 뭘까?"

전화기에서 사레 들린 듯 캑캑대는 요란한 소리가 들려왔다.

그다음 주 월요일도 평소와 같이 하루카와 소라는 교실 구석에서 수학가게 영업을 했다. 찾아온 손님은 모두 세 명. 소라는 그들의 고민을 거침없이 척척 해결해 나갔다. 평소와 다름없는 모습으로 순식간에. 지난주의 나약한 모습은 찾아볼 수 없었다.

손님의 고민을 모두 해결한 뒤 상담 쪽지함을 열었다. 둘이서 대충 훑어봤지만 어려워 보이는 상담은 없었다. 소라는 쪽지 더미 속에서 하나를 집어 하루카에게 건넸다.

"자, 오늘은 이 쪽지의 답장을 너한테 맡길게."

거기에는 '아버지를 금연하게 하고 싶습니다.'라는 상담 내용이 동글동글한 글씨로 쓰여 있었다. 하지만 자세히 읽어 보니 구체적인 숫자는 하나도 없었다.

"맡기다니, 어떻게 해결해야 할지 모르겠는데."

난처한 듯 쓴웃음을 지으며 하루카는 말했다.

"아무튼 수치를 모으면 되는 거지?"

"응, 되도록 많이 질문하도록 해."

"하루에 몇 개비 피우나요, 그런 식으로?"

"그래, 그거야 빠뜨려선 안 되는 질문이지."

그런 이야기를 나눈 뒤, 둘은 잠시 말없이 답변을 써 나갔다.

연필과 샤프가 사각사각 울리는 소리가 창밖에서 들려오는 매미소리와 뒤섞였다. 팔에 촉촉이 땀이 배자 하루카는 가방에서 휴대용 수건을 꺼냈다. 그걸로 두 팔과 이마를 닦고 다시 샤프를 들었다.

모든 상담 쪽지의 답변이 완성되자 하루카가 그것을 복도에 있는 답변함으로 가져갔다. 복도는 쥐죽은 듯 조용했고, 교실보다는 약간 시원했다.

"이제 수학가게도 제법 인기가 있네."

다시 교실에 들어간 하루카에게 소라가 말했다. 소라는 오른손에 쥔 연필을 물끄러미 바라보았다. 볼에서 땀이 한 줄기 흘러내렸다. 변함없이 동복 차림이었다.

"네가 도와준 덕분이야. 고마워."

입꼬리를 조금 올리고 소년은 계속했다. 조용하고 맑디맑은 목소리였다.

하루카는 책상 옆에 선 채 한동안 망설였다. 그러나 수상쩍게 올려다보는 소라를 보자 마음을 정한 듯 의자를 빼고 자리에 앉았다. 그리고 앞을 똑바로 보고 말했다.

"지난주에 못한 거, 계속해야지."

소라의 어깨가 움찔 흔들렸다. 눈동자에는 희미하게 그림자가 드리워지고, 호흡이 약간 흐트러지는 것이 느껴졌다. 소라는 잠깐 눈을 피하고 이윽고 다시 하루카 쪽을 보았다.

"응, 그래야지."

별안간 평소와 다른 소라의 모습으로 바뀌었다. 눈동자에서 여느 때의 자신감이 희미해져 갔다. 촛불이 바람에 위태위태하게 흔들리듯 소라의 내면에 있는 뭔가가 흔들리는 것 같았다.

"사랑이란 무엇인가에 대해 이야기했었지, 아마?"

"그래."

"그럼, 오늘도 거기서부터 시작하자."

소라는 공책을 팔락팔락 넘겨 새하얀 페이지를 펼쳤다. 내키지 않는지 아니면 다른 이유가 있는지 목소리에는 활기가 없었다. 하얀 공책은 지난주의 논의가 결실 없이 끝났다는 것을 무언중에 보여 주고 있었다.

하지만 오늘은 반드시! 하루카는 저도 모르게 두 주먹을 불끈 쥐었다.

마침 그때, 교실 앞문이 드르륵 열렸다. 둘은 냉큼 얼굴을 들었다. 손님인가 싶었지만 마키가 들어왔다.

"야호! 잘돼 가?"

마키는 한 손을 들고 그렇게 말하고는 환하게 웃었다. 하루카는 휴우 하고 숨을 내쉬고 굳은 얼굴을 누그러뜨렸다. 누구도 아닌 바로 마키가 온 거다! 지난주 통화 내용이 걱정돼서 상황을 보러 온 게 틀림없다. 하루카는 수줍은 목소리로 마키에게 말했다.

"마키, 왔구나. 고마워."

"응, 근데 혼자 온 건 아니고."

그렇게 말한 마키는 치켜세운 엄지로 어깨 너머 문 쪽을 쓱 가리켰다. 하루카와 소라는 의아한 얼굴로 그쪽을 보았다. 그러자 몸집이 작은 여자애와 키 큰 남자애가 열린 문 안으로 들어왔다.

아오이와 가케루였다.

"흐음, 꽤 까다로운 문제로 씨름하고 있나 보군."

"우리도 도와줄게."

마키 뒤를 따라 걸어 들어온 둘은 그렇게 한 마디씩 했다. 하루카와 소라는 눈을 휘둥그레 뜬 채 끔뻑끔뻑하다가 엉겁결에 얼굴을 마주보았다.

"어? 어? 뭐라고? 무슨 말이야?"

상황을 파악하지 못한 하루카가 날카로운 목소리로 마키에게 물었다. 마키는 그런 하루카의 반응을 재미있다는 듯 바라보면서 상큼한 목소리로 활기차게 말했다.

"도움이 필요할까 싶어서. '백지장도 맞들면 낫다'고 하잖아? 다섯 명이나 있는데 어디 백지장뿐일까."

다섯이서 백지장을 어떻게 들어야 할지는 모르겠지만, 하루카는 로봇처럼 어색하게 고개를 끄덕였다. 예상 밖의 지원군. 설마 수학가게 활동을 다른 누군가가 도와주리라고는……. 마키의 마음 씀씀이가 사무치게 고마워서 살짝 눈시울이 뜨거워졌다.

"흐음. 정말 고마워."

표정 없는 소라마저도 무표정한 가면이 누그러졌다. 소라는 셋을 차례로 둘러보고 마지막 가케루에게서 눈길이 멈추자 고개를 갸웃거렸다.

"어? 너, 야구부는 어쩌고? 오늘은 비도 안 오는 것 같은데."

"오늘은 야구부 훈련이 없어. 어제 경기가 있었거든. 대체 휴일인 셈이지."

소라는 그렇구나, 하고 고개를 끄덕이고 빙긋 웃었다. 옆에 있던 하루카에게 얼굴을 돌리고 부드러운 목소리로 말했다.

"그럼, 오늘은 수학가게에 임시 알바생을 쓰자."

"히야, 이 문제 왠지 듣는 우리가 얼굴이 빨개질 것 같아야."

마키가 두 손으로 볼을 감싸면서 말했다.

"사랑이란 무엇인가. 이거 완전 철학적인 문제네."

"그래도 멋지다! 나도 이런 상대가 됐으면."

아오이가 눈을 감고 노래하듯이 말했다. 하루카와 마키는 어이없다는 듯 아오이를 흘겨보고는 그만 쓴웃음을 짓고 말았다. 그게 너 같은 애가 할 말이냐! 남자 친구도 있으면서.

가케루는 말없이 책상 위에 놓인 쪽지를 물끄러미 보았다. 여느 때와 같은 예리한 눈매. 이런 공책 쪼가리 따위 뚫어 버리지 않을까 싶을 정도로 눈동자에 힘이 있었다.

"내용은 대충 알겠지? 그래서 말이야, 우리는 지금 도대체 사랑이란 무엇인가, 그걸 정의하려는 거야. 그럼 이 남학생의 마음이 사랑인지 아닌지, 계산해서 알 수 있을 테니까."

저마다의 반응을 확인한 소라가 말했다. 그 자세는 청중의 소란함 정도에 맞춰 목소리 톤을 조절하는 유능한 사회자처럼 보였다. 아마 기분 탓이겠지만.

"사랑이란 무엇인가. 너희는 이걸 어떻게 생각해?"

"단순하게 생각하면 누군가를 좋아하는 것일 테지만……."

마키가 천천히 말을 꺼냈다. 신중하게 말을 고르고 있다. 그런 인상을 주는 말투였다.

"이야기를 듣고 보니까 그렇게 단순하지 않은 것 같은데. 좋아한다는 말도 애매한 표현이니까."

"게다가 상담한 이 학생은 엄청 괴로워하는 것 같거든. 사람을 좋아하게 되면 머릿속이 뒤죽박죽되나?"

하루카는 마키의 말을 받아 이야기하면서 은근슬쩍 아오이에게 시선을 보냈다. 우리 중 사랑에 관해서는 네가 가장 잘 알잖아? 눈으로 그렇게 말하자 아오이는 애매하게 웃으며 고개를 갸우뚱했다.

"글쎄. 머리가 뒤죽박죽되는 사람도 있고, 설레는 사람도 있겠지. 마음이 괴로워지는 사람도 있을 거고. 그건 사람에 따라 다르지 않을까?"

"흐음. 사람에 따라 다르다."

소라는 턱에 손을 짚고 중얼거렸다. 하루카는 숨죽이고 다음 말을 기다렸지만 소라는 좀처럼 입을 떼지 않았다. 소라는 그대로 눈을 감고는 사고의 껍질 안에 틀어박히고 말았다. 교실 안에 무거운 침묵이 고였다. 소라의 생각이 정리되기를 기다려야 하나,

아니면 다른 발언을 해야 하나. 우물쭈물하는 사이에 시간만 느리게 흘렀다. 갑자기 다시 더위가 느껴지더니 이마에 구슬 같은 땀방울이 송골송골 맺혔다.

"사람에 따라서 다르다면 정의할 수가 없지."

나직한 목소리가 침묵을 깨뜨렸다. 매미 소리에도 먹히지 않는 이상한 존재감을 지닌 목소리. 여자 셋뿐 아니라 소라까지 얼굴을 들고 일제히 가케루 쪽을 돌아보았다. 가케루는 팔짱을 낀 채 의자의 등받이에 몸을 기대고 있었다. 나직하고 힘 있는 목소리는 계속 이어졌다.

"다른 쪽에서 생각해 보는 게 쉽지 않겠냐? 예를 들자면 고백할 것인가 말 것인가, 뭐 그런 거 있잖아."

"흐음, 발상을 바꾸자는 얘기구나."

소라가 다시 책상으로 시선을 떨어뜨렸기 때문에 하루카도 따라서 쪽지를 보았다. 어수선한 문자열 가운데 마지막 말이 눈에 들어왔다.

'이게 만약 사랑이라면 저는 어떡하면 좋을까요? 고백해야 하나요?'

하루카는 수긍하듯 고개를 끄덕였다. 이 남학생은 분명히 '자신이 앞으로 어떡해야 할지'를 알고 싶은 거다. 이 남학생의 마음이 사랑인지 아닌지 그것도 문제지만, 그건 일단 뒤로 미뤄도 좋을 듯했다.

"하지만 상대 여학생에 대해서는 쪽지에 아무것도 안 적었어. 이런 상태로는 고백해야 할지 말지 알 수 없잖아."

아오이가 입을 삐죽 내밀고 그렇게 말했다. 가케루는 아오이를 흘끔 보고는 다시 꿰뚫을 듯한 시선으로 쪽지를 응시했다. 미간을 찡그린 채 마뜩찮은 듯이 중얼거렸다

"그래, 확실히 여기 있는 내용만으로는 정보가 너무 적어."

하루카의 어깨가 축 늘어졌다. 솔직히 가케루의 의견에 큰 기대를 걸었는데 그마저도 물거품이라면 이 상태로는 정말로 손쓸 방법이 없는 거다.

모두들 다시 침묵 속으로 가라앉았다. 기름매미 우는 소리가 귀를 찔렀다.

하루카는 곁눈질해서 소라를 훔쳐보았다. 소년은 눈을 감은 채 책상에 두 팔을 짚고 얼굴 앞에서 손가락을 깍지 끼고 있었다. 생각에 잠긴 듯도, 뭔가를 기다리고 있는 듯도 보였다. 어쩌면 양쪽 다일 수도. 생각이 쏟아져 내려오기를 꼼짝 않고 기다리는지도 모른다. 그러나 결국 소라가 생각하는 게 뭔지 하루카는 알지 못했다. 내가 불안해하는 모습을 보이면 안 돼. 하루카는 마음속으로 자기 자신에게 그렇게 들려주었다.

나도 힘이 돼야 해.

하루카는 얼굴을 정면으로 돌려 쪽지를 홱 노려보았다.

반드시 어딘가에 돌파구가 있을 거다.

전에 소라가 말했다. 이 세상에는 수학과 관련 없는 것은 존재하지 않는다고. 하루카는 지금까지 살아온 인생에서 최고의 속도로 머리를 회전시켰다. 빈약한 수학 지식을 총동원하여 과거의 기억 상자까지 모두 샅샅이 뒤져 보았다.

소인수분해, 가중평균 공식, 근의 공식, 죄수의 딜레마. 언젠가 소라가 이용한 적 있는 수식이 뇌리에 떠올랐다가 사라지며 종횡무진 뛰어다녔다. 그것은 숫자의 급류가 만들어 내는 거대한 미궁이었다. 하루카는 그 입구에 선 채 응시했다.

나도 힘이 될 수 있어. 반드시 될 수 있다고.

지난번에도 내 힘으로 상담 쪽지의 답변을 완성했어.

그래, 내 힘으로.

내 힘으로?

그 순간.

하루카의 망막에 번쩍 번개가 스쳤다.

지금까지 경험한 적 없는 기묘한 감각. 눈앞에 펼쳐진 수식의 바다에 실낱 같은 빛의 길이 트였다. 그것은 바닷속 깊숙이 뻗어 나가는 한 줄기의 실오라기처럼도 보였다.

한순간 하지만 또렷이.

하루카는 자신의 눈으로 결승선으로 이어지는 길을 보았다.

"저기 말이야, 갑자기 생각난 건데……."

하루카는 떨리는 목소리로 끈적하게 응고된 침묵을 깨고 말했다. 다른 네 명의 시선이 일제히 하루카에게로 쏠렸다. 하루카는 계속했다. 방금 자신이 똑똑히 봤던 빛의 길을 알려 주기 위해.

"이 쪽지를 쓴 사람한테 자신의 힘으로 풀게 하면 어떨까."

"이런 녀석한테 스스로 풀게 하잔 말이야?"

가케루가 한쪽 눈썹을 불끈 추켜세우고 의아하다는 듯이 되물었다.

"그게 안 되니까 이렇게 상담해 온 거 아냐?"

"아, 그게 아니야. 그런 말이 아니고."

하루카는 허둥지둥 얼굴 앞에서 손을 팔락팔락 흔들며 부정했다. 잠시 사이를 두고 말을 이었다.

"우린 지금까지 이 남학생의 문제를 해결해 주려고 했잖아? 이제 그러지 말자고."

"그러지 말자고?"

아오이가 이해할 수 없다는 눈빛으로 하루카를 돌아보았다. 호기심에 넘치는 작은 동물 같은 눈동자. 아오이의 그 눈동자를 맞받자 떨리던 마음이 조금은 진정되는 것 같았다.

"응. 그 반대로 우리가 문제를 만드는 거지. 그걸 본인이 생각하게 하는 거야. 그러니까 '이럴 때는 고백해야 합니다. 반대로 이럴 때는 고백해서는 안 됩니다. 그렇다면 당신은 어느 쪽인가요?' 이런 식으로 물어보는 거지."

"과연! 그다음은 스스로 생각해 봐라, 그 말이네?"

마키가 감탄하며 중얼거렸다.

의뢰한 당사자에게 문제를 풀게 한다. 그런 발상의 전환도 좋은 아이디어. 물론 이 방법은 쪽지를 쓴 사람에 관해서도 상대인 여학생에 관해서도 아무것도 몰라도 된다.

"그게 가능해?"

아오이가 눈썹을 늘어뜨리고 하루카에게 물었다. 열린 창밖에서 바람이 불어 들어와 말꼬랑지처럼 묶은 머리칼이 살랑살랑 흔들렸다.

"가능하느냐고? 당연히 가능하지, 그 정도야."

하루카는 자신만만한 얼굴로 소라의 어깨를 탁 쳤다. 소라의 눈동자는 주저하듯 허공을 맴돌았다. 잠시 뒤, 마침내 그 눈동자와 하루카의 눈동자가 마주쳤다. 하루카는 잠자코 안경 속 눈동자를 뚫어져라 바라보며 고개를 한 번 끄떡했다.

소년의 눈동자에 서려 있던 불안의 빛이 조금 엷어진 듯했다. 소라는 볼이 완전히 굳어진 채 눈을 돌려 앞을 보았다. 그리고 안경을 슥 밀어 올리고는 힘 있는 목소리로 말했다.

"그래, 해 보자."

그 모습이 바로 소라 너야. 하루카는 소년의 옆얼굴을 보면서 마음속으로 그렇게 말했다.

"아 참, 아오이 넌 지금 남친이랑 어떻게 사귀게 된 거야?"

생각난 듯이 마키가 물었다. 생각난 듯 물은 것 같지만 실은 타이밍을 보고 있었을 거다. 목소리에서 약간 부자연스러움이 묻어났고, 얼굴에도 웃음기가 돌았다.

에잇, 뭐야. 하루카의 입에서는 작은 한숨이 새어 나왔다.

진지한 질문이야, 아님 장난?

"그거 아주 흥미로운데? 뭣보다 실제 경험자한테 듣는 게 중요하지."

소라는 아주 진지한 표정으로 이야기에 끼어들었다. 그리고 몸을 앞으로 기울여 아오이의 얼굴을 들여다봤다.

"어! 지금 여기서 말하라고?"

아오이는 놀란 얼굴로 주위를 빙 둘러보았다. 교실 안에 있는 사람은 구석 자리를 에워싼 다섯 명뿐. 초롱초롱한 눈으로 아오이를 똑바로 바라보는 소라. 히죽히죽 웃는 마키. 관심 없는 듯 창밖을 내다보는 가케루. 어이가 없어 쓴웃음을 짓는 하루카. 그리고 아오이.

"사람 하나 살리는 셈치고 솔직하게 말해 봐. 단도직입적으로 물을게. 누가 먼저 고백했어?"

아오이의 당황스러움 따위는 아랑곳하지 않고 마키가 물었다. 소프트볼도 일상생활도 마키는 이렇듯 직구로 승부하는 타입이다.

아오이는 고개를 수그린 채 잠깐 동안 말이 없었다. 예쁜 귓불이 연분홍빛으로 물들었다. 하루카는 숨을 죽이고 아오이가 입

열기를 기다렸다. 왠지 하루카의 심장까지 심하게 고동치기 시작했다.

"내가 먼저 고백했어."

하루카는 침을 꼴깍 삼켰다. 이제 마키 얼굴에서도 웃음기가 사라졌다. 그저 조용히 아오이의 말에 귀를 기울였다. 소라는 신묘한 표정으로 아오이를 바라보았고, 가케루는 여전히 창가에 기댄 채 밖을 내다보았다.

"작년 여름에 처음 만났어. 배구부야."

속삭이듯 아오이는 남자 친구와 사귀게 된 계기를 이야기했다. 평소의 낭랑한, 작은 새가 지저귀는 듯한 목소리가 아니었다. 무엇인가를 꾹꾹 눌러 가며 이야기하는 듯한 말투였다.

여름 방학 때, 같은 배구부 여자애와 쇼핑을 하다가 우연히 그 선배와 마주쳤던 일. 그 여자애에게 부탁해서 소개받고 전화번호를 교환한 일. 그리고 학교에서 만나면 잠깐 서서 이야기하는 사이가 됐고, 이따금 문자도 하게 됐다는 것. 거기까지는 캐묻지도 않았는데, 아오이는 띄엄띄엄 이야기를 이어 나갔다. 첫 한 마디가 뚜껑이 되어 입을 막고 있던 게 분명했다. 뚜껑을 입 밖으로 내보내자 아오이의 말을 가로막는 것은 없었다.

"그리고 내가 교내 가을 축제 때 초대했어. 그때……."

가을 축제 당일부터 사귀기 시작했다는 얘기는 하루카도 들은 적이 있다. 그럼 지금은 8개월이나 9개월 정도 됐다는 건가.

그렇게나 오랫동안 하루카는 아오이의 남자 친구에 대해서 거의 아무것도 모르고 있었다. 아마 마키도 마찬가지일 것이다. 아오이는 입이 무겁다기보다는 오히려 수다스런 타입인데.

"왜 고백했어? 그야 물론 좋으니까 그랬겠지만, 내 말은 그런 뜻이 아니고."

마키는 얼굴을 찡그린 채 마땅한 말을 찾는 것 같았다. 그러나 아오이는 무슨 뜻인지 알겠다는 듯 생긋 웃었다. 목소리에 약간 활기가 돌아왔다.

"두렵긴 했어. 거절당하면 어쩌나 싶어서. 하지만 함께 있고 싶은 마음이 더 컸거든."

"함께 있고 싶다."

하루카와 마키는 동시에 중얼거리고 서로 얼굴을 마주보았다.

"그렇군, 그거라면 부등식으로 나타낼 수 있을 것 같은데."

줄곧 잠자코 있던 소라가 갑자기 입을 열었다. 뜻밖의 말에 여자애들 셋은 어깨가 움찔 흔들렸다. 어느새 소라는 평소처럼 공책에 연필을 서걱서걱 울리고 있었다.

두려운 마음 < 함께 있고 싶은 마음

"아, 수학다워지기 시작했다!"

"하지만 이것만으로는 알 수 있는 게 아무것도 없지."

흥분한 목소리로 감동하는 하루카와는 대조적으로 가케루가 싸늘한 목소리로 내뱉었다. 하루카는 엉겁결에 되받았다.

"어째서? 지금 잘 나가고 있는 것 같고만."

"그럼 묻겠는데 두려운 마음과 함께 있고 싶은 마음을 어떻게 비교할 건데? 애초에 수치화할 수 있기나 한 거냐고?"

가케루는 어이없다는 듯 그렇게 말하고 반응을 살피듯 소라를 보았다. 소라는 잠시 골똘히 생각하고는 연필로 안경을 밀어올렸다.

"응, 네 말이 옳아. 하지만 이게 돌파구가 될지도 몰라."

"돌파구?"

하루카는 그렇게 묻고 고개를 갸웃했다. 안경 소년은 아무 대꾸도 않고 연필 꽁무니를 관자놀이에 댄 채 눈을 감았다. 본 적이 있는 포즈. 하루카와 가케루는 얼굴을 마주 보았다. 저 자세는 그때의······.

소라는 그대로 석상처럼 움직이지 않았다. 틀림없다. 가케루가 상담하러 왔을 때, 소라는 저 자세 그대로 굳어 있었다. 기억 속에서 '죄수의 딜레마'를 끄집어내기 위해서.

하루카는 숨을 죽였다. 이번에는 무엇을 꺼내려는 것일까. 하루카와 가케루의 긴장감이 다른 두 사람에게도 전해진 모양이었다. 마키와 아오이도 소라의 입가에 시선을 집중했다. 소라 이외의 네 명은 찍소리 한 번 내지 않고 오로지 소년의 입술이 움직이기만을 기다렸다.

"최대 다수의 최대 행복."

그때에 비하면 훨씬 짧은 시간에 소라의 입이 열렸다. 잠시 뒤에 천천히 눈이 뜨였다.

"벤담이었던가? 사회 시간에 나왔던 것 같은데. 하지만 그게 뭐 어쨌다는 거지?"

조금 사이를 두고 가케루가 물었다. 벤담? 하루카와 아오이는 함께 고개를 갸우뚱했다. 무슨 언어?

"이 문제는 벤담의 이론 자체와는 아무 관련이 없어. 중요한 것은 '행복은 수치화할 수 있다.'라는 거지. 마음이라는 말이 애매하긴 한데, 이걸 행복의 정도 즉 '행복도'로 바꿔 놓을 순 없을까?"

소라는 거기까지 거침없이 말하고는 넷의 얼굴을 차례차례 둘러보았다. 넷 중 둘은 미간을 찡그린 채 무엇인가를 생각하고 있었고, 둘은 그저 입만 떡 벌린 채였다.

"그럼 말이야, 이건 어때?"

마키가 자신의 샤프를 들고 손을 뻗어 공책에 뭔가를 썼다. 다른 네 명은 머리를 맞댄 모양새로 거기에 적힌 내용을 들여다보았다. 아주 멋스런 어른스러운 글씨체였다.

지금의 행복도 < 사귀게 된 경우의 행복도

"어때? 이런 수식이 성립할 때 고백하고 싶지 않을까?"

"그래, 지금이 더 행복하다면 일부러 고백하고 싶지는 않겠지."

소라는 공책에 안경이 닿을 정도로 얼굴을 바짝 들이대고 그 수식을 응시했다. 저렇게 가까이서 보면 되레 잘 보이지 않을 텐데.

"하지만 두려운 마음은 어디로 간 거지?"

가케루가 소라의 뒤통수를 향해 물었다. 소라는 얼굴을 들어 가케루를 쳐다보고 이어서 아오이에게 눈을 돌렸다.

"두려운 마음이 왜 생겨나는가. 그것만 알면 답은 저절로 보일 텐데."

"두려운 마음이 왜 생겨나는가?"

소라의 말을 그대로 따라한 아오이는 뭔가를 생각하는지 입꼬리가 내려갔다. 오른쪽 뺨에 패인 볼우물이 무척이나 사랑스러웠다.

"거절당할지 모르니까. 그거 아닐까?"

잠깐의 침묵 뒤, 아오이는 더없이 진지한 대답을 내놨다. 소라는 고개를 한 번 끄떡하고는 곧바로 공책 위에 연필을 내달렸다. 단순하고 한편으로는 무게감 있는 수식이 모습을 드러냈다.

$$x < y - z$$

"무슨 뜻이야?"

"x는 지금의 행복도. y는 사귀게 됐을 때의 행복도. z는 거절당할 위험."

소라는 하루카의 질문에 간결하게 대답했다. 이어서 마키가 쓴 지금의 행복도 밑에 x, 사귀게 됐을 때의 행복도 밑에 y라고 적어 넣었다. 다시 말해, 마키가 세운 식에 새롭게 z를 덧붙인 것이다. 거절당할 위험을 계산에 넣기 위해서.

그렇게 생각하자 $x < y - z$가 꽤 냉철한 수식인 양 보였다.

"그럼 z는 확률이냐? 그렇다면 말이 안 되지."

"어째서?"

하루카가 물고 늘어지자 가케루는 잠자코 책상 위의 샤프를 집어 들었다. 마키의 샤프였다. 마키는 무슨 말인가 하려는 듯 입을 뗐다가 결국은 그냥 삼키는 것 같았다.

"돈으로 생각하면 쉽게 알 수 있지."

그렇게 말하고 가케루는 소라의 공책에 수식을 적었다. 이미지에 맞지 않게 꼼꼼한 인상을 주는 글씨였다. 딱히 잘 쓰는 글씨체는 아니었지만 글자 하나하나를 대충대충 쓰지 않아서 읽기 쉬웠다.

$$¥x < ¥y - \$z$$

"그림이 그려져?"

하루카는 가케루가 세운 수식을 한 번 보고 얼굴을 찡그렸다. 지금 1달러는 몇 엔이지? 100엔 정도? 아무튼 이대로는 계산이 안 된다.

"잘 모르겠어. 똑같은 단위로 해야지."

"그렇지. 더하기와 빼기는 같은 단위의 수치 사이에서만 성립해. 그리고 '행복도'와 '확률'을 같은 단위로 측정할 수 있다고는 보지 않는데."

가케루는 마키의 샤프를 책상에 도로 놓고, 정면에 있는 소라에게 눈을 돌렸다. 소라는 흐음 하고 작게 중얼거리고는 팔짱을 끼며 말했다.

"어느 한쪽에 맞춘다면 당연히 행복도지."

"가능해? 확률을 행복도로 변환하는 게."

소라는 가케루를 쳐다보고 고개를 끄떡했다. 하루카는 손끝이 떨리는 게 느껴졌다. 소라의 입이 옆으로 씨익 벌어지고 눈동자가 반짝 빛났다.

"가능하지. '기댓값'을 쓰는 거야."

그 목소리에도 어쩐지 자신만만한 울림이 배어 있었다. 시작됐어. 하루카는 직감적으로 확신했다. 틀림없어. 풀 수 있어. 한 호흡 사이를 두고 다음 말이 이어졌다.

"기댓값이라는 건 글자 그대로 '기대되는 값'이야. 가령, 2분 1의 확률로 100엔에 당첨되는 복권이 있다면 $\frac{1}{2} \times 100 = 50$이니까 기댓값은 50엔. '얻을 수 있는 이익의 평균값'이라고 생각하면 알기 쉬우려나."

이야기가 채 끝나기도 전에 소라의 손은 빛의 속도로 내달렸다. 오늘은 전혀 진척이 없었다. 아, 답답하다. 그렇게 말하는 듯한 기세로 글자를 나열해 나갔다. 팔꿈치 아래부터 다른 생물인가 싶을 정도로, 아니 흡사 정밀한 공작 기계인가 싶을 정도로 멈추지 않고 활발하게 움직였다.

"고백한 경우, 결과는 '예스라는 대답을 듣는다' 혹은 '거절당한다' 중 한쪽이야. 전자의 확률을 P라고 하면, 후자의 확률은 1-P. 각각의 행복도는 그래, Y_1과 Y_2로 할까. 이것을 기본으로 기댓값을 구하면……"

'예스'라는 대답을 듣는 경우 : 확률 = P, 행복도 = Y_1

거절당할 경우 : 확률 = (1-P), 행복도 = Y_2

고백할 경우의 행복도(기댓값) = $PY_1 + (1-P)Y_2$

"이게 고백했을 경우에 얻을 수 있는 '행복도의 기댓값'이야."

말하면서 소라는 휴우 하고 숨을 내쉬었다. 그리고 몸의 힘을 빼고 의자에 몸을 맡겼다. 등받이에서 삐거덕 소리가 났다.

한고비 넘었다. 그런 인상을 주는 몸짓이었지만 여전히 하루카에게는 해답의 윤곽이 잘 보이지 않았다. '기댓값'이라는 것이 구해지면 어떻게 된다는 것일까.

"그래서 어떡하면 고백할지 말지를 알 수 있다는 거지?"

교복 소매로 이마의 땀을 닦는 소라에게 마키가 물었다. 아오이도 가케루도 납득할 수 없다는 얼굴로 소라를 바라봤다. 소라는 셋의 얼굴을 차례차례 돌아보고 마지막으로 하루카를 보았다. 그리고 씨익 웃고는 등받이에서 몸을 일으켰다.

"'고백하지 않는 경우'와 '고백하는 경우'를 비교하면 돼."

그렇게 말하고 잠시 쉬던 손을 아주 빠르게 움직여 새로운 수식 두 줄을 공책에 적어 넣었다.

고백하지 않을 경우의 행복도 $= X$

$X < PY_1 + (1-P)Y_2$

"고백하지 않을 경우의 행복도를 X로 둔 건 알겠는데……."

마키는 수식 두 줄과 소라의 얼굴을 번갈아 보면서 얼굴을 찡그렸다.

"그 아래는 뭐야?"

마키가 묻자 이번에는 소라가 얼굴을 찡그렸다. 한참을 생각하고는 뭐가 떠올랐는지 안경을 고쳐 쓰고 미간을 찌푸린 채 말했다.

"흐음, 이름은 생각해 보지 않았는데. 그럼 '연애부등식'이라고 하면 어떨까?"

"연애부등식!"

넷은 의자에서 벌떡 일어날 듯이 놀랐다. 아니 하루카는 진짜로 벌떡 일어났다.

소라는 잠시 넷의 반응을 살폈다. 그리고 하루카가 의자에 도로 앉는 것을 지켜보고는 자신이 쓴 $PY_1 + (1-P)Y_2$의 식을 손가락으로 여러 번 덧그렸다. 그러고는 느긋하게 말했다.

"이 부등식이 성립할 때, '고백하지 않는 경우'보다 '고백하는 경우'의 행복도가 더 커져. 물론 기댓값 상에서 그렇다는 얘기지만."

하루카는 소라가 적어 놓은 수식에 다시 눈길을 돌렸다. 그리고 다섯 줄의 수식을 하나하나 꼼꼼하게 점검했다.

'예스'라는 대답을 듣는 경우 : 확률＝P, 행복도＝Y_1

거절당할 경우 : 확률＝$(1-P)$, 행복도＝Y_2

고백할 경우의 행복도(기댓값)＝$PY_1 + (1-P)Y_2$

고백하지 않을 경우의 행복도＝X

$X < PY_1 + (1-P)Y_2$

소라는 아마도 고백할 경우와 고백하지 않을 경우를 비교하는 것 같았다.

"이해가 돼? 연애부등식 $X < PY_1 + (1-P)Y_2$가 성립한다면 고백해야 하는 거지. 고백하는 편이 이익이니까 말이야."

고백하는 편이 이익이다. 하루카는 입속에서 그렇게 되뇌었다. 그것은 뭐라 표현할 수 없는 달콤한 울림이 함축된 말이었다. 그걸 알면 당연히 누구나 고백할 거다. 달리 선택의 여지가 없다.

그러나 하루카에게는 아무래도 마음에 걸리는 것이 있었다. 그것은 바로 '기댓값'이라는 말 자체였다.

"이 기댓값이란 건 어느 정도 믿을 수 있어?"

달콤한 이야기의 이면에는 반드시 꿍꿍이가 숨겨져 있다. 그것이 현대 사회의 상식이다. 아니, 현대뿐 아니라 태곳적부터 내려오는 상식이라 할 수 있다. 아담과 하와도 맛있는 사과를 먹은 탓에 낙원에서 쫓겨나고 말았다.

기댓값은 어디까지나 '기대'에 지나지 않는다. 기대대로 이루어진다고 단정할 수는 없다. 그 말은 연애부등식을 믿고 고백한다 해서 반드시 이익을 본다고 단정 지을 수는 없다는 뜻이다. 하루카는 얼굴도 모르는 쪽지의 발신인이 연애부등식을 믿고 고백하는 장면을 상상해 보았다.

반드시 이익이라고 그렇게 믿었건만 결과는 노. 기대가 컸던 만큼 거절당한 뒤의 충격도 클 것이다. 기댓값은 어디까지나 '기대'에 지나지 않는다. 그런 불확실한 것을 정말로 믿어도 되는 걸까.

"기댓값은 정말 믿을 수 있는 거야."

하지만 소라는 하루카의 의문을 그 한 마디로 가볍게 떨쳐 냈다. 태연한 얼굴로 그런 어처구니없는 말을 거침없이 했다.

"아니, 우리는 기댓값 속에서만 살아갈 수 있지. 이 세상에는 백 퍼센트라는 건 존재하지 않으니까."

소라의 목소리에는 자신감이 넘쳐났다. 하루카는 알 수 있었다. 소라가 자신 있게 말하기 때문에 진실이라는 걸.

"예를 들면, 너희가 회사에 근무한다고 해 보자."

소라는 네 명의 얼굴을 둘러보면서 힘 있는 목소리로 말했다.

모두들 입도 벙긋하지 않고 집중해서 들었다.

"너희가 받는 월급이 30만 엔이라고 해 보자고. 매달 정해진 날에 입금돼. 너희는 월급을 받기 위해서 부지런히 일하겠지. 하지만 월급을 백 퍼센트 받을 수 있다는 보장은 사실 어디에도 없어. 회사가 갑자기 도산해 버릴 수도 있지 않을까. 월급날 하루 전에 너희가 교통사고로 죽을지도 모르고. 어쨌든 그렇게 되면 월급이 문제가 아니게 되지. 30만 엔이란 건, 어디까지나 너희가 기대하는 금액에 지나지 않아."

소라는 말을 끊고 창밖으로 시선을 던졌다. 해가 꽤 기울긴 했지만 아직도 하늘 높이 자리 잡은 채 여전히 쨍쨍 내리쬐고 있었다. 오랜 옛날, 몇 십억 년 전부터 계속 그랬던 것처럼.

그러나 소라는 말했다. 태양을 향해, 눈을 가늘게 뜨고서.

"우리는 내일 일은 아무것도 몰라. 내일도 오늘처럼 태양이 뜰 거라고 누가 정한 거지? 어쩌면 태양은 오늘 밤 사이에 폭발해서 없어져 버릴지도 모르는데. 하지만 우리는 그런 가능성에 대해선 생각 안 해. 그런 식으로는 '기대'하지 않는 거지. 그렇게 되지 않기를 '기대'하는 거라고. 우리는 '기대'하지 않고는 단 하루도 못 살아."

소라는 눈이 부신 듯했지만 한동안 태양에서 눈을 떼지 않았다. 하루카는 그 옆얼굴을 바라보고, 그리고 시험 삼아 태양을 보았다. 눈동자가 아플 정도로 시어서 곧바로 얼굴을 돌려 버렸다.

"이해가 돼? 우리는 언제나 기댓값을 생각하며 살아. 그러니까 연애에 관해서도 기대할 수 있는 거잖아?"

마침내 태양에서 시선을 돌린 소라는 눈을 깜박거리면서 말했다. 아무도 그 말에 대꾸하려 들지 않아서 마키가 대표로 나섰다.

"그래, 맞아. 그렇게 생각하면 고백할까 말까 하는 문제도 기댓값 나름이란 거네."

"그런 거지."

마키는 $X < PY_1 + (1-P)Y_2$의 식을 물끄러미 바라봤다. 미간을 찌푸리고 골똘히 생각하는 표정이었다. 넷이서 조용히 기다리자, 이윽고 마키가 입을 열었다.

"그렇구나. 가령, 졸업식 같은 때 고백하는 사람이 많은 건, X가 낮기 때문이구나. 그대로 아무 일도 없으면 둘은 더 이상 만나지 못하니까. 행복도는 제로에 가까워지는 거지."

그렇다. 어차피 만날 수 없다면 죽을 각오로 고백하자. 그런 심리도 연애부등식에 내포되어 있는 거다. $X=0$이라면 어떻게 생각하든 $PY_1 + (1-P)Y_2$ 쪽이 커진다. 고백하는 쪽이 기댓값이 크다.

"그럼 있지, 상대가 너무너무 좋아서 죽을 것 같을 경우에는?"

이어서 아오이가 두리번두리번하면서 물었다. 가케루가 잠깐 생각하고 대답했다.

"그런 경우, 이번에는 Y_1이 엄청 커지는 거지. 그렇게나 좋아한다면 사귀었을 때의 행복도도 대따 높을 테니까. 하지만 뭐 최종적으로 고백할까 말까는 X와 P의 크기에 따르는 거 아니겠냐."

"흐응, 꽤나 복잡한데."

아오이가 입을 삐죽 내밀고 말했다. 창 쪽에서 바람이 세게 불어오자 말꼬랑지 머리가 흔들렸다. 두 개의 깃발도 팔락거렸다.

"그럼 어떤 경우에는 고백하면 안 되는 거지?"

하루카의 물음에 소라는 재빨리 연필을 집어 들었다. 일말의 주저함도 없이 공책에 수식을 써 가면서 설명했다.

"부등식을 반대로 하면 돼. 이렇게."

$$X > PY_1 + (1-P)Y_2$$

"X가 클 때. 그 경우에는 현상 유지로 만족하는 거지."

"P나 Y_1이 작을 때도 마찬가지. 그러니까 고백해도 잘되지 않을 거라고 예상될 때."

가케루가 보충 설명하듯 말하자 소라가 빙긋 웃었다.

"응, 네 말이 맞아."

연애부등식. 하루카는 $X < PY_1 + (1-P)Y_2$와 $X > PY_1 + (1-P)Y_2$ 식을 서로 견줘 봤다.

고백할지 말지를 가르쳐 주는 마법 같은 부등식. 물론 스스로 X나 P를 생각하지 않는다면 이 부등식은 의미가 없다. 이것을 푸는 것은 어디까지나 의뢰인 남학생이다. 그리고 $X < PY_1 + (1-P)Y_2$가 성립한다 해서 반드시 예스라는 답을 듣는다고 단정 지을 수

도 없다. 이것은 어디까지나 기댓값이니까.

하지만 이것이 소라가 낸 답이라면.

하루카는 얼굴을 들고 잠자코 고개를 끄덕였다.

소라는 목을 빙그르 돌려 네 명의 얼굴을 하나하나 봐 나갔다. 창에서 비쳐 드는 햇살이 안경에 반사되어 잠깐 소라의 눈동자가 보이지 않았다.

"고마워. 너희 아니었으면 이 문제는 풀지 못했어."

그렇게 말한 소라는 입을 크게 벌리고 함박웃음을 지었다. 이렇게나 입을 크게 벌릴 수 있나 싶어 하루카가 어리둥절할 정도로. 어디서 날아왔는지 기름매미가 창틀에 앉아 울기 시작했다. 규칙적인 리듬에 소리의 크기도 일정했다.

"연애부등식 완성!"

소라가 소리 높여 선언했다. 안경이 또 반짝 빛났다.

어느 1학년 남학생에게.

안녕하세요. 수학가게입니다. 오래 기다리게 해서 미안합니다. 당신의 고민을 해결했습니다. 당신의 마음이 사랑인지 아닌지, 그건 우리도 알 수 없습니다. 어떤 마음을 사랑이라고 할까요? 그것은 아주 어려운 문제이고, 사람마다 다르다고 생각합니다. 그래서 저희는 당신의 마음이 사랑인지 어떤지, 그것은 생각하지 않기로 했습니다.

그러니까 이렇게 생각해 보세요. '고백하면 지금보다 행복해질까, 행복해지지 않을까?' 그걸 위해서 '행복도'라는 수치를 도입해 보겠습니다. 이름 그대로 행복도는 당신이 어느 정도 행복을 느끼는지를 나타내는 수치입니다. 다음과 같이 문자를 설정하겠습니다.

현상 유지인 경우의 행복도 = X

고백하고 예스라는 대답을 듣는 경우의 행복도 = Y_1

고백하고 거절당한 경우의 행복도 = Y_2

고백해서 예스라는 대답을 들을 수 있는 확률 = P

안타깝지만 우리는 당사자가 아니기 때문에 측정할 수 없습니다. 각 수치는 스스로 측정하기 바랍니다.

먼저, X는 확실합니다. 현재 상황을 생각해 보세요. 다음으로 Y_1과 Y_2인데, 미래의 자신의 모습을 가능한 한 사실적으로 상상하면 자연스럽게 알 수 있을 것입니다. P는 본인의 느낌으로 추정해 보시기 바랍니다.

추정이 끝나면, 그것이 다음의 식을 충족시킬 수 있는지 없는지 생각해 보세요.

$$X < PY_1 + (1-P)Y_2$$

우리가 이끌어 낸 '연애부등식'입니다. 이 부등식을 충족시킨다면 당신은 그 여학생에게 고백해야 할 것입니다. 반대로 $PY_1 + (1-P)Y_2$라면 고백해서는 안 됩니다. 물론 상황은 시시각각 바뀝니다. 지금 당장은 고백해서는 안 된다 해도 시간이 지나면 수치가 바뀌어 고백해야 할 때가 올 수도 있습니다. 이 부등식을 마음속에 늘 간직해 두는 것이 좋을 것입니다.

고백을 '자신의 마음을 전하는 것'이라고 생각한다면, 무슨 말을 해야 할지 알 수 없겠죠. 그러니 단순하게 '사귀고 싶다'고 생각하면 될 것 같습니다. 만약 그것이 당신의 행복도를 높여 준다면.

당신은 이 쪽지를 읽고 당황스러울 수도 있을 것입니다. 우리가 제시한 것은 '해답'이 아니라 '문제'니까요. 하지만 당신이 이 문제를 풀었을 때, 당신이 나아갈 길은 저절로 보이기 시작할 것입니다.

괜찮습니다. 자신을 가지세요.

우리의 조언으로 당신의 고민을 해결할 수 있기를 기도하겠습니다.

― 수학가게 점원 일동

답변에 적을 내용은 다섯이서 의견을 내어 최종적으로는 소라가 대표로 완성했다. 다른 때처럼 하루카가 가져온 루즈 리프에.

시곗바늘은 벌써 6시를 가리켰다. 서쪽 하늘이 붉게 물들었다. 동쪽으로 눈을 돌리자 하늘이 점점 보랏빛으로, 그리고 다시 파란빛으로 바뀌어 갔다. 자연의 그라데이션. 불붙은 솜처럼 타오르는 구름이 나직이 조용히 떠 있었다.

마키와 아오이와 가케루가 돌아간 뒤에도 소라와 하루카는 그대로 교실에 남았다. 옆자리에 앉아 창밖을 물끄러미 내다보았다. 드넓은 하늘의 캔버스에 그려진 멋들어진 회화. 배경 음악으로 깔리던 매미소리는 어느새 아득히 멀리서 들려왔다.

"있지, 소라."

"응?"

"'리만 가설'이란 게 뭐야?"

소라의 호흡이 한순간 정지했다가 곧장 다시 원래의 리듬을 되찾았다. 소년은 그대로 창밖으로 눈을 돌린 채 미동도 하지 않았다.

"그리고 '소수정리'는?"

알아 두고 싶었다. 아니, 꼭 알아야만 했다. 하루카는 마음속으로 단단히 마음먹었다. 그 공책의 내용은 바로 수학 세계로 통하는 다리. 게다가 소라는 그것을 자신만의 비밀로 삼은 채 몰래 감추고 있다.

그걸 봤을 때는…….

하루카는 마음속으로 중얼거렸다.

나는 알 자격이 없다고 생각했어. 아무런 도움도 안 되는 내가 끼어들어도 되는 세계가 아니라고.

진심으로 그렇게 생각했다.

하지만 그건 아니다.

소라는 신이 아니다. 고민도 하고, 도움을 요청하기도 한다. 나와 같은 중학생이다. 그렇기 때문에 나는 알아야 한다. 소라가 끌어안고 있는 것이 대체 얼마나 큰 것인지를.

비록 함께 짊어질 수 없다 해도.

고민 정도는 함께해 줄 수 있을지 모르니까.

"있지, 소라."

"그 이름을 어떻게 알았지?"

갈라진 듯한 목소리. 그리고 잠시 뒤, 소라가 하루카 쪽으로 시선을 돌렸다. 오렌지빛 석양을 받아 얼굴의 오른쪽 반이 그늘졌다. 안경 너머의 눈은 가늘어졌고, 입술은 옆으로 꾹 다문 채였다.

"공책하고 도서실 책, 책상 속에 아무렇게나 넣어 놨었잖아? 비 오는 날, 너희 엄마 오셨을 때 말이야. 그때 슬쩍 봤어."

"아, 그때였구나."

소라는 눈을 내리깔고 중얼거렸다. 얼굴의 각도가 바뀔 때마다 안경 렌즈가 노란빛을 띠었다. 어디선가 까마귀가 울었다.

"미안해. 허락 없이 봐서."

"아니, 괜찮아. 신경 안 써도 돼."

소라는 책상 위에 그대로 있는 공책을 흘끔 보고, 휴우 하고 숨을 내뱉었다.

"그건 지금 내가 공부하는 이론이야. 세계를 구할 수도 있는 궁극의 이론이지."

세계.

하루카는 그 말에 어깨가 꿈틀 흔들렸다.

"그건 지금 우리가 살고 있는 세계? 아니면 수학 세계?"

"수학 세계? 그게 뭔데?"

소라가 눈을 휘둥그레 뜨고 물었다. 왼쪽 눈동자에 석양이 비쳐 유리 공예품처럼 반짝반짝 빛났다. 그 색조에 하루카는 잠시 넋을 잃은 채 작게 호호호 웃었다.

"암것도 아냐."

소라는 이해할 수 없다는 듯 하루카의 얼굴을 살피고는 이윽고 가슴 주머니에서 연필을 꺼내고 공책을 펼쳤다. 아무것도 쓰여 있지 않은 새로운 면.

"잘 봐. 소수정리는 말이야……."

소라의 목소리와 함께 연필이 공책 위를 미끄러지기 시작했다. 숙달된 춤꾼처럼 멈추지 않고 막힘없이 흐르듯 글자가 뽑혀 나왔다. 여느 때와 다름없는 교실과 공책과 연필과 태양. 소라의 손에서 울리는 사각사각, 사각사각 소리에 귀 기울이며 하루카는 미소 지었다.

괜찮다. 이건 내가 알고 있는 세계가 틀림없을 거다. 소라는 여기에 있고, 태양도 폭발하지 않을 것 같다.

여느 때의 하루가 여느 때처럼 끝나 가고 있다. 내일이 되면 또 여느 때의 하루가 시작될 거다. 적어도 하루카는 그렇게 '기대'하며 의심하지 않았다.

그러나 다음 날은 하루카의 '기대'와는 조금 다르게 시작됐다.

게다가 수학을 좋아하는 소년은 거기에 없었다.

문5. 두 사람의
그래프를 그려라

연애부등식 문제로 씨름한 다음 날, 하루카는 평소와 같은 시간에 등교했다. 조회 시작 10분 전에 현관에 도착. 신발장 주위가 가장 붐비는 시간이다. 더구나 아침이라곤 하지만 기온은 일찌감치 높이 올라가 있었다. 학교 건물에 한 발짝 들여놓은 순간, 피부에 들러붙듯 온몸을 감싸는 사람의 훈기에 하루카는 얼굴을 찡그렸다. 매미는 학교 건물 주위 나무에 앉아 긴 하루를 보내기 위해 목청을 가다듬는 모양이었다.

북적이는 아이들 사이를 헤치고 복도로 나온 하루카는 그제야 한숨을 돌렸다. 이마에 땀이 맺히는 것이 느껴졌다. 오늘은 어제보다 더 더운 하루가 될 것 같았다. 하루카는 조금 우울한 마음으로 계단으로 향했다.

"아, 넌······."

등 뒤에서 더구나 학생들의 소란스런 말소리 틈바구니에서 들렸으니까, 하루카는 처음에는 그 목소리가 자신을 향해 던져졌다는 걸 깨닫지 못했다. 그대로 걸어가려는데 뒤에서 초로의 여자가 총총총 되돌아오고 있었다. 그 사람은 미간을 찡그리는 하루카의 앞을 가로막고 서더니 얼굴에 자글자글 주름이 지도록 웃었다.

"그래, 하루카 맞지? 소라의 걸프렌드."

하루카는 몇 초 동안 몸이 굳었다가 겨우 그 사람이 누구인지 기억해 냈다. 도서실 사서였다. 여전히 깔끔하게 검게 물들인 머리카락을 뒤로 묶었고, 표정은 발랄했다. 한 손에 세 권쯤 되는 책을 든 걸 보면 무슨 업무 중일 테지. 그런데 딱 한 번 이야기를 나눴을 뿐인데 이토록 허물없이 대하는 건 뭘까.

"오랜만에 봬요."

"그래, 오랜만이구나. 요즘 도서실에 안 오더구나. 소라는 늘 오던데. 휴대 전화나 게임 같은 것도 좋지만 청소년 때는 책을 더 많이 읽으렴."

무슨 까닭인지 느닷없이 잔소리가 시작됐다. 수많은 학생들이 둘을 흘끔흘끔 보면서 빠른 걸음으로 지나쳐 갔다. 하루카는 억지웃음을 지으면서 무심코 주머니에서 휴대 전화를 꺼내 시간을 확인하는 척했다. 그러나 사서는 딱히 신경 쓰는 모습도 없이 요즘 추천 도서며 중학생이 읽어야 할 책 등에 관해 계속 떠들어 댔다.

"근데, 저한테 하실 말씀 있으세요?"

"아, 그래그래. 깜빡 잊을 뻔했구나."

그렇게 말하며 웃는 사서의 얼굴에는 주름이 다섯 배 정도나 더 많아졌다. 책을 들지 않은 쪽 손을 주머니에 넣어 손바닥 크기 정도로 접힌 종이를 꺼냈다.

"소라가 오늘 아침 일찍 도서실에 와서 이걸 너한테 전해 달라고 하더구나. 다음에 도서실에 오면 줄까 했는데, 만난 김에 지금 주려고."

사서는 종이를 하루카에게 건네면서 말했다. 종이는 루즈 리프인지 뭔지 표면에 괘선이 들어가 있었다. 두께로 추측건대 몇 장을 겹쳐서 그대로 이 크기로 접은 것 같았다. 이쪽저쪽으로 각도를 바꿔 가며 살펴본 하루카는 고개를 갸웃했다.

"소라 그 애, 어쩐지 이상하더구나. '대출카드는 이제 쓸 일 없으니까 반납하겠습니다.' 그러던데. 빌려간 책도 죄다 반납하고. 대체 무슨 일인지 모르겠구나. 하긴 뭐, 원래 독특하긴 했지만."

사서는 그렇게 말하고 이번에는 대출 카드를 꺼내더니 그걸 또 하루카에게 건넸다. 하루카는 물을 떠올릴 때처럼 두 손을 모으고 그 안에 든 두 개의 종이쪽지를 빤히 바라보았다.

나한테 전해 주라고, 왜? 교실에서 직접 건네주면 될 텐데. 그리고 이 대출 카드는 필요 없어진 건가? 그렇게나 도서실을 자주 이용하고 사서랑 친하게 지냈는데.

이건 마치…….

하루카는 가슴이 철렁해서 냅다 뛰기 시작했다. 뒤에서 사서가 무슨 말인가 했지만 신경 쓸 여유가 없었다. 종이쪽지 두 개를 치마 주머니에 찔러 넣고 계단을 두 단씩 뛰어 올라갔다.

아니야. 그럴 리 없어.

좋은 기대와 나쁜 기대. 두 가지 생각이 위성처럼 머리 주위를 맴돌았다. 2층에 도착한 하루카는 바람처럼 복도를 뛰어 거의 슬라이딩하는 모양새로 2학년 B반 교실로 들어갔다. 먼저 눈에 들어온 것은 많은 아이들. 자리에 앉지 않고 여기저기 흩어져서 이야기를 하고 있었다. 하지만 평소와 달랐다. 뭔가가 달랐다. 평소의 통통 튀는 듯한 웃음소리는 전혀 들리지 않았고, 표정에는 활기가 없었다. 하나같이 어리둥절해서 목소리를 죽이는 듯했고, 무거운 분위기가 교실 전체를 감쌌다.

그리고 하루카는 발견했다. 아니, 발견하지 못했다.

하루카와 소라의 책상이 있는 창가 뒷자리. 어제까지 수학가게의 거점이었던 곳.

거기에 있어야 할 두 개의 깃발이 어디로 사라졌는지 흔적도 없었다. 수학을 좋아하는 소년의 모습 역시 어디에도 없었다.

"하루카!"

교실 가운데께에서 마키가 문 쪽을 향해 뛰어왔다.

"깃발이 왜 없지? 그리고 소라도. 다른 날 같으면 저기 앉아서 책을 읽고 있었을 텐데."

하루카는 아무 대꾸도 못하고 그 자리에 우두커니 선 채 멍하니 주위를 둘러보았다. 자세히 보니 반이 다른 가케루와 아오이까지 옆에 와서 미간을 찡그린 채 하루카를 보고 있었다.

"깃발뿐 아냐. 포스터도 없어졌어. 현관, 복도, 층계참, 전부 없어졌어. 소라 사물함도 텅 비었고. 대체 어떻게 된 거냐고."

가케루가 따지듯이 하루카에게 다그쳐 물었다. 하지만 그 목소리에는 여느 때와 같은 박력은 없었다. 불길한 예감이 그의 중심을 뒤흔들어 놓고 목소리에서 힘을 앗아 간 것 같았다. 하루카는 가케루를 보고, 다시 자신의 책상이 있는 쪽으로 시선을 옮겼다. 책상 두 개가 버려진 듯 덩그마니 서 있는 모습은 하루카가 익히 알고 있는 아침 광경이 아니었다. 소곤거리는 말소리가 수런수런 교실에 울려 퍼졌다.

그때, 쌀쌀맞게 수업 시작종이 울리고 조금 늦게 담임인 기노시타 선생님이 들어왔다. 선생님은 문 앞에 우두커니 서 있는 하루카를 지나쳐 안으로 들어가 교실을 둘러보았다. 그러고는 평소와 분위기가 다른 걸 감지했는지 의아한 표정을 지으며 하루카에게 물었다.

"무슨 일이냐? 무슨 일 있었어?"

말을 하고 나서야 뭔가 짚이는 모양이었다. 선생님은 눈썹을 꿈틀 움직이더니 하루카에게서 스윽 눈길을 돌렸다. 하루카는 그것을 놓치지 않았다.

"선생님! 소라는……."

매달리는 듯이 하루카가 물었다. 마키도 가케루도 아오이도 선생님에게 시선을 집중한 채 숨을 죽였다. 선생님은 눈 둘 곳을 찾지 못하고 입을 벌렸다 다물었다 하며 망설이다가 마침내 하루카 쪽을 내려다보고 말했다.

"본인의 뜻이었어. 비밀로 해 달라고. 녀석 어머니가 오신 날, 그렇게 부탁했다."

교실 안의 웅성거림이 썰물처럼 사라져 갔다. 창밖의 매미 소리조차 정적 속에 삼켜진 듯했다. 잠시 시간을 두고 선생님이 말을 이었다.

"소라는 어제 날짜로 전학 갔다. 아버지 직장 사정으로 미국 보스턴으로 가게 됐어."

"미국!"

하루카는 까무러칠 뻔했다. 숨을 어떻게 쉬어야 할지 기억나지 않았고, 심장이 불규칙적으로 부풀어 올랐다 오므라들기를 반복했다. 마키가 놀라 휘청거리는 하루카의 어깨를 황급히 잡아 줬다.

소라가 미국으로 이사를 갔다. 마키에게 뒤에서 안긴 채 상상해 보려고 애썼지만 머리가 제대로 돌아가지 않았다. 보스턴이란 데는 어디지? 이사한다는 게 무슨 뜻이지? 그리고 수학가게는 어떻게 되는 거지? 무엇 하나도 생각이 정리되지 않았다. 삼킨 침이 기관지로 들어가 심하게 콜록거렸다.

"이상하다 싶긴 했어."

하루카의 등을 문질러 주면서 마키가 툭 내뱉었다.

"어쩐지 소라가 조급해하는 것 같더라니."

하루카는 심호흡을 해서 호흡을 가다듬고 마키 쪽을 돌아보았다. 마키는 얼굴을 조금 들고 먼 곳을 바라보듯 눈을 가늘게 떴다. 가케루가 마키 뒤에서 작게 한숨을 내뱉고 힘없는 목소리로 말했다.

"그래 맞아. 되도록 빨리 결론을 내고 싶었겠지. 이사 가는데 일일이 망설일 여유 따위 없지 않았겠냐."

마키와 가케루는 얼굴을 마주보고 벌레라도 씹은 듯 입술을 일그러뜨렸다.

"잠깐. 조급해하고 망설이다니, 그게 무슨 말이야?"

하루카가 끼어들자 마키는 눈을 휘둥그레 뜨고 하루카의 얼굴을 들여다보았다. 그리고 하루카의 어깨에 얹은 손을 내리고는 한 발 물러나 하루카의 두 눈을 빤히 보았다. 정말 아무것도 몰라? 마키는 말없이 눈으로만 그렇게 묻고 있었다.

"아니, 너 눈치 못 챘던 거냐?"

가케루가 마찬가지로 놀란 듯 눈을 크게 뜨고 말했다.

"그 연애 상담 쪽지를 보낸 건, 바로 소라라고."

순간, 심장이 폭발해 버릴 듯 쾅쾅 뛰었다. 온몸에서 과도한 양의 혈액이 마구 날뛰었다. 팔다리가 마비되고 시야가 깜빡깜빡 보였다 안 보였다 했다. 발을 딛고 있는 바닥이 무너져 내릴 것 같은 착각에 사로잡혔다. 마키가 다시 하루카의 어깨를 부축해 주었다.

"나도 몰랐는데. 그걸 어떻게 알았어?"

아오이는 걱정스런 눈으로 하루카를 보고는 가케루에게 물었다. 가케루는 잠시 잠자코 있다가 감정을 억누르는 듯한 목소리로 대답했다.

"소라 공책을 보고. 우연히 찢어 낸 흔적을 봤거든."

하루카는 호흡을 가다듬기 위해 애쓰면서 어느 1학년 남학생이 보내 온 상담 내용을 떠올렸다. 오른쪽에 비뚜름하게 찢은 흔적이 있던 공책 쪼가리.

"의뢰인 이름이야 적당히 둘러대도 되니까. 1학년이라고 거짓말하면 소라가 보낸 걸 모를 테고. 그 정도로 글씨가 엉망이었던 것도 필체를 숨기기 위해서였겠지."

"그럼, 마키 너도? 소라의 공책을 봤어?"

아오이는 마키 쪽으로 몸을 틀었다. 하루카도 고개를 갸웃하고 어깨 너머 마키에게 얼굴을 돌렸다.

"나는 그냥 감으로. 하지만 어제 소라의 모습을 보고 거의 확신이 들었어."

마키는 고개를 숙였다. 가볍게 입술을 깨물고 있는 것 같았다. 하루카는 마키의 손에서 살짝 몸을 빼 떨리는 손끝으로 치마 주머니를 만지작거렸다. 두 개의 종이 중에서 접힌 것을 천천히 꺼냈다.

"그건?"

하루카의 오른손을 들여다보고 아오이가 물었다. 하루카는 입을 뗐지만 마치 목이 콱 막힌 것처럼 목소리가 나오지 않았다

"아마 고백일걸."

하루카를 대신하듯 가케루가 말했다. 입술을 파르르 떨고 있는 하루카의 얼굴을 말끄러미 보고는 가무잡잡한 소년은 계속했다.

"이제 알았지? 소라가 쪽지에 썼던 어떤 여학생은 하루카, 바로 너였어. 그 녀석은 너한테 고백해야 할지 말지 알고 싶어서 쪽지를 쓴 거라고. 다른 사람도 아닌 바로 너한테 상담받고 싶었던 거지."

하루카는 입속이 바짝바짝 타 들어갔고, 숨을 제대로 쉴 수가 없었다. 그런데도 손가락 끝이 떨리는 걸 진정시키려고 땀이 밴 손바닥을 두세 번 쥐었다 폈다 했다. 눈을 감고 심호흡을 한 번 하고는 마음을 정하고 편지를 펼쳤다. 종이는 공책을 잘라 낸 것 같았지만 커터로 잘랐는지 반듯했다.

하루카는 종이 위에서 춤추는 동글동글한 글자를 재빨리 읽어 나갔다. 편지는 모두 세 장이었다.

하루카에게.

갑자기 사라져서 미안해.

너한테 직접 얘기하려고 선생님께는 비밀로 해 달라고 부탁했지만 도저히 말할 수가 없었어.

그래서 이렇게 편지로 전하는 거야.

나 7월부터 미국 보스턴에서 살게 됐어.

아버지가 새로운 수학의 정리를 발견해서 미국 대학으로부터 초빙을 받았거든.

나와 엄마는 일본에 남는 선택지도 있었지만 끝까지 아버지가 허락하지 않았어.

아버지는 '미국에서 훌륭한 선생님에게 배우면 꿈꾸던 현실에 바짝 다가설 수 있다'고 말했어.

아버지가 하는 대학 강의도 특별히 듣게 해 주겠다고도 했어.

미국에 가면 내 공부도 지금보다 훨씬 발전할 거라고 생각해.

하지만 나는 미국에 가고 싶지 않았어.

너와 함께 수학가게를 계속하고 싶었거든.

지난 두 달 동안 맛보았던 느낌을 정확히 표현할 수 있는 말을 나는 찾지 못했어.

꼭 말을 해야 한다면, 내 유일한 장점을 이용해서 표현하면 이래.

$$y - x = 0$$

네가 x이고, 나는 y

네가 없었다면 나는 아무것도 못했을 거야.

수학가게도 제대로 못했을 거고, 친구도 한 명 사귀지 못했을 거야.

모든 게 다 네 덕분이야.

정말 고마워.

앞으로도 너와 수학가게를 계속할 수 있다면 얼마나 좋을까.

$$y - x = 0$$

변형하면 $y = x$

그래프로 그리면 직선이 위쪽으로 위쪽으로 끝없이 뻗어 나가지.

그렇게 너와 걸어가고 싶었어.

하지만 나는 이제 그럴 수가 없어.

나는 미국으로 가야 해.

수학가게 점장은 네가 해.

괜찮아.

너라면 분명히 잘할 수 있어.

그리고······.

288

나는 너에게 지금까지 경험하지 못했던 이상한 감정을 품고 있었던 것 같아.

고마운 마음과는 또 다른 더 애틋한 감정을.

결국 나는 '사랑이란 무엇인가'를 해명하지 못했어.

그렇기 때문에 이것이 사랑인지 아닌지 확실히는 모르겠어.

이 마음을 어떻게 이름 붙여야 할지도 모르겠고, 어찌 해야 할지도 모르겠어.

하지만 한 가지는 알고 있어.

너는 나에게 특별한 사람이었다는 거.

다른 누구도 대신할 수 없을 만큼 특별한 사람이었어.

너를 만난 건 행운이었어.

정말 고마워.

편지는 두 장으로 내용이 끝나고, 마지막 세 장 째는 종이 한 가운데에 $y - x = 0$이라는 수식만 달랑 적혀 있었다. 넓은 여백 속에 고독하게 떠 있는 짤막한 식. 소라의 마음을 간결하게, 그러나 정확하게 나타낸 수식이었다.

편지를 읽고 난 하루카는 이번에는 정말로 자신의 몸을 지탱할 수가 없었다. 온몸에서 힘이 쑥 빠져 바닥에 두 무릎이 턱 꺾였다. 교실 바닥은 냉기가 느껴질 정도로 차가웠다. 하루카는 팔을 축 늘어뜨리고 넋 나간 듯 천장을 올려다보았다. 형광등 불빛이 눈에 정통으로 들어왔지만 눈부신 것도 전혀 느끼지 못했다. 빛을 감지하는 눈 안의 기능이 빠르게 쇠퇴해 가는 것 같았다.

하루카의 모습을 보고 얼굴을 일그러뜨리던 마키는 잠시 후 가슴이 철렁해서 숨을 죽였다.

"근데, 좀 이상하지 않아? 연애부등식은 분명 예스라는 대답을 듣는 경우와 거절당할 경우로 생각하는 거잖아? 편지만 남긴 채 답도 안 듣고 떠나 버리는 건……."

"연애부등식에는 치명적인 결함이 있거든."

가케루가 마키의 말을 가로막듯이 말했다. 아오이와 마키는 의아한 듯이 얼굴을 마주보았다. 하루카는 여전히 멍하니 천장을 올려다보고 있었다.

"답은 간단해. X와 $PY_1 + (1-P)Y_2$ 사이에 들어가는 것은 $<$ 와 $>$ 만이 아냐. $=$ 가 되는 경우도 있지."

가케루가 말을 이었다. 떨리는 것을 간신히 참고 있는지 억양 없는 부자연스러운 목소리였다.

"소라가 어떤 식으로 수치를 측정했는지는 알 수 없어. 하지만 이유는 모르지만 두 개의 식이 $=$ 로 이어졌다면 이렇게 이해할 수 없는 행동으로 나온 이유도 설명이 돼."

연애부등식의 치명적인 결함. 망연히 천장을 올려다보는 하루카의 머릿속에 가케루의 말이 시간을 들여 천천히 스며 들어갔다.

연애부등식. 부등호의 방향에 따라 취할 행동이 결정되는 마법 같은 부등식. $X < PY_1 + (1-P)Y_2$의 경우에는 고백한다. 하지만 $X > PY_1 + (1-P)Y_2$의 경우에는 고백해서는 안 된다.

그럼 $X = PY_1 + (1-P)Y_2$일 때는?

지금까지 부등호라는 말에 사로잡혀서 알아차리지 못했다.

하지만 가케루의 말대로 =가 되는 경우도 분명히 있을 수 있다. 고백해도 되고, 하지 않아도 되는 거다. 행동할 수도 하지 않을 수도 있는 거다.

좁은 길을 가는데 진로와 퇴로가 동시에 막혀 있고, 그런 데다 멈출 수도 없는 상황. 소라는 바로 그런 상황으로까지 내몰렸던 것이다. 결승선이 존재하지 않는 숫자의 미궁 한복판으로.

그런데 난 그걸 전혀 눈치채지 못했어.

"가야 해."

하루카는 휘청휘청 일어나 중얼거렸다. 주위에 있던 아이들이 일제히 숨을 죽였다. 문 쪽으로 두세 걸음 걸어가자 기노시타 선생님이 놀란 듯 앞을 막았다.

"기다려, 하루카. 가다니, 대체 어딜?"

"비켜 주세요. 소라한테 갈 거예요."

하루카는 얼빠진 목소리로 그렇게 말하고는 휘청휘청 선생님 옆을 지나가려고 했다. 선생님은 팔을 옆으로 활짝 벌려 문 앞에서 벽을 만들었다.

"진정해라, 하루카. 소라는 이제 집에 없잖아. 정오쯤 비행기로 나리타를 출발할 거야."

"그럼, 더더욱 진정하고 있을 시간 따위 없다구요! 가야 돼, 지금 안 가면 못 만나."

그때까지의 넋 나간 듯한 목소리와 달리 거의 고함치듯 하루카는 호소했다. 선생님은 그 기세에 눌렸는지 잠시 잠자코 있더니 당혹스러운 듯이 말했다.

"그렇다고 학생이 수업을 빼먹는 것을 허락할 수는……."

"가서 어쩔 건데?"

가케루가 기노시타 선생님 말허리를 자르고 하루카에게 물었다. 선생님은 무슨 말인가 하려는 듯 가케루를 보았지만 까까머리 소년은 눈을 맞추려고도 하지 않았다. 그리고 둘 옆에 바짝 다가가 하루카의 얼굴을 들여다보았다.

"좋아, 소라를 만났다고 하자. 하지만 할 수 있는 게 아무것도 없잖아? 어쨌든 걔는 보스턴인지 어딘지로 가야 하니까."

"그건."

하루카는 대꾸할 말이 없어서 고개를 떨구었다.

그 말이 맞다. 쫓아간다 해도 내가 할 수 있는 건 아무것도 없다. 편지에 대해서도 대답할 말이 없다. 게다가 소라는 애초부터 답장 같은 건 바라지도 않았다. 지금 만나는 게 소라에게는 더욱더 괴로울 수도 있다.

그렇다면 지금 소라를 만나러 가는 의미 따위…….

"자 자, 그렇게 축 늘어져 고민하지 말고!"

갑자기 등을 철썩 얻어맞고 하루카는 비틀거렸다. 놀라 돌아보니 마키가 허리에 손을 짚고 따뜻한 눈길을 보냈다. 하루카는 엄마 같은 눈빛이라고 생각했다.

"갔다 와. 눈곱만큼이라도 미련이 남는다면."

"그래그래. 고민되면 행동 먼저, 바로 그거야!"

이어서 아오이가 그렇게 말하자 옆에서 가케루가 풋 하고 짧게 웃었다.

"나리타는 멀어. 갈 거면 서둘러."

"너희……."

하루카는 뒷말을 잇지 못했다. 그저 무언으로 셋의 호의를 곱씹었다. 그리고 획 돌아서 문 앞에 서 있는 기노시타 선생님의 눈을 꿰뚫을 듯이 쳐다보았다.

"그러니까 그건 허락할 수 없다고 몇 번을 말해야……."

선생님의 말이 다시 도중에서 끊어졌다. 하루카의 등 뒤에서 튀어나온 뭔가가 선생님의 허리께를 부딪고 문 밖까지 뺑 날려버렸기 때문이다. 선생님은 복도에 죽 늘어서 있는 목제 사물함에 부딪히고는 바닥으로 쓰러졌다.

하루카는 그제야 가케루가 선생님을 떠밀었다는 걸 알았다.

"가."

가케루는 사물함 앞에 나가떨어진 선생님을 누르면서 작은 소리로 말했다. 그래도 어른인 선생님 쪽이 힘이 더 셌던지 금방이라도 역전이 될 것 같았다. 마키가 주저하는 하루카의 등을 세게 밀었다.

다음 순간, 정신이 들자 하루카는 복도로 뛰어나가고 있었다. 선생님이 가케루를 밀어내고 두 팔을 뻗었다. 하루카는 방향을 틀어 터치를 피하는 주자처럼 그 두 팔 사이를 빠져나와 계단을 향해 전력 질주했다. 선생님은 더는 쫓아오지 않았다.

계단을 두 단씩 뛰어 내려가 구르듯이 신발장 앞까지 갔다. 조급한 마음에 신발도 제대로 신을 수 없었다. 겨우 소프트볼 할 때 신는 운동화를 꿰고 실내화는 되는 대로 바닥에 내팽개쳤다. 내친 김에 가방까지 내던져 버리고 홀가분한 몸으로 교문을 향해 전속력으로 뛰어갔다. 매미 소리와 땅바닥에서 올라오는 열기를 뚫고 단숨에. 한 발 한 발 뛸 때마다 치마가 말려 올라갔지만 그것을 신경 쓸 여유가 없었다.

교문을 나와 농로에 접어든 뒤에도 속도를 줄이지 않고 계속 뛰었다. 빨리, 좀 더 빨리. 농로는 포장도로이긴 하지만 군데군데 밭에서 튀어나온 흙덩이로 노면이 얼룩져 있었다. 몇 번이나 그 흙덩이에 발이 걸렸고 그때마다 몸이 심하게 기우뚱거렸다. 하지만 아슬아슬하게 넘어지지 않고 버텼다.

좌우로는 옥수수 밭이 펼쳐져 있었다. 이미 높아지기 시작한 태양과 때마침 불어오는 바람에 초록빛 바다가 반짝반짝 일렁였다. 거의 모든 옥수수는 이미 하루카의 키보다 크게 자라 있었고, 길쭉한 옥수수자루를 수없이 매달고 있었다. 머잖아 수확의 계절이었다.

거친 숨을 몰아쉬면서 하루카는 밭과 밭 사이로 난 계곡 같은 길을 뛰었다. 좌우로 벽처럼 치솟은 옥수수가 하루카의 몸에 닿아야 할 바람을 차단했다. 갑자기 온몸이 후끈 달아오르고 이마와 등에서 땀이 비 오듯 쏟아졌다.

같이 수확을 거들겠다고 해 놓고는.

어금니를 꽉 문 채 다리에 힘을 주었다. 그리고 멀찌감치 앞을 보고 뛰었다. 옥수수 밭은 순식간에 등 뒤로 사라져 갔다.

소방서 옆길을 돌아 집을 향해 냅다 뛰었다.

현관문을 벌컥 열고 문이 닫히기도 전에 신발을 벗어 던진 채 인사도 하지 않고 방으로 뛰어 들어갔다. 그리고 맨 위 서랍에서 갈색 봉투를 꺼내 찢을 듯 다급히 봉투를 열었다.

천 엔짜리 지폐 세 장.

소라가 절약 계획을 세워 준 지 만 두 달이 지났다. 글러브 살 돈을 모으려면 앞으로 두 달 더 있어야 한다. 그러나 하루카는 어렵게 모은 3000엔을 주저 없이 지갑에 넣고, 편지가 든 반대쪽 주머니에 지갑을 집어넣었다. 그리고 곧바로 몸을 틀어 현관으로 되돌아갔다.

"하루카! 학교는 어쩌고?"

등 뒤에서 들리는 엄마 목소리를 무시하고 기운차게 현관 밖으로 뛰어나갔다. 방에서 잠시 멈춰 있던 탓인지 단번에 호흡이 흐트러졌다. 심장의 수축과 이완 작용이 한계 상황에 다다랐는지 폐에서부터 목까지 따끔따끔 아파 왔다. 손발이 저리고 몸은 납덩이처럼 천근만근 무거웠다.

하지만 멈출 수는 없었다. 하루카는 피가 맺힐 정도로 입술을 꽉 깨문 채 시뻘겋게 달아오른 얼굴로 역을 향해 달렸다. 역 구내에 들어가기 직전에 상행선 전철이 홈으로 들어왔다. 쇠와 쇠가 부딪히는 신경을 긁는 소리가 울려 퍼졌다. 하루카는 승차권 발매기에서 가장 싼 표를 사고 후들거리는 다리를 채찍질하며 역 구내를 달렸다. 정차 시에 흘러나오는 음악 소리를 들으며 영원처럼 느껴지는 계단을 숨도 쉬지 않고 계속 뛰어 올라갔다. 이어서 안내 방송이 흘러나왔다. '문이 닫힙니다. 승객 여러분은 조심하시기 바랍니다.' 하루카는 숨을 멈춘 채 플랫폼으로 이어지는 계단으로 발을 내딛었다.

탈 수 있어!

마비된 뇌로 그렇게 생각했을 때, 시야 가득 빛이 깜빡깜빡 빛났다. 일곱 빛깔 반딧불이 같은 그것은 자세히 볼 틈도 없이 순식간에 발밑에서 천장까지 뒤덮어 하루카의 시야를 가득 메웠다.

위험해, 산소가 부족해!

아직 계단 중간 정도. 그런데 시야가 빈틈없이 완전히 가려져 버렸다. 안내 방송이 끝나고 역 구내에는 정적이 내려앉았다. 깨지는 것이 전제인 정적. 이제 2, 3초 안에 전철 문이 일제히 닫힐 것이다.

그럼 다음 전철이 올 때까지의 시간을 버리게 된다.

그리고 그만큼 소라는 멀리 가 버린다.

"윽!"

하루카는 눈을 꼭 감고 중력에 몸을 맡겼다. 몸이 낙하하는데 맞춰 다리를 아주 조금씩 앞으로 내밀어 한 계단 한 계단 재빨리 뛰어 내려갔다. 아니, 뛰어서 떨어졌다. 자칫 발을 잘못 디뎠다가는 아픈 걸로 끝나지 않을 것이다. 게다가 온몸의 세포가 간절히 산소를 원하고 있었다. 다리 근육이 얼마나 땅기던지 뼈에서 분리되는 것 같았다. 그래도 하루카는 계속 다리를 움직였다.

마침내 계단을 다 내려갔다. 앞이 보이지 않는 상태로, 공포와 피로와 싸우며, 전혀 속도를 떨어뜨리지 않고.

계단이 끝나고 갑자기 평지에 이르자 하마터면 앞으로 고꾸라져 넘어질 뻔했다. 하지만 커브를 향하는 스피드스케이트 선수처럼 몸을 기울여 한 손으로 체중을 지탱했다. 피익, 타이어에서 공기 빠지는 듯한 소리가 비스듬히 앞쪽에서 들렸다. 자동문이 닫히기 직전의 그 기묘한 소리. 소리 나는 방향을 향해 오른팔을 내밀었다. 근육이 갈기갈기 찢어지기 직전까지 최대한 팔을 쭉 뻗어서.

탁 하고 둔탁한 소리가 나는가 싶더니 망치로 얻어맞은 듯한 격심한 통증이 손끝을 파고들었다. 터져 나오는 비명을 이를 악물고 죽을힘을 다해 참았다. 갑작스럽게 극심한 통증이 번개같이 온몸으로 퍼져 나가는 것과 거의 동시에 다시 피익, 공기 빠지는 소리. 손가락을 물고 있던 문이 좌우로 열렸다. 하루카는 시야를 덮고 있는 일곱 빛깔에 몸을 맡기듯이 마지막으로 다리의 힘을 쥐어 짜내 눈앞의 공간으로 푹 고꾸라졌다. 쿵 소리와 함께 몸이 전동차 바닥으로 내팽개쳐졌다. 뺨에 찬 기운이 퍼져 나갔다.

등 뒤에서 우웅 하는 소리와 함께 문이 닫혔다.

"잘 들어. 소수정리란 건 말이야."

연애부등식을 만들던 날, 공책에 적힌 내용을 묻는 하루카에게 소라는 그렇게 이야기를 시작했다. 유리창으로 비쳐 드는 석양빛에 반사된 안경이 오렌지빛으로 빛났다. 공책에는 하루카가 훔쳐본 그 수식이 쓰였다.

$$\pi(n) \sim \frac{n}{\log n} \, (n \to \infty)$$

"수식은 이렇게 써. 1에서 n까지의 사이에 어느 정도의 소수가 존재하는가를 계산할 수 있는 정리야."

"하지만 π는 원주율이잖아? 소수와 무슨 관계가 있지?"

하루카는 처음 이 수수께끼 같은 수식을 봤을 때부터 품었던 의문을 말했다. $\pi = 3.14$. 작년에 분명히 그렇게 배웠다.

"아, 이 π는 원주율이 아니야."

그러나 소라는 입가에 살짝 미소를 띠고 딱 잘라 그렇게 말했다.

"$\pi(n)$이 한 덩어리야. '1부터 n까지에 존재하는 소수의 수'를 나타내는 기호지. 예를 들면, 이런 식으로……."

$\pi(2) = 1$

$\pi(3) = 2$

$\pi(10) = 4$

으음, 10 이하의 소수는 2, 3, 5, 7이었던가. 하루카는 재빨리 머릿속으로 숫자를 주욱 나열해 가면서 공책에 적힌 세 개의 수식을 물끄러미 바라봤다. 2 이하의 소수는 말할 필요도 없이 한 개. 3 이하의 소수는 2와 3 두 개. 그리고 10 이하는 네 개.

"n이 10 정도라면 세어 보면 되겠지?"

소라는 생각할 시간을 주는 듯 한동안 잠자코 있다가 천천히 입을 뗐다.

"하지만 n이 만이나 10만, 혹은 더 큰 숫자일 때는 세는 건 불가능하겠지. 그래서 n까지에 어느 정도 수의 소수가 존재하는가를 대충 계산하기 위해 '소수정리'가 있는 거야."

"대충?"

하루카는 엉겁결에 되물었다.

"수학인데도 정확한 답을 알 수 없다고?"

"수학에도 예외는 있어."

소라는 빙긋 웃으며 그렇게 말하고 공책 위의 기묘한 수식을 연필 끝으로 살짝 덧그렸다.

"봐, ∼하고 → 같은 이상한 기호가 있지? 이 두 개의 기호는 한 쌍인데, n이 무한에 가까워질수록 ∼이 ＝에 가까워진다는 뜻이야. 그러니까 n이 클수록 이 수식은 더 정확해지는 거지. 반대로 말하면 n이 작을수록 이 식은 대충인 거고."

거기까지 설명한 소라는 얼굴을 번쩍 들고 하루카의 옆얼굴을 보았다. 하루카는 미간을 찡그리고 물끄러미 공책을 보고 있었다. 이마에서는 땀이 줄줄 흘렀다. 잠시 침묵 후, 소년은 계속했다.

"그러니까 소수정리에 따르면 1부터 n 사이에는 소수가 대개 $\frac{n}{\log n}$ 개 존재하는 게 돼. n이 크면 클수록 그 오차는 작아져. 소수는 언뜻 보면 완전히 불규칙적으로 분포하는 것처럼 보이기 때문에 거기에서 규칙성을 발견한 '소수정리'는 아주 획기적이었던 거지."

하루카가 이해하기 쉽도록 소라는 아주 쉬운 말을 골라 가며 설명해 주는 것 같았다. 하루카는 수식을 보면서 한 마디도 놓치지 않으려고 귀 기울여 들었다. 뇌를 풀가동하여 소라의 이야기를 따라가려고 안간힘을 썼다. 그러나 도무지 이미지가 떠오르지 않았다.

수학에서 '오차'가 생기는 건 무엇 때문일까. n이 작으면 오차가 크고, 반대로 n이 크면 오차가 작아진다는 말도 이해가 되지 않았다. 그리고 대체 $\log n$이란 건 무엇인가.

생각하면 생각할수록 모르는 것은 더 많아졌다.

$$\pi(n) \sim \frac{n}{\log n} \, (n \to \infty)$$

이렇게 짧은 식이 뚜껑을 열고 보니 내용은 정밀 기계처럼 복잡했다. 그건 하루카에게 생각할 수 있는 실마리조차 주지 않았다.

하루카는 책상 밑에서 주먹을 꽉 쥐었다. 그리고 소라의 다음 말을 듣고 귀를 의심했다.

"'소수정리'는 1791년 가우스가 열네 살 때 발견했다고 알려져 있어."

농담이거나 잘못 들은 거라고 생각했다. 하루카는 얼굴을 번쩍 들어 소라 쪽으로 돌렸다. 그러나 거기에는 평소의 무표정한 사실만을 담담하게 말하는 감정을 배제한 입체감 없는 얼굴이 있었다.

"그럼, 지금 우리랑 같은 나이잖아?"

쭈뼛쭈뼛 묻자 소라는 태연하게 고개를 끄덕였다. 입술 사이로 그만 한숨이 새어 나왔다. 이쯤 되면 놀라움을 넘어 어이가 없게 된다. 하루카는 쓸쓸히 웃으면서 말했다.

"가우스란 사람, 참 대단하다. 난 이 수식의 의미도 모르겠고만. 역시 천재는 있구나."

"재능이란 건 중요한 요소 중 하나일 수도 있긴 하지. 하지만 그것만 중요한 건 아니야."

건성으로 말하는 하루카와 반대로 소라는 차분한 말투로 대꾸했다. 부모가 아이를 일깨워 주듯 온화한 목소리였다.

"가우스는 특별히 천재적인 재능만으로 소수정리를 발견한 건 아니야. 오히려 놀라울 만큼 소박하게 끊임없이 작업을 해 왔지. 그는 처음에는 소수를 오로지 세기만 했어. 만까지의 소수는 이미 일람표로 만들어져 있었으니까, 그다음부터 직접 계산했던 거지."

만 이상의 소수. 하루카는 머릿속에 떠올려 보려다가 곧바로 불가능하단 걸 깨달았다. 도무지 첫 후보인 '10001'이 소수인지 아닌지, 그마저도 알 수가 없었다.

"$10001 = 73 \times 137\cdots\cdots$."

하루카의 마음을 꿰뚫어 본 듯 소라가 중얼거렸다. 엄청난 계산 속도였지만 이젠 거기에도 꽤 익숙해졌다. 하루카는 잠자코 다음 말을 기다렸다.

"10001이 소수인지 아닌지를 확인하기 위해서는 $10001 \div 3$, $10001 \div 7$, $10001 \div 11$. 그런 식으로 나눗셈을 되풀이해 나갈 수밖에 없어. 10001이 끝나면 다음은 10002. 더구나 어디까지 계속 계산해 나가야 규칙성이 보이는지도 알 수 없지. 어쩌면 영원히 보이지 않을지도 모르고. 결승선이 어디 있는지도 모르고 마라톤을 하는 거나 같은 거야. 그건 정말 보통 고생이 아니었을 거야."

소라는 창밖으로 눈을 돌렸다. 하루카도 따라서 그쪽으로 시선을 돌렸다. 이미 반쯤 산 속으로 숨어 들어간 석양은 마지막으로 빛을 뿜어내고 있었다. 능선이 새빨갛게 물들었고, 옆으로 길쭉한 구름이 황갈색으로 물든 채 조용히 떠 있었다. 멀리서 매미 소리가 약하게 메아리쳤다.

"수치를 모으고 생각하는 것. 순서는 딱히 특별할 것도 없어. 우리가 늘 하는 거랑 똑같아. 가장 중요한 건 재능이 아냐. 포기하지 않고 엉덩이 붙이고 꾹 눌러앉아서 계속 생각하는 것, 그걸 할 수 있느냐 없느냐인 거지."

소라는 땅거미에 스며드는 운동장에 눈길을 떨어뜨리면서 말했다. 어디선가 까마귀가 울었다.

"그렇게 시간을 들여 조사해도 대충밖에 알 수 없다니. 역시 소수는 어려운 거구나."

"하지만 대충이 아니라 더 정확하게 소수의 분포를 분석할 수 있는 방법이 있어."

그렇게 말하면서 소라는 하루카 쪽을 돌아보고 연필 꽁무니로 안경을 쓱 밀어 올렸다. 하루카는 끌려 들어가듯 그 눈을 응시했다.

"그게 19세기의 수학자 리만이 내놓은 '리만 가설'이야. 내가 풀려고 하는 궁극의 정리이기도 하고. 150년 동안 아무도 증명해 내지 못한 미해결 문제지."

안경 소년은 보일 듯 말 듯 미소 지으며 그 '궁극의 정리'에 대해서 신 나게 설명하기 시작했다.

세 번째 역을 지날 즈음에야 호흡이 정돈됐기 때문에 하루카는 휴대 전화로 환승 안내를 검색해 봤다. 나리타공항까지 가장 빨리 갈 수 있는 방법은 닛포리라는 역에서 특급을 타는 경로인 것 같았다. 도착 시각은 11시 24분, 편도 요금 3680엔.

하루카는 쭈뼛쭈뼛 자신의 지갑 속 동전을 확인해 보았다. 500엔짜리 동전 하나와 100엔짜리 동전 두 개. 그리고 10엔짜리 몇 개. 거기다 집에서 들고 나온 1000엔짜리 지폐 석 장을 합하면 딱 편도 운임이었다. 하지만 말할 것도 없이 돌아올 때의 요금은 거의 남지 않는다.

하루카는 어린이용 반액 승차권을 구입할까도 생각해 봤다. 1년 반 전까지는 하루카도 초등학생이었으니까. 그러나 이내 자신이 중학교 교복을 입고 있다는 것을 깨닫고 작게 한숨을 내쉬었다. 교복 차림으로 초등학생처럼 개찰구를 통과하기는 어렵다. 이럴 때 교복은 몹시 불편했다.

게다가 또 마음에 걸리는 것이 있었다. 기노시타 선생님이 말한 정오의 비행기. 하루카는 비행기를 타 본 적은 없지만 전철처럼 간단히 탈 수 있지 않다는 것쯤은 알았다. 분명히 아주 일찌 감치 탑승 수속을 마쳐야 할 것이다. 11시 24분에 공항에 도착한 다 해도 과연 소라를 만날 수 있기나 한 걸까. 하루카는 머릿속 으로 계산해 보았다.

소라는 아침 일찍 도서실에 들러서 사서에게 편지를 맡겼다. 도서실은 7시 반에 문을 연다. 그렇다면 소라가 역으로 출발한 시간은 그 이후가 된다. 한편, 하루카가 사서와 만난 건 8시 반. 역까지는 거의 전력 질주했지만 교실에서 시간을 잡아먹었다. 소 라와의 시간차는 딱 한 시간으로 보면 될 것이다.

한 시간. 조금 전 검색했던 환승 안내에서 더 이른 시각의 특 급을 발견했다. 닛포리에서 출발하는 특급은 정확히 20분 간격이 었다. 그렇다면 소라가 탔을 거라고 예상할 수 있는 건, 나리타공 항에 10시 20분 도착하는 특급.

하루카가 휴대 전화 화면과 눈싸움을 하는 사이, 전동차는 덜 커덩 소리와 함께 속도를 떨어뜨렸다. 하루카는 황급히 손잡이 를 잡았다. 전동차는 천천히 후지자와역으로 미끄러져 들어갔다. 꽤 오래 달려온 것 같은데 고작 출발역에서 네 번째 역이었다. 닛 포리로 가려면 일단 도쿄역으로 나가야 하지만 도쿄는 열한 번 째 역. 승차 시간은 한 시간 이상. 거기에서 야마노테선으로 갈아 타고 또다시 도중에 특급으로 갈아타야 할 걸 생각하니 정신이 아득해졌다.

차내가 서서히 붐비기 시작했다. 하루카는 안쪽으로 깊숙이 들어가 오른쪽 주머니에 손을 넣었다. 손안에 들어오는 크기의 독서 카드에는 긴 괘선 사이사이에 도서명이 빼곡히 적혀 있었다. 문득 하루카는 이상한 것을 발견했다. 소라가 주로 빌린 도서는 《가우스 전기》나 《가우스 소수》 같은 수학책이었다. 그러나 그사이에 장르가 확연히 다른 책이 섞여 있었다. 《쉽게 알 수 있는 야구 규칙》, 《소프트볼 입문》, 《농작물 기르는 법-옥수수 편》.

제목은 소라의 이미지와 어울리지 않았다. 하루카는 잠시 암호라도 풀려는 듯 눈썹을 모으고 지그시 카드를 바라보았다. 잠시 뒤, 온몸이 파르르 떨렸다. 반소매 블라우스 밖으로 나온 팔에 오싹 소름이 돋았다. 차내에는 한기가 느껴질 정도로 냉방이 가동되고 있었지만, 몸이 떨리는 이유가 그것만은 아니었다.

'나는 소프트볼부야! 글러브를 쓰긴 하지만 야구하곤 달라!'

'세계를 구한다면서 옥수수도 몰라?'

내가 했던 말이야. 입안에서 그렇게 중얼거렸지만 목이 까끌까끌 메말라서 목소리가 되어 나오지는 않았다.

세상을 모른다. 상식이 없다. 외골수다. 하루카에게 지적받은 것 하나하나를 소라는 마음에 두고 있던 거다. 그리고 소라 나름으로 고쳐 보려고 했던 거다. 수학책 사이에 끼인 책들이 그걸 똑똑히 증명해 주었다.

하루카는 대출 카드를 주머니에 넣고 이번에는 편지를 꺼냈다.

접힌 종이를 천천히 펴고 한 장 한 장 훑어 나갔다.

답장이 필요 없는 일방통행의 편지.

현상 유지든 고백하고 예스라는 대답을 듣든 거절을 당하든. 어쨌거나 소라는 외국으로 가야 한다. 하루카의 마음이 어떻든 그 운명은 바뀌지 않는다. 소라를 기다리는 '행복도'는 어떤 경우도 같다.

다시 말해 $X = Y_1 = Y_2$ 일 때,

$PY_1 + (1-P)Y_2$

$= PX + (1-P)X$

$= X$

따라서 $X = PY_1 + (1-P)Y_2$ 이다.

하루카는 흔들리는 전철에 몸을 맡긴 채 머릿속으로 그 참혹한 수식을 계산해 봤다. 연애부등식의 예상 밖의 일. 두 개의 식은 매정하게도 = 로 이어져 버렸다.

나아갈 수도 물러날 수도 멈출 수도 없는 상황. 하루카는 소라 앞에 가로놓였을 최악의 해답을 확인한 순간, 가슴이 미어지는 것 같았다.

두 개의 식이 = 로 이어질 가능성. 분명 그것까지는 생각하지 못한 채 쉽게 넘어갈 수도 있을 거다. 하지만 수학 소년이 그것을 몰랐을 리 없다. 소라라면 < 와 > 가 나온 시점에서 곧바로 그 가능성을 떠올렸을 것이다. 그렇다. 소라는 알고 있었다. 아마도 연애 부등식이 완성된 시점에서. 알면서 구태여 숨겼던 거다. 최악의 해답의 존재를 모르는 척한 거다. 그것도 아마 하루카를 위해서.

두 장의 편지를 읽고 난 하루카는 마지막 한 장을 바라보았다.

$$y - x = 0$$

달랑 그 수식뿐인 공책 쪼가리.

"바보……"

하루카는 전동차의 진행 방향으로 눈을 돌리며 중얼거렸다. 하지만 그 목소리는 바퀴와 차체가 지르는 비명 같은 소리에 지워져 주위 사람들의 귀에는 들리지 않은 것 같았다. 창밖 풍경은 키다리 빌딩이 부쩍 많아졌다.

커다란 여행 가방을 툴툴툴 끌고 다니는 여행객인 듯한 사람들 속에서 교복 차림, 더구나 손에 아무것도 들고 있지 않은 하루카는 확실히 튀었다. 그런 하루카를 주위 사람들이 흘끔흘끔 훔쳐보았다. 하지만 그런 건 아무래도 상관없었다. 하루카는 전동차가 멈출 때가 되자 재빨리 문 앞으로 나갔다.

특급 전동차가 천천히 플랫폼으로 미끄러져 들어갔다. 나리타 공항. 말할 것도 없이 소라가 일본을 떠나는 공항이다. 하루카는 휴대 전화 화면을 보았다. 11시 23분 32초. 도중에 늦을까 봐 불안에 떨기도 하고, 혹시 좀 더 일찍 도착할까 기대도 했지만 양쪽 다 어긋났다. 전철 시간표는 잔인하리만치 정확했다.

전동차가 끼익, 끼익, 끼익, 신경을 긁는 소리를 내며 뛰는 정도의 속도로, 이윽고 걷는 정도로, 마지막에는 움직이는지 움직이지 않는지 분간이 안 될 정도까지 되었다. 하루카는 코끝이 닿을 정도로 문 앞에 바짝 다가서서 몸을 앞으로 조금 구부린 채 다리에 힘을 주었다. 덜컹 소리와 함께 전동차가 완전히 멈췄다. 그로부터 문이 열리기까지 불과 몇 초. 하지만 하루카에게는 그 몇 초가 영원처럼 길게 느껴졌다. 땀 한 줄기가 귀 옆으로 흘러내려 턱 끝에 멈췄다.

피익, 공기 빠지는 듯한 소리. 하루카는 문이 완전히 열리기도 전에 밖으로 뛰어나가 바닥에 손이 닿을락말락할 정도로 몸을 기울여 개찰구를 향해 방향을 틀었다. 턱 끝에 맺혀 있던 땀방울이 원심력에 의해 세게 튀었다. 땀방울이 떨어진 바닥에 얼룩이 생길 즈음 하루카는 이미 저만치 앞을 질주하고 있었다.

다른 문에서 내린 승객을 잇따라 추월하여 나는 듯이 뛰었다. 달리면서 닛포리에서 산 특급 차표를 꺼내 논스톱으로 개찰구를 통과했다.

이대로 단숨에 소라를 쫓아갈 거야!

그렇게 마음먹고 이를 악 물었을 때, 저만치 앞에 접수 창구인 듯한 여러 개의 카운터가 눈에 들어왔다. 하루카는 망설임 없이 그중 한군데로 뛰어갔다.

"배웅하시는 거죠? 그럼 신분증을 보여 주세요."

여자의 목소리가 늘어진 테이프에서 흘러나오는 것 같았다. 하루카는 주머니 속 지갑에서 학생증을 꺼냈다. 여자는 그것을 받아 들고 몇몇 항목을 손가락으로 짚으며 확인하고, 메모지에 뭔가를 적어 넣었다. 그 동작도 몹시 느리게 느껴졌다. 마음이 조급해진 하루카는 저도 모르게 발을 동동 굴렀다.

"다 됐습니다. 이제 들어가세요."

그 말을 듣자마자 하루카는 접수 창구 여자에게서 학생증을 낚아채듯 받아 들고 다시 전속력으로 뛰기 시작했다.

그리고 속도를 줄이지 않고 역 구내에서 공항 내부로 이어지는 에스컬레이터로 뛰어 올라탔다. 두 계단씩 뛰어 올라가면서 머릿속으로 정보를 정리했다.

비행기를 타려면 공항 안에서 탑승 수속을 해야 한다. 대강의 수속 과정은 오는 동안 휴대 전화로 조사해 뒀다. 짐을 맡긴 뒤에 여권 검사, 그리고 마지막으로 보안 검사. 보안 검사란 X선으로 금속류를 살펴보는 예의 그것이다. 확실한 건 탑승객이 아니면 통과 불가능하다는 것. 여권 검사하는 곳에서도 여권이 없는 중학생을 통과시켜 주는 일은 없을 것이다. 그렇다면 좋든 싫든 수화물을 보내기 전후에 승부를 걸어야 한다.

꼭 만나고 말겠어.

하루카는 그렇게 마음먹고 두 주먹을 불끈 쥐었다. 그러나 에스컬레이터에서 내린 하루카는 그만 걸음을 멈추고 말았다. 눈앞에 펼쳐진 광경에 입이 딱 벌어졌다.

그곳은 아무래도 짐을 보내는 층인 듯했다. 길고 긴 접수창구에 수많은 직원이 앉아서, 여행객들로부터 척척 짐을 받아 처리하고 있었다. 더구나 사람이 길게 늘어선 카운터는 하나가 아니었다. 운동장보다 넓은 공간 안에 줄줄이 이어져 있었다. 그리고 그 앞에 늘어선 기다란 뱀 같은 줄. 그 밖에도 짐을 보낸 사람과 보내려는 사람이 여기저기서 오가며 하루카의 시야를 단속적으로 가로막았다.

이 안에서 사람 하나를 어떻게 찾지?

하루카는 에스컬레이터에서 몇 발짝 떨어져서 입을 떡 벌리고 멈춰 섰다. 사람들 몇몇이 여행 가방을 끌고 앞질러 갔다. 조그만 바퀴가 내지르는 드르륵드르륵 소리와 웅성웅성하는 말소리와 묘하게 고음인 안내 방송이 뒤죽박죽 뒤섞인 채 하루카를 향해 파도처럼 밀려들었다.

어쩌지······.

하루카는 입속으로 중얼거렸다. 울음이 터질 것 같았다.

지금 이 층에만 몇 백 명, 혹은 더 많은 사람이 있다. 한 명 한 명 확인해 볼 수도 없고, 무엇보다 소라는 이미 이 층을 통과했을 수도 있다. 게다가 몇 시 비행기인지도 모른다.

하지만 엉거주춤하고 있을 시간이 없었다. 고민되면 먼저 행동해. 하루카는 그렇게 자신을 격려하고 온힘을 다해 뛰기 시작했다. 목적지는 측면에 걸린 전광판. 점점 밀도가 높아지는 인파를 뚫고 누비듯 뛰어서 단숨에 전광판 앞에 다다랐다.

앞으로 출발하는 편 중에서 보스턴으로 가는 건……. 하루카는 전광판에 표시된 지명을 위에서부터 차례차례 확인해 나갔다. 조급한 마음을 진정시키며 하나하나 신중하게 끝까지 확인한 후 재차 확인했다.

그러나 보스턴행 비행기는 찾지 못했다.

계산 결과와 모범 답안이 다른 느낌. 하루카는 필사적으로 틀린 부분을 찾아보았다. 어딘가에 숨어 있을 작은 실수. 그 작은 흔적을 찾기 위해 열심히 자신의 사고 과정을 거슬러 올라갔다.

"혹시 보스턴 직항이 아니고 어딘가를 경유하나?"

그렇게 중얼거리고 하루카는 서둘러 전광판을 위에서부터 아래까지 다시 확인해 보았다.

보스턴이 미국 어디쯤에 있는지 그건 모른다. 하지만 경유한다면 미국이나 캐나다 공항일 것이다. 하루카는 지리 지식을 총동원하여 지명을 하나씩 음미해 봤다.

찾았다!

전광판 한가운데쯤에 워싱턴 D.C.와 시카고라는 글자가 있었다. 둘 다 미국 지명일 터. 그 이외에는 서울이나 방콕 등 아시아

지명이나, 런던 같은 유럽 지명뿐이었다. 헬싱키는 어느 나라 지명인지 정확히는 모르지만 아마 소리의 울림으로 보아 미국이 아닐까.

후보는 '12시발 워싱턴 D.C행'과 '12시 30분발 시카고행' 두 편뿐이었다. 앞의 편은 탑승 중, 뒤의 편은 출국 수속 중이라고 표시되어 있었다. 하지만 두 편 모두 기노시타 선생님이 말했던 정오 비행기에 들어맞았다. 워싱턴 D.C행을 탈 경우에는 남쪽 탑승구, 시카고행을 탈 경우에는 북쪽 탑승구에서 대기한다. 양쪽을 다 찾아볼 정도의 여유는 없다.

북쪽으로 갈 것인가 남쪽으로 갈 것인가. 확률은 2분의 1이지만 운에 맡길 수만은 없었다. 적어도 소라였다면 절대로 그런 방법을 택하지 않을 것이다. 그 소년이라면 반드시 확신을 가지고 행동할 것이다.

직감이나 즉흥적인 예상, 하물며 운에 의지해서는 안 된다. 수치를 모아 생각한다. 소라는 그것이 수학의 기본이라고 말했다. 하루카는 관자놀이에 손끝을 짚은 채 눈을 감고 고개를 숙였다. 마치 소라가 자신의 기억을 이끌어 낼 때 하듯이. 모든 에너지를 뇌에 집중시켰다. 오늘 아침부터 지금 이 시간까지. 머릿속 구석구석까지 헤집어 가며 지금껏 모아 둔 수치를 필사적으로 끌어냈다.

그리고 하나의 기억을 찾아냈다.

전철 안에서 휴대 전화로 조사해 둔 탑승 수속.

분명 거기에 주의사항이 나와 있었다. 자칫 읽지 않고 넘어가 버릴 수도 있는 눈에 잘 띄지 않는 글씨. 하지만 주의사항은 정확히 적혀 있었다.

'수속에 시간이 걸리는 일이 있으니 출발 두 시간 전에는 공항으로 나오시기 바랍니다.' 머릿속에서 수치와 수치가 이어져, 이윽고 결승선으로 이어지는 하나의 그물이 되었다. 소라가 탔을 거라고 예상되는 전철은 10시 24분 공항에 도착하는 특급이다. 그로부터 두 시간 후면 12시 24분. 12시발 비행기를 타기에는 공항 도착이 너무 늦다.

그렇다면 소라가 타는 비행기는 12시 30분 발 시카고행. 북쪽 탑승구!

하루카는 휴대 전화를 꺼내 재빨리 화면에 표시된 디지털 숫자를 보았다. 11시 38분. 출발 52분 전. 그러나 마찬가지로 휴대 전화로 조사해 둔 정보로는 출발 30분 전에는 탑승이 시작된다고 했다. 그렇다면 시카고행 비행기도 12시 정각에 탑승 시작. 당연히 그보다 훨씬 전에 보안 검사를 마쳐야 한다. 그렇다면 소라를 만날 도리가 없는 거다.

이제 단 일 초의 여유도 없었다.

하루카는 전광판을 보기 위해 몰려든 여행객과 몇 번이나 부딪히면서 간신히 인파를 뚫고 나왔다. 그리고 잠깐 망설이고는 출국 수속이라고 적힌 화살표를 따라 쏜살같이 뛰기 시작했다. 탑승 시작 전까지 20분 남짓. 짐은 벌써 보냈을 것이다. 양복 차림의 직장인과 중년 여성이 즐겁게 담소를 나누는 사이를 뚫고 나가 에스컬레이터에 뛰어 올라탔다. 그리고 비어 있는 오른쪽으로 두 단씩 뛰어 올라갔다.

에스컬레이터에서 내린 하루카는 사람의 파도가 좌우로 갈라지는 곳에 맞닥뜨렸다. 잠깐 걸음을 멈추고 안내 표지판을 확인했다.

오른쪽이 북쪽 탑승구, 왼쪽이 남쪽 탑승구.

영점 몇 초쯤 멈췄다가 왼쪽 발을 힘껏 내딛어 퉁기듯이 오른쪽 방향으로 뛰기 시작했다. 그리고 인파를 뚫고 오로지 뛰었다. 양쪽 허벅지에서는 화끈화끈 열을 내뿜었고, 심장과 폐는 터질 듯 수축됐다. 하지만 멈출 수 없었다.

저만치 앞에 몇 줄로 서 있는 사람들의 모습이 보였다. 각 줄의 맨 앞에서는 사람들이 틈처럼 좁은 통로로 빨려 들어갔고, 그 안에서 무슨 검사를 받는 것 같았다. 그 뒤에서는 수많은 사람들이 차례를 기다렸다.

줄을 향해 뛰는 하루카의 눈에 사람들이 들고 있는 빨간 수첩 같은 것이 들어왔다. 여권이었다. 사람들은 여권 검사를 받기 위해 길게 줄 서 있었다. 하루카는 저린 다리에 힘을 주었다. 여권 검사를 한다는 것은 그 앞으로는 진입이 불가능하다는 의미. 어떻게든 여기서 소라를 만나야 한다.

맨 끝줄 꽁무니까지 다다른 하루카는 사람들을 일일이 눈으로 확인해 나갔다. 맨 뒤에서부터 맨 앞까지. 재빨리, 한편으로는 한 사람도 빠뜨리지 않도록. 소라가 없는 것을 확인하고 숨도 쉬지 않고 다음 줄로 옮겨 갔다.

지금까지 하루카가 제치고 온 사람들 중에 그 안경 소년은 없었다. 만약 있었다면 틀림없이 봤을 것이라는 자신감이 하루카에게는 있었다. 소라는 분명히 이 앞에 있다. 하루카는 기도하는 심정으로 줄 하나하나를 확인해 나갔다.

"없어……."

하루카는 마지막 줄 앞에서 나직이 중얼거렸다.

모든 줄을 이 잡듯 찾아봤다. 그러나 어디를 둘러봐도 눈에 들어오는 건 어른들뿐. 소라의 모습은커녕 중학생으로 보이는 사람조차 볼 수 없었다.

그렇다면 워싱턴 D.C.행이었나. 아니면, 벌써 검사를 마치고 저 안으로 들어가 버린 건가.

갑자기 낙담하여 맥이 풀린 탓인지 이내 호흡이 흐트러졌다. 심하게 기침이 나왔다. 머릿속이 마비되고, 시야가 일그러졌다. 등줄기에서는 땀이 줄줄 흘렀지만 블라우스 안에 받쳐 입은 티셔츠는 이미 흠뻑 젖어 더는 수분 흡수 기능을 하지 못했다. 복사뼈에 찌르르 쥐가 나서 하마터면 경련이 일 뻔했다.

이제 만날 수 없다. 하루카는 그 사실을 깨달았다. 그 자리에 풀썩 쓰러질 것 같았지만 안간힘을 쓰고 버텼다. 앞뒤 생각하지 않고 여기까지 왔다. 집에 갈 전철비도 남아 있지 않다. 소라를 만나고 싶다. 오로지 그 생각만 하면서 계속 뛰었다. 하지만 늦었다. 소라와의 관계는 영원히 끊어져 버린 거다.

하루카는 주머니를 더듬어 편지를 꺼냈다. 마지막 장. 넓은 여백에 둘러싸이듯, 한복판에 수식만 달랑 한 줄 적혀 있는 그 한 장. 그 종이를 손에 꼭 쥐고 하루카는 오가는 사람들을 망연히 바라보았다.

소라는 역시 수학 세계로 가 버린 걸까.

리만 가설을 풀기 위해서 이쪽 세계를 버린 걸까.

차라리 잘된 일인지도 몰라.

그게 소라가 나아가야 할 길이니까.

"싫어⋯⋯."

떨리는 목소리로, 자신의 귀에도 겨우 들릴 정도의 가느다란 목소리로 중얼거렸다. 거의 무의식적으로 입 밖으로 나온 말이었다.

"그건 싫어, 소라."

그 말과 동시에 하루카 안에서 뭔가가 무너졌다. 금세 시야가 흐려지더니 두 눈에서 눈물이 넘쳐흘렀다. 꺼이꺼이 울음을 토해 내자 호흡이 더욱 흐트러져 기침이 걷잡을 수없이 터져 나왔다. 타는 듯한 아픔이 목 안으로 퍼져 나갔고 위가 역류하는 듯한 불쾌감과 더불어 격렬한 구토증이 일었다. 주위에서 보내는 의아한 시선을 깡그리 무시하고 하루카는 몸이 으스러질 것 같은 고통을 느끼며 목 놓아 울었다.

그때였다.

뿌연 시야 끝, 여권 검사대 너머 안쪽에서 새까만 그림자가 흔들린 것 같았다. 숨이 멎었다. 오열과 기침을 참으면서 두 손으로 흐르는 눈물을 훔치고 하루카는 시선을 집중해서 앞을 보았다. 짧게 깎은 머리칼 밑으로 얼굴 크기에 어울리지 않는 커다란 안경이 번쩍 빛났다. 위아래 까만 옷은 말할 것도 없이 눈에 익은 교복이었다. 공항 직원인 듯한 사람에게 무슨 말을 건네고 무표정하게 안경을 밀어 올리는 저 소년은…….

"소라!"

하루카는 폐의 공기를 모조리 토해 내며 소리쳤다. 줄 서 있던 사람들이 일제히 이쪽을 돌아보았지만 아랑곳하지 않았다. 하루카의 눈에는 어깨를 움찔하고 이쪽을 보는 소라의 놀란 표정 이외에는 아무것도 들어오지 않았다.

당혹스러운지 소라의 시선이 허공을 맴돌았다. 한 아주머니가 다가가 소년과 마주 보았다. 전에 교실에서 봤던 깡마른 소라의 엄마였다. 엄마는 소라의 손을 잡고 안으로 끌고 가려고 했다. 하지만 소라는 두 발을 쩍 벌리고 버티고 선 채 그 자리에 뿌리라도 박힌 듯 꿈쩍도 하지 않았다.

고정된 소라의 하반신과 당혹스런 빛이 떠오른 표정을 번갈아 보고, 하루카는 단단한 바닥을 힘껏 박차고 뛰기 시작했다. 무릎이 후들후들 떨리고, 폐 쪽에서 피 냄새 같은 것이 올라왔다. 마지막 한 방울 남은 체력을 쥐어짜듯이 몸을 앞으로 끌고 갔다. 오른쪽 손안에서 소라의 편지가 와사삭 소리를 내며 구겨졌다.

제지하는 여행객의 목소리를 뿌리치고 달려가자 몸집이 커다란 경비원이 떡 버티고 앞을 막아섰다.

슬라이딩!

경비원이 몸을 돌려 굵은 팔을 하루카를 향해 뻗었지만, 하루카는 그 전에 벌써 힘껏 오른손을 휘둘렀다.

멀리 던지는 건 자신 있었다.

연습 때고 경기 때고 수없이 폭투해 왔다.

하지만 이때만은 왠지 실패할 것 같지 않았다.

하루카의 손안에서 구겨져 공기 저항이 적어진 종이는 여권 검사대를 넘어 소라를 향해 정확한 포물선을 그리며 날아갔다.

"야, 인마! 대체 뭘 던진 거야!"

뒤에서 경비원에게 팔을 잡혔지만 하루카는 결코 눈을 돌리려 하지 않았다. 시선 끝에 엄마의 손을 뿌리친 소라가 날아온 종이를 두 손으로 정확히 받는 모습이 들어왔다.

"그게 답장이야!"

소년이 구겨진 종잇조각을 펼치는 것을 확인하고 나서 하루카는 목이 터져라 소리쳤다. 귓가에서 경비원이 뭐라고 고함쳤지만 그런 건 상관없었다.

지금 이 세계에는 분명히 소라가 존재한다. 그리고 소라는 하루카가 다시 던져 준 마음을 확실하게 받았다. 하루카는 그것만으로 충분했다.

"돌아오는 게 어때? 답장했잖아!"

하루카의 목소리는 넓은 공항을 왱왱 울리며 메아리 같은 여운마저 남겼다. 그리고 공기의 떨림이 멈춘 것과 거의 동시에 정면을 응시한 채 무표정하게 서 있던 소라의 눈이 갑자기 일그러졌다. 순식간에 얼굴 전체가 일그러져 워낙 앳된 그 얼굴은 갓난아기로 돌아간 듯 쭈글쭈글해졌다. 소년은 견디기 힘들었던지 안경을 벗고 한쪽 손으로 얼굴을 가린 채 천장을 우러러봤다.

이별 장면에, 그 얼굴은 뭐냐고.

경비원에게 팔을 꽉 잡힌 채 하루카는 생각했다.

하지만 어때? 지금은 헤어지지만 같은 세계에 있는데. 수학 세계가 아니라 우리가 지금까지 살아온 단 하나의 세계에.

하루카는 후훗 하고 작게 웃고 경비원에게 잡히지 않은 쪽 손을 얼굴 옆으로 들어 올리고 살랑살랑 흔들었다. 속삭이는 듯한 목소리로 마음을 보냈다.

"또 만나……, 소라."

문6. 수학으로 세계를 구하라

321

"x가 짝수인 것은 x가 4의 배수인 것의 필요조건. y가 홀수인 것은 y^2이 홀수인 것의 필요충분조건."

하루카는 커피숍 테이블에 앉아 천장에서 나오는 에어컨 바람을 쐬며 그렇게 중얼거렸다. 펼쳐 놓은 공책은 원이 두 개씩 겹쳐진 듯한 그림으로 가득 메워져 있었다. 공책 옆 아이스커피 잔에 물방울이 맺혀 반짝 빛났다.

창밖에서는 폭염 속에서 기름매미가 지치지도 않고 합창을 했다.

"아으, 머릿속이 뒤죽박죽돼 버릴 것 같아."

하루카 옆에서 계속 교과서와 눈싸움을 하던 아오이가 울 것처럼 말했다. 어지간히 머리를 썼는지 귀는 이미 분홍 빛깔로 물들었다. 아오이의 아이스커피 잔에서 얼음이 카랑 소리를 냈다.

그 소리는 이윽고 실내의 시원한 공기 속으로 녹아들었다.

"이거 봐, 아오이. '논리와 집합'을 이해하지 못하면 고등학교 수학을 해 봐야 소용없어."

맞은편 자리에서 마키가 얼굴을 들고 엄마 같은 말투로 타일렀다. 아오이는 "그래도."라며 입을 삐죽이고 주먹 쥔 손 위로 샤프를 빙글빙글 돌렸다.

하루카는 둘이 주고받는 얘기를 듣자 쓴웃음이 새어 나왔다.

고등학교 첫 여름. 하루카 일행은 커피숍 한구석에 죽치고 앉아 여름 방학 숙제에 힘을 쏟고 있었다. 과목은 물론 수학. 학교는 모두 달랐지만 함께 모여 수학 공부를 하는 습관은 중학교 2학년 무렵에 시작된 이래 지금까지 그럭저럭 이어지고 있다.

매주 다니던 패스트푸드점은 중학생으로 넘쳐났다. 덕분에 고등학생이 되고부터는 모이는 장소도 자연스레 커피숍으로 바뀌었다. 자신들보다 나이 많은 사람들과 뒤섞여 조금은 어른이 된 기분으로 아이스커피를 주문했다.

시럽을 듬뿍 넣은 커피를 스트로로 빨아 올렸다. 역시 쓴맛에 얼굴이 찡그려졌다. 하루카의 혀는 아직 어린아이를 벗어나지 못한 것 같았다. 하루카 정면에 앉은 가케루는 아까부터 턱을 괴고 옆을 보고 있다. 변함없이 여전히 야구에 푹 빠져 있는 까까머리 고교생. 말없이 미간을 찡그린 채 진지한 표정을 짓는다.

가케루의 시선을 따라가자 선반 위에 있는 텔레비전에 다다랐다. 프로그램은 오후의 와이드쇼. 사회자인 듯한 젊은 남자를 향해 얼굴이 쭈글쭈글한 백발의 노인이 위엄 있는 얼굴로 말하고 있다.

"이번 발견은 수학 역사에 새로운 한 페이지를 새길 거라는 기대를 받고 있었어요. 헌데, 이렇게 돼서 몹시 안타깝지만 어쩔 수 없지요."

노인은 거기서 말을 끊고 심각한 듯이 한숨을 쉬었다. 사회자는 무슨 일인지 연신 고개를 끄덕이며 맞장구를 쳤다.

"무슨 얘기야?"

텔레비전에서 나오는 이야기를 들은 아오이가 가케루의 옆얼굴을 보고 물었다. 가케루는 시선만 돌려 흘끗 아오이를 보고는 곧바로 다시 텔레비전으로 돌아가 시시한 듯이 대답했다.

"영국인 수학자 논문 얘기. 증명에 모순이 발견됐다나."

"아, 그거 알아."

마키가 가케루의 말을 받아 말했다.

"세기의 대발견이네 뭐네 하면서 떠들어 댔던 거잖아."

"그래, 어떤 논문이었는데?"

아오이는 샤프를 테이블 위에 내던지고 몸을 살짝 내밀고 마키에게 물었다. 마키는 조금 난처한 듯 두 눈썹을 축 늘어뜨리고 짧은 머리칼을 쓸어 올리며 말했다.

"으음, 나도 잘은 모르는데. 분명, 무지무지 어려운 문제를 풀었다는 이야기였지 아마……. 이름이 뭐였더라."

"'리만 가설'이잖아?"

그 목소리에 셋의 시선은 텔레비전에서 하루카 쪽으로 일제히 모아졌다.

"'$\zeta(s)$의 자명하지 않은 영점 s는 모두 실수부가 2분의 1의 직선상에 존재한다'는 가설. 150년 동안 아무도 증명에 성공하지 못한 미해결 문제야."

하루카는 눈을 감고 기억의 서랍에 소중히 간직해 뒀던 말을 꺼냈다. 가케루가 눈을 가늘게 뜨고 감탄한 듯이 히죽 웃었다.

"이야, 자세히 알고 있네!"

"내용은 하나도 몰라."

하루카는 어깨를 으쓱하며 말했다. 그 애가 말한 걸 그냥 받아 옮긴 것뿐이다. 하루카는 리만 가설에 대해서는 아는 게 하나도 없다.

하지만 하루카에게는 더없이 소중한 것이었다.

"리만 가설은 소수의 수수께끼에 바짝 다가갈 수 있는 중요한 사실을 내포하고 있어요. 제타함수 실수부에 관한 가설이지만, 오일러의 곱셈 공식과도 관계가 깊고……."

텔레비전 속의 노인이 다소 흥분 상태로 말을 뽑아냈다. 뭔가의 스위치가 켜져 버린 것 같았다. 사회자도 슬슬 맞장구치는 게 지겨운 모양이었다.

"이걸 해결할 수만 있다면, 인류는 소수의 진실에 바짝 다가갈 수 있지요. 보안 기술에 엄청난 진보를 이룰 것이고, 최근 증가하는 사이버 테러에 대한 강력한 해결책이 될 거라 기대됩니다만."

"수학이 세계를 구하는 건, 아직 멀었다는 말이냐고."

두 손을 머리 뒤에서 깍지 끼고 가케루가 한숨 섞어 말했다. 아오이는 텔레비전을 물끄러미 쳐다보며 한층 크게 고개를 갸웃했다. 말꼬랑지 머리를 찰랑 흔들고 방울소리 같은 목소리로 말했다.

"하지만 많은 사람이 150년이나 도전해 온 거잖아? 그런 문제를 정말 풀 수 있을까?"

"풀 수 있어."

하루카가 사이를 두지 않고 곧바로 대답했다. 그러자 아오이는 눈을 휘둥그레 떴고, 가케루는 미덥잖다는 듯이 미간을 찡그렸다. 마키는 다 알고 있다는 얼굴로 가볍게 고개를 끄덕일 뿐이었다.

풀 수 있어. 적어도 풀 수 있는 사람을 나는 알고 있다고. 하루카는 텔레비전을 보면서 씨익 웃었다.

2년 전, 헤어질 때의 기억을 떠올렸다.

하루카는 그날 공항에서, 소라에게 받은 편지를 다시 던져 주었다. 한가운데에 수식 한 줄만 달랑 적힌 그 편지. 하지만 그것을 그대로 돌려준 건 아니었다. 하루카는 $y-x=0$이라는 수식에 기호만 하나 덧붙였다.

하루카의 마음을 나타내는 명쾌한 메시지.

$$y - [x] = 0$$

이것이 그날 하루카가 다시 돌려준 수식이었다.

가우스 기호의 함수 $y - [x] = 0$. 변형하면 $y = [x]$. 이 식의 그래프는 띄엄띄엄 끊긴 계단을 이룬다. 어느 날인가 소라가 공책에 써서 보여 준 아득히 높이 이어지는 무한의 계단.

———

———

———

———

비록 일시적으로 헤어져 있더라도.

그래프가 끊어져 버려도.

언젠가 다시 함께 걷자.

또 같이하자, 수학가게를.

"그럼, 아오이한테 문제."

장난기 섞인 마키의 목소리에 놀란 하루카는 텔레비전에서 눈을 떴다. 마키는 모자 모양의 시럽 용기를 열고 자신의 유리잔에 조심스럽게 따르기 시작했다. 아름답고 맑은 시럽이 검은 커피 속으로 확 퍼져 나갔다.

"나는 지금 커피를 마시다가 시럽을 추가했습니다. 시럽의 농도는 몇 퍼센트일까요?"

"좀, 갑자기 무슨 소리야?"

"당연히 수학 공부지. '농도'도 어려운 분야잖아?"

마키는 탁 소리 나게 아오이 앞에 유리잔을 놓았다. 3분의 2 정도로 줄어든 커피. 마키의 손에는 시럽 용기가 두 개 들려 있었다. 투명한 용기를 자세히 보니 하나는 비었고, 다른 하나는 아직 절반 정도 남아 있었다.

"그러니까."

갑작스럽게 문제를 냈는데도 아오이는 크게 싫어하는 기색 없이 생각하기 시작했다. 하지만 역시 자신 없는 분야. 쉽게 답이 나오지 않는 모양이다.

"처음에 시럽 하나를 넣고 3분의 1을 마셨고, 이번에는 절반을 넣었으니까."

아오이가 유리잔을 뚫어져라 바라보면서 고개를 갸우뚱하자 가케루가 어이없다는 듯이 끼어들었다.

"내친 김에 몇 퍼센트 농도일 때 아이스커피가 가장 맛있는지 계산해 보자."

자신도 시럽을 하나 집어 들고 뚜껑을 열면서 가케루는 그렇게 말했다. 아오이는 놀랐는지 얼굴을 번쩍 들었다.

"야야, 여름 방학 숙제 따위 잠시 미뤄 둬도 되잖아."

가케루가 퉁명하게 말하자 아오이도 은근히 반가웠던지 참고

서를 덮었다. 슬쩍 눈짓을 보내와서 하루카도 그만 웃고 말았다.

"생활에 제대로 도움이 되지 않는다면 수학이 불쌍하잖아."

하루카의 입에서 그런 말이 툭 튀어나왔다. 의식한 건 아니었다. 하지만 어쩐지 소라라면 그렇게 말할 것 같았다.

"그럼 결정된 거네. 얼른 수치를 모으자."

"커피가 부족해. 추가 주문한다."

마키가 시럽 용기를 모아 손에 들었다. 가케루는 손을 들어 점원을 불렀다. 아이스커피 넉 잔 추가. 아오이는 생긋 웃고 샤프를 사각사각 울렸다.

그 모습을 보며 하루카는 먼 곳을 바라보듯 눈을 가늘게 떴다.

소라는 지금 여기에 없다.

하지만 소라가 두고 간 것은 우리를 확실하게 이어 주고 있다. 이렇게 모여 수학 문제를 풀면서 함께 웃고 있다.

거기에는 절대 빛바래지 않는 풍경이 있다.

기억과 현실, 과거와 현재가 이어져 하나의 띠를 엮어 가고 있다. 그날 살았던 세계와 지금 살고 있는 세계는 동일하다.

하루카는 그렇게 확신했다.

'세계를 구한다'는 목표와 견주면 너무 낮은 차원일지 모르지만.

우리도 소라와 마찬가지로 무한으로 이어지는 계단을 걷고 있다.

소라가 살고 있는 세계와 같은 이 세계에서.

수학 세계는 아니지만.

하루카는 무심코 창밖으로 눈길을 돌렸다. 매미 소리 요란한 지상으로부터 아득히 위에, 멀리 미국까지 이어지는 맑고 파란 하늘이 펼쳐져 있다.

곧은 선을 그리는 비행기 구름이 끝없이 하늘을 가로질러 이어져 갔다.

수학가게?

과일가게도 아니고, 옷가게도 아니고, 신발가게도 아닌 수학가게라니! 일단은 호기심에 이끌려 이 듣도 보도 못한 가게에 들어가 보기로 했다. '수학가게'라고 적힌 깃발 두 개가 손님을 반기듯 펄럭거리고 있다. 점원은 두 명. 그중 한 명은 앳된 얼굴에 큼직한 안경을 쓴, 여름인데도 까만 동복 차림에 어딘지 보통 사람과는 다른 독특한 분위기를 내뿜는 자그마한 남학생, 바로 이 소년이 수학가게의 점장이란다. 또 한 명은 쾌활해 보이지만 평범한 인상의 예쁘장한 여학생.

이 둘이서 운영하는 수학가게란? 아, 뜻밖에도 수학의 힘으로 일상의 고민을 해결해 준단다. 그게 말이 돼? 그런 의문과 호기심이 솟구쳐 올라 일단 물어본다. 혹, 손님들의 고민거리를 해결해 준 적이 있느냐고. 그러자 여학생이 지금까지 해결한 일을 촬촬촬 읊어 댄다. 새 글러브 구입 계획을 완벽하게 세워 줬으며, 점심시간에 서로 너른 쪽 운동장을 차지하려는 야구부와 소프트볼부의 다툼을 깨끗이 해결해 줬고, 훈련에 게으름 피우는 부원 때문에 골치를 앓는 야구부 주장의 고민을 말끔히 해결해 줬고, 촬촬……, 쉴 새 없이 주워섬기는 여학생의 말을 가로막고 그중에서 가장 기억에 남는 사건을 말해 달라고 요청했다. 서

슴없이 한 소년의 사랑의 감정을 계산할 수 있도록 만든 '연애부등식'

이라고 대답하는 여학생의 뺨이 발그레하다. 우아, 사랑까지 수식으로

만들어?

그렇다.

천재 수학 소년 소라는 사랑의 감정까지 수식으로 표현해 냈다.

$y-x=0$

y는 소년 자신, x는 상대 여학생 하루카.

(이 수식을 나도 꼭 써먹어야지!)

이만하면 수학가게로서 대단한 활약을 했다는 거 인정!

수학가게의 점장인 소라는 '수학의 힘으로 세계를 구한다'는 너무도

거창한 포부를 가지고 있는 소년이다. 그러나 조금은, 아니 무척이나

터무니없는 잠꼬대로 들리는 이 소년의 장래희망은 진심이다.

하루카처럼 학창 시절에 수학을 좋아하지도, 잘하지도 못했던 나는

수학이 우리 생활에 도움이 될 거라는 생각은 그다지 해 본 적이 없다. 사칙연산이나 구구단 정도의 산수라면 또 모를까. 그런데 이 수학 소년이, 수학(수학적으로 사고하는 것)이 우리 일상에 얼마나 필요한 것인지 고민 상담을 해 주는 과정을 통해 쉽고 친절하게 잘 보여 주었다.

소년은 이미 세계를 구한 게 아닐까 싶다. 세계를 구하는 것이 꼭 세계적인 규모의 문제를 해결하는 것만은 아닐 터. 우리 주위에 사소해 보이는 일들, 하지만 누군가에게는 아주 중요한 문제일 수도 있는 것들을 자신의 힘을 나눔으로써 도울 수 있다면 그것이 바로 세상을 구하는 것이 아닐까. 그러니 수학의 힘으로 세상을 구하겠다는 이 수학 소년의 포부가 터무니없는 소리만은 아니었던 거다.

이렇듯 세상을 구한다는 것은 어쩌면 그렇게 거창한 것이 아닐지도 모른다. 톡톡 튀는 상상력을 가진 우리 청소년들, 그들의 교실에 '과학가게', '미술가게', '음악가게', '문학가게'가 들어서지 않을까 상상해 본다.

고향옥